写楽まぼろし

蔦屋重三郎と東洲斎写楽

杉本章子

朝日文庫

本書は一九八九年一月、文春文庫より刊行されたものです。

写楽まぼろし——蔦屋重三郎と東洲斎写楽 ● 目次

写楽まぼろし

蔦屋重三郎と東洲斎写楽

髪切り

一

女の振りかざした剃刀《かみそり》が、秋の陽ざしをたっぷりと吸って妖《あや》しく煌《きら》めいている。その煌めきにじりじりと追いつめられて、男はとうとう大門《おおもん》の袖《そで》にぴったりと張りついてしまった。

「お、お、俺が悪かった。赦《ゆる》してくれ。後生だ、勘弁しておくれ。頼むっ、このとおり、な、おまえ」

逃げ場を失った男は根が小心者とみえ、恥も外聞もなく哀れな声をあげると、その場に土下座《どげざ》した。

「おふざけをお言いでないよ。土下座で逃げを打とうってのかい。この甘ちゃんりんのこんこんちき」

男の髻《たぶさ》を邪慳《じやけん》にひっつかんで仰向かせると、女は肩先まで袖かいまくって、びくつく男の鼻先にぐいと突きつけた。人垣がざわめいて崩れ、野次馬たちは我勝ちに争って、女のあらわな腕を覗《のぞ》こうとする。

が、眼前に人の頭がいくつも重なってきて先が見えず、なかにはしきりに躍りあがっている者すらあった。

〈むめぞう命〉

女の、しなびて艶《つや》の失《う》せた二の腕に青黒い文字が歪んで沈んでいる。

「そりゃあ、お女郎は売りもの買いものさ、痛いを我慢で主《ぬし》の名を彫ろうが、小指を切ろうが、飽きられたら綺麗さっぱりのお仕舞《しま》いってこたあ吉原《なか》の妓《おんな》だもの、百も承知だよ」

女は剃刀の峰で、自分のしなびた〈むめぞう命〉を、ゆっくりと撫《な》で叩《たた》いた。

「けどねっ、飽《あ》きたら飽きたときの、厭《あ》きられたら厭きられたときの、掟《おきて》作法ってもんがあらぁ。昨日や今日の吉原通いじゃあるまいし、存ぜぬで済むこっちゃないんだよ。千歳《ちとせ》さんも、とんだ狐だ。妓替えのお披露目《ひろめ》もしないうちから、人さまの大事な馴染《なじ》みをこっそり銜《くわ》えこんでさ、いけしゃあしゃあもご立派なもんさね……おや、顫《ふる》えてんのかい、おまえさん」

悪態をつくたびに、夥《おびただ》しい皺《しわ》が盛りあがり、いちめん塗りこめた白粉《おしろい》の壁に幾筋ものヒビをつくる。どうあがいても隠しきれない衰えが、そこにはあった。

——よっ、婆《ばば》ぁ、しっかりぃ。

すかさず、残酷な弥次が降りかかる。これには、女よりも男のほうが顔をひきつらせた。女の怒りをこれ以上かきたてられては、首すら掻《か》かれかねない。男はひたすら哀願した。

「ま、待ってくれ。金は出す。明日《あす》が日、きっと届ける。いや、今日にも届けるから、な、な」

女は眉も動かさず、

「それでは、ご見物の衆。廓《くるわ》の法でござんす」

低く笑うと、肘《ひじ》をはって剃刀をかまえた。

「金も、金も出すと言ってるじゃないか。髪を切られては困る。じき番頭になるんだ。さんざ辛苦のあげく、やっと番頭になれるってのに……おまえ、あんた、ちょ、ちょっと気を落ちつけて、少しは同情しておくれ、な、な……ああ、どなたかお助けくださいまし」

虫のいいお店者《たなもの》だ。人垣のなかには面番所に詰めている同心や目明しもいたが、ひとりとして口を挟もうとはしなかった。

髪切り、行燈《あんどん》部屋入りは吉原の茶飯事——馴染みの妓に隠れてほかの妓と遊べば、ざんぎり髪。そんなことは、吉原田圃《たんぼ》の蛙でも知っている。

「諦めな、男だろ。さっさと髪切られちまえ。なぁに、案ずるこたぁねぇ。大門外のいかり床に駆け込みゃ、旨《うめ》ぇこと手綺麗ぇに入れ髪してくれらぁ。世話になった俺さまが言うんだから間違いねえやな」

横鉢巻きの駕籠舁《かごか》きが飛ばした胴間声《どうまごえ》のちゃりも終わらぬうち……ザリッと音をたて髻は持ち主から離れていった。

ワッとも、ヒイッとも、つかぬ悲鳴をあげて男は頭を抱えこみ、眉間《みけん》を割られた犬のようにぐるぐると地べたを這《は》い回る。そのあとを、白い土埃《つちぼこり》が舞いたって追いすがった。

女の剃刀が深く入りすぎたとみえ、男はざんばら髪どころか干《ひ》あがった河童《かっぱ》の頭になってしまった。

こうギザギザの短髪になってしまっては、いくら腕よしのいかり床でも入れ髪のしようもなかろう。

「あばよ」

髻を投げつけて、女が踵《きびす》を返しかけたときだった。

「お待ちっ」

甲走《かんばし》った声が、人垣を真っ二つに割った。

「廓の掟と思えばこそ、じっと耐えて見ていたよ……けど、なんだい、はな里さん。こともあろうに往還であんまりの仕打ちじゃないか。こんなひどい髪切りは、吉原はじめてのこっだよ。人さまに婆ぁ呼ばわりされたからって、逆上《のぼ》せるこたぁないさ、実のこっだもの」

「なんだってぇ、こ、この、狐め、いやさどろぼう猫め、もういっぺん言ってみな」

「ああ、幾たびでも言ってやるよ、婆ぁ、婆ぁ、婆ぁのお茶ひき、切見世《きりみせ》にでも落ちやがれってんだ」

若い千歳の啖呵《たんか》に、あちこちから哄笑《こうしょう》が沸き起こった。切見世とは、小見世で食いつめた妓の行きつく最下等の遊女屋である。そこでは四十、五十の婆ぁもざらだった。

——ちっきしょう！

はな里と呼ばれた女郎の唇から、いっきに血の気が失せた。

「女は誰だって婆ぁになるんだい」

喉《のど》を切り裂くばかりに叫ぶや、はな里は剃刀を振りかざして、地を蹴った。

——千歳が、殺《や》られる。

のんびりと成りゆきを楽しんでいた同心が、さっと職掌顔を取り戻して、人だかりのなかを泳いだ。だが、千歳は獣じみたすばやい動作で攻撃を避け、はな里を難なく組み敷いた。

剃刀は、はな里の手を離れて宙を切り、男の傍らに飛んで地面に突き刺さった。それでもこの河童男は褌神のていで、身じろぎひとつしない。

馬のりした拍子に千歳の裾が大きくめくれて、肉づきの豊かな太腿《ふともも》が付け根まであらわになった。男どもにどよめきがあがって、取り巻く人垣がぐっと内へ縮んだ。

「よお、ありがてぇ。拝みますぜ」

はな里のほうも、苦悶にあがいて赤い二布《ふたの》を見事にこぼれさせているのだが、このほうを覗《のぞ》く物好きは流石《さすが》にいなかった。

二

「おや、蔦屋《つたや》の若旦那」

弾《はず》んだ声が、ふいに重三郎《じゅうざぶろう》の背を打った。振り向くと、髪結いの久米吉が金時《きんとき》のような赭《あか》ら顔をほころばせて、後ろに立っている。提げた道具箱から元結《もとゆい》の端が垂れているところをみると、回りの途中らしい。

「見なすったかい、若旦那も」

「なにを……」

重三郎は、ひときわくっきりとした目を訝《いぶか》しそうに細めて、久米吉に問い返した。

「やだな、はな里と千歳の一件ですよぉ。どの店まわっても、そりゃ喧《かまびす》しいのなんのって」

「ああ、それなら俺もみた、後ろのほうからだけどね」

「へぇ、羨《うらや》ましい。おいらも見たかったのによ、惜しいことをしたもんだ、へへへ」

久米吉は、さも残念そうであった。

はな里と千歳が、駆けつけた若い衆にあいだを裂かれ、引っ立てられていくと、大勢いた弥次馬も現金に大門口から散って消えていた。

いま廓の表通りは、八百屋・魚屋の棒手《ぼて》振りと、食べ殻を引き取っていく喜の字屋の半纏《はんてん》を着た男が見えるだけで、ひっそり閑《かん》としたものである。昼ちかい吉原の空を、薄い白雲がこれもまたひっそりと流れていく。

「ところで、お出掛けですかい。お安くありませんぜ、いやにきりりとしちゃって。おおかた、コレが待ってるんでしょう」

髪油でつやの出た小指の先を、久米吉はひょこひょこと動かした。

「だと、いいがね。相手が定九郎じゃ色気も出ないよ」

「へえ、仲蔵さんとこに」

久米吉が、目を輝かせた。

「おいらもいっぺん楽屋ってとこへ、顔出してみてえなぁ。若旦那はいいや、天下の中村仲蔵と親戚なんだもの。いろんな役者に会えるだろうしね」

「会えても、別にどうってことないさ」

「やだねえ、そんなこと言って……うちの嬶《かかあ》が聞いたら、腰を振って勿体《もったい》ながるよ、まったく。ところで、仲蔵さんも定九郎やってからというもの、えらく人気の昇り竜だねぇ。のぼりっ調子の役者ってのは、さばき切れねえほど女にもてるんですってね」

微苦笑する重三郎にかまわず、ひょうきん者の久米吉は道具箱を地面におろすと、懐からくたびれた財布を取り出した。なにをするのかと思ったら、ぱっと口に銜《くわ》えて、

「五十両！」

財布を震わせて声をあげ、『仮名手本忠臣蔵』の定九郎よろしく大見得を切った。

仲蔵には似ても似つかぬ突飛な顔だが、それでもなんとかサマにはなっている。だいぶ芝居町に通ったらしい。

「おっと、こうしちゃいられねぇや。商売、商売っと」

照れ隠しだろう、取ってつけたような真面目な顔つきをみせて口の財布を懐に捩《ね》じこむのもそこそこに、久米吉は道具箱をひっつかんだ。

江戸町の角に吸いこまれていく久米吉の後ろ姿をぼんやりと目で追いながら、重三郎は溜息をついた。

（定九郎かぁ）

訪ねる先の仲蔵の顔をうかべると、足取りが鈍ってくる。どうせ、また口小言でごま

かしを食うだろう。久米吉の羨むような、気の弾む他行《たぎょう》ではなかった。

「おめえ、いってぇ何が不足で店を継ぐのを嫌がる。俺にゃあ、皆目わかんねぇ。勿体ねぇ話だぜ、え、吉原で蔦屋といやぁ、名の通った引手茶屋だぁな。それがよ、棚ぼたでおめえの手に入《へえ》るんだぜ。なにも養子だからって遠慮するこたぁねぇさ。そのための養子じゃねぇかよ。継ぎなよ、継いじまいな」

つい十日まえも、仲蔵は舞台とおなじメリハリのある口調でまくしたてて、話をはぐらかし、重三郎あてこみの金はついぞ貸してくれなかった。

(真っ平だ、店を継ぐなんて……俺には継げない理由《わけ》がある)

こみあげてきた苦い唾《つば》をぐっと呑みこんで、重三郎は不快げにかぶりを振り、仲蔵の顔を頭のなかから追い出した。

三

ひとっ風呂あびた仲蔵が、もろ肌ぬぎの肩にぺたりと手拭を張りつけて、楽屋に戻ってきた。化粧焼けでくすんだ地顔が、湯に染めあげられて生気をとり返し、大ぶりな面《おも》だちがいっそう目をひく。

――おや、もう。

舞台衣装を片づけていた志ん吉が慌てて莨盆《たばこぼん》をひき寄せ、長煙管《ながぎせる》にきざみを詰めはじめた。酒を遠ざけてこのかた、湯あがりの一服は仲蔵の楽しみのひとつになっている。贔屓《ひいき》に貰《もら》った金象嵌《きんぞうがん》の煙管を志ん吉が差し出すと、「あいよ」と受けて仲蔵はジ、ジ、ジ、と油煙をあげている鏡台わきの蠟燭《ろうそく》から器用に火をつけた。

「旨《んめ》えー」

吐きだされた一服の煙は、狭い楽屋にあわく漂って、やがて消えた。

「今夜は、えらく早いお上がりでしたね」

衣装の片づけに戻った志ん吉が、達者な手つきで長着のおくみを手前に折り返し、襟を内に畳んでぽんと手を置き、柔かい口ぶりで尋ねた。

「それよ。重三郎がつきつめ顔で、じいっと楽屋に坐ってると思うとな、好きな長風呂どころじゃねえさ。おまけに、今夜の風呂はどこの馬鹿がたてやがったか、そりゃ熱いのなんのって。おかげで、ほら、見なよ、とんだ海老蔵《えびぞう》だぁ」

とばした駄洒落《だじゃれ》に自分だけが笑いこけ、仲蔵は赤く茹《ゆだ》った厚い胸をピシャピシャ叩いた。

「洒落のだんどころですか……重三郎さんの身にもなってごらんなさいまし。芝居が閉《は》場《ね》てからの半刻《はんとき》というもの、じっとこうしてお待ちなんですよ。わたし、お気の毒で……勿体ぶってないで、さっさと金《あれ》の都合つけてやったらどうなんでございます」

「む、無茶いうない。そんなことした日にゃ、こいつの養父《おやじ》からどんなに恨まれるか知れやしねぇ」

仲蔵は渋面をつくって、煙管の吸口をかりかりと噛んだ。

「いいえ」

いままで、黙って俯《うつむ》いていた重三郎が、不意に顔をあげた。

「養父《おとっつぁん》には俺がとくと話します。おじさんの立つ瀬を無くするようなことは、決してしやしません」

「おい、おい。何もそうムキになるこたぁねぇよ。ま、落ち着きなって……俺の立つ瀬はいいとしてだ。おめえが自分で金策をしてさ、家を飛び出るてぇのは、どうも、まずかねぇか……養父さんはあの年だし、いまじゃ何たっておめえだけが頼りだ。なのに、家を出ちまうってのはなぁ」

養父の理兵衛は近頃とみに老けこんで、昔の覇気はどこにも残っていない。今朝も、そうだ。まだ秋口だというのにしきりと寒がり、女中を急きたてて手焙《てあぶ》りを用意させると、それを抱くようにして居間にうずくまっていた。

(でも……養父《あのひと》のせいで、親父は行き方知れずになってしまった)

重三郎は、唇を噛みしめた。

熟柿《じゅくし》色の夕陽が、孔雀《くじゃく》長屋の腐りかけた羽目板《はめいた》を、遠慮がちに照らしていた冬の日。すぐ横の空き地で、子を取ろ、子取ろ——百足《むかで》のような列をつくり、鬼から逃げまどっているどの子の頬も、真っ赤だった。

「重ちゃん、あれ、あんたのちゃんよ」

寒風にさからったお寿美の甲高い声に、百足走りがぱたりと止まった。振り返ると、なるほど、父の重助が傾く陽を総身に浴びて、編笠茶屋の前を俯きかげんにとぼとぼと歩いてくる。

「ほんとだ」

重三郎は鬼役の平吉にことわって列を抜け、空き地を横切って一目散に畑のなかを駆けた。

「おとっちゃん！」

弾んだ声といっしょに、後ろ腰に飛びつくと、

「おう、びっくりしたぜ」

振り向いて笑った父の目は、いつになく赤かった。

「なんだ、おまえ、またここへきて遊んでたのかい」

「おっかちゃんには……内緒だよ」

店子《たなこ》のほとんどが駕籠舁きをなりわいとしている孔雀長屋の子たちと遊ぶのを、母の

津与は、

「子柄が悪くなる」

と、ひどく嫌う。

「ああ、わかってるとも」

言うなり、父は重三郎をかるがると抱きあげ、赤くなった目をそっと つむり、きつく頬ずりをした。畑のむこうで皆が見ていると思うと、重三郎は子供心に恥ずかしかった。

「いたいよ、おひげ」

腕を突っぱって暴れたはずみに、袖のなかの独楽《こま》が、ごろんと道に転げ落ちた。

「あ、いけない」

重三郎は慌てて、父の胸を滑りおりた。

それは、去年の二の酉《とり》に、さんざ強請《ねだ》って買ってもらった唯一のお宝である。市《いち》のあくる日、独楽の面に「じゅうざ」と彫って、父がお宝に箔をつけてくれた。

「そんなもの持って走りまわると、危ないぜ。おとっちゃんが預かっといてやろう、かしな」

「うん、でも……失《な》くしちゃやだよ、それ」

「大丈夫さ。失くしゃしねえよ。重三郎の宝は、おとっちゃんにとっても、でぇじな宝だもの。さ、もういいから遊んどいで」

父は懐に独楽を捩じこむと、重三郎のそばにかがまって、また頬ずりをした。

「ねえ、どこ行くの、もうお店に出るころじゃないの？」

重三郎は引手茶屋の番頭の子らしく、こまっちゃくれた口をきいた。

が、父は赤い目をいっそう赤くして、無言のまま頬ずりを強め、重三郎の頭をいとおしげに撫でていたが、やがて立ちあがり、背を向けて歩きだした。

「おとっちゃん、はやく帰ってね」

きわだって上背のある痩《や》せた父の後ろ姿に、重三郎は精いっぱいの声を張りあげた。

すると、父は振り向きもせず、かえって足取りを早めた。肩が、激しく揺れていた。

それきり——であった。

四

重三郎の空《うつ》ろな瞳を覚ますように、仲蔵が雁首《がんくび》をこつりと吐月峰《はいふき》に打ちつけ、ひと膝のり出してきた。

「いったい何があったんだ、え。こないだうちから急に店を継がねえの、金を貸せの、家を出るのと、おめえ、いってえどんな料簡《りようけん》なんだい」

目の前に膝も崩さずに坐っている重三郎の彫りの深い面だちには、ひとはけの憂鬱《ゆううつ》が掃かれて、とても二十《はたち》の風貌とは思えない。

（こいつ、まさか……あの一件を知ってのことじゃあるまいか）

仲蔵は、ふと思いあたった。だが、それは重三郎に糺《ただ》せるものではない。仲蔵は何気ない風をよそおって、重三郎の言葉を待った。

ふたりの間に、無言《しじま》が続いた。

「ねぇ、ひとくち挟ましちゃいただけませんか」

黙ったままのふたりに、志ん吉が助け舟をだした。

「聞くも親心、聞かぬも親心と申しますでしょう。旦那、なにも聞かずに俠気《おとこぎ》をだして、いわるになっておやんなさいましよ」

志ん吉はちぢかまったような躰《からだ》に似あわぬ太っ腹のところをみせて、重三郎をとりもってくれた。

この志ん吉、仲蔵がひところ芝居をやめて、酒舗の主人に納まっていた折の番頭だった。頭もきれて物腰も柔らか、しかも几帳面で控え目な性分の、お店者の鑑《かがみ》といわれた男である。

それが、ひょんなことで仲蔵が店をしくじり、もとの役者稼業に舞い戻ると、主従は三世とばかり、自分も芝居の世界に移り住んできた。この十数年を仲蔵の手足となって過ごし、鬢《びん》にぽつぽつと白髪の見える齢《よわい》なのだが、いまだに独り身である。

不遇をかこった時代にも不平ひとつこぼさず、こっそりと質屋通いまでして尽してくれた志ん吉に、仲蔵は頭があがらない。

「ふむ……ここで『だんまり』も芸がねぇ。ま、空《す》きっ腹じゃなんだ。腹ごしらえでもして、ゆっくりと相談にのろうじゃねえか」

この場は、ともかく納めたほうがいい。仲蔵は志ん吉の助け舟にのって、勢いよく立ちあがった。

やれ、財布がねぇ、莨入れはこれじゃない、古渡更紗《こわたりさらさ》のほうだ、とさんざっぱら志ん吉の手を煩《わずら》わせたあげく、

「どれ、重三郎、ずいぶんと待たせたな」

連れ立って、踏みだした矢先である。

あざやかな紫の野郎帽子をのせた女形《おやま》が、白粉くさい風を巻き起こして、あたふたと楽屋に駆けこんできた。

「ああ、よかった。間にあって……」

平らな胸を大仰に袖先で扇《あお》ぎ、脂粉の香を撒《ま》いて仲蔵にすり寄ってきたのは、中村松江である。

評判の女形だけに、仕草はまったくの女だ。華奢《きやしや》づくりで、うっとりするほど見目《みめ》が好い。ただ、尖った喉仏《のどぼとけ》だけが、隠しようのない男の証をみせている。

「どうしたい、小鳥みてぇにパタパタ飛んできやがって。俺は、もう帰《けえ》るとこだぜ。連れもある。なんだか知らねえが、またにしてくんな」

「のっぴきならない用なんだよう」

松江は、仲蔵の袖をきつくつまんで、黒塗りの長持ちのそばまで引っぱっていき、頭をふりふり潰《つぶ》れ声を細めてまくしたてた。仲蔵の耳元で、野郎帽子がしきりに動いて、それが餌をついばむ鶏のトサカのように見える。

ひとり出口に突っ立っている重三郎を見かねて、志ん吉が新たにお茶を淹《い》れてくれた。狭い楽屋のこと、聞くまいとしても、会釈なく松江の声が耳に飛び込んでくる。松江は、しきりにちょうけいが、ちょうけいが、と言っている。湯呑みを掌《てのひら》にうけて、重三郎はなにげなく、

「ちょうけいって、何のことです」

声を押えて、志ん吉に尋ねた。すると志ん吉は澄ました声でさらりと言ってのけた。

「なに、ちょうけいってのはあなた、後家《ごけ》のことですよ。うちの旦那が定九郎を演《や》ってからというもの、えらくとり逆上《のぼ》せている呉服屋の後家がございましてな。これがまた、とんだ色後家で、三日にあげず抱かれたがる。いまじゃ、旦那も逃げ腰ってとこなんですがね。それで、おおかた、松江さん、その後家の無理頼みをもってきての話でございますよ」

重三郎はみるみる耳朶《じだ》まで染め、志ん吉が気の毒したほど落ち着きを失った。

膝に目を落としてもじもじしていると、仲蔵がその膝元へタタッと寄ってきて、

「どうだろうなぁ、今夜んとこはひとつ勘弁しちゃくれめえか。また近いうち、きっと埋め合わせはするから、な。おまえも大変なときだけどさ、ごろうじの通りだ。こっちにも、のっぴきならねぇ用が出来ちまってよ」

片手を立てて、拝み倒しにかかった。

仲蔵のいう、のっぴきならぬ用とやらの中身を知ったいま、文句のひとつも言いたかったが、金を借りる弱い立場にある。黙っていると、志ん吉が重三郎にかわって、詰《なじ》ってくれた。

「あんまりじゃございませんか。重三郎さんと色後家と、いったいどっちが大事なんです」

「おまえ……そりゃ、ないぜ。重三郎が前にいるってえのに。なんてこと言うんだ、ひでえぜ、志ん吉……」

仲蔵は濃い眉毛《まゆげ》を弱々しく下げて、首の付け根をぽりぽりと掻いた。ただ、おろおろしているこの場の仲蔵を、ちょうけいとやらが見たら興も醒《さ》めるに違いない。

「いいんですよ」

仲蔵が急に悄気《しょげ》こんでからというもの、重三郎はなんとはなしに気が落ち着いてきた。

「どうぞ、ちょうけいさんとやらに会ってやってください。次郎吉姐《じろきちねえ》さんには内緒を通してあげますよ」

次郎吉は吉原の売れっ子芸者で、仲蔵とは彼がまだ下積み時分からの、わりない仲である。

吉原芸者が客と寝ることと、役者が登楼することは、共にご法度《はっと》だ。が、そこは吉原の顔役、蔦屋理兵衛の力にあずかって、沙汰にもならずに今日まできている。

「こいつ、しっかりしてやがる。でも、まぁ、いいやな。三方が円くおさまるんだ、恩に着るぜ、重三郎」

俄《にわ》かに相好《そうごう》をくずす仲蔵の後ろで、さっきから松江がさかんにしなをつくって、重三郎にねっとりとした流し目をよこす。だが、重三郎は知らぬふりをきめこんでいた。

「ねぇ、こちら……」

とうとう焦れて、松江が口をひらいた。女形だけあって、重三郎にじかというわけにもいかないらしく、仲蔵にむかって、

「あんたの、コレ？」

ぴんと立った小指には節がなく、つんもりと細かった。

「ええ」、素っ頓狂な声をあげて、仲蔵はその小指を覗きこんだ。

「ん、やだねぇ、そのおとぼけ。こちらのいい男は、あんたの色子かいって聞いてんだ

よぉ」

「たは、こりゃいいやな、涙がでらぁ。なぁ、志ん吉。わはは……馬鹿ばかしくて、わはは」

舞台映えのする顔容をくしゃくしゃにして、仲蔵は笑いこけた。志ん吉も俯いて、小刻みに肩を震わせている。

「なによ、なによ、なにが可笑《おか》しいのさ」

「ああ、腹が痛くなっちまった。これが笑わずにいられるかってんだ……」

仲蔵は目尻にたまった涙を、握り拳《こぶし》でぐいと拭い、

「こいつぁ、重三郎といってな、吉原は仲の町、蔦屋のでぇじな、でぇじな跡とりよ。これでも、俺にとっちゃ叔父貴《おじき》なんだぜ」

言うなり、またもや膝を叩いて笑った。

「叔父貴だって？　何だい、茶におしでないよ」

松江は片頬をふくらませて、やんわりと仲蔵の背を撲《ぶ》った。

「いや、叔父貴って言うのは、実のことさ。お互い養子同士でな、年勘定はあわねぇが、四角ばって言やぁ、こいつが叔父で、年嵩《としかさ》の俺が甥《おい》ってぇ仲だ。もっとも三十すぎの甥っこじゃ、可愛げもねぇがな」

「へえー」

わかったのかどうか、松江は目を糸にして、ただ、ぼうっと重三郎に見入っている。

「いい男だねぇ。そそられちまうよ」

潤みをおびた熱っぽい松江の視線が、顔から肩、さらに下って腰のあたりまで執拗に這いまわる。重三郎は鳥肌立った。

「ねぇ、吉原ってばさぁ」

松江が話にかこつけて、図々《ずうずう》しく重三郎に躙《にじ》り寄ってくる。膝頭が触れあって、松江の温《ぬく》みが伝わってきた。

「ご贔屓から聞いたんだけど、今日、男の奪いあいで、お女郎同士の派手な喧嘩《けんか》があったんだって？　二布あらわに、凄い取っ組みあいだったって言うじゃないか」

「ええ、まぁ……」

重三郎は身を引いて、詮方《せんかた》なく相槌《あいづち》を打った。

「ほんとか、そりゃ。俺も見たかったなぁ」

乗りだしかけた仲蔵が、志ん吉から軽く睨《にら》まれて、すっと首をすくめた。

「ねぇ、よっぽどの男前だったのかい。お女郎をふたりも夢中作左衛門にさせるなんてさ」

「さあねぇ……」

阿呆《あほう》のようにぽかんと口をあけて坐りこんでいた河童頭の男を思い出して、重三郎は気のない返事をした。

「じゃ、じゃ、よっぽどあっちの味がいいんだね。派手な喧嘩して奪いあうぐらいだもの」

松江が、また躙り寄ってきた。

重三郎は顔をしかめて言った。

「そりゃ、廓言葉《さと》なんぞ、かなぐり捨てて、生地《きじ》まる出しの喧嘩でしたよ。でも、あれは男の奪いあいってもんじゃない。あのふたりは、自分の飯のタネを必死で奪いあっていたんですよ。男を逃《の》がしちゃ、女郎はおまんまの食い上げ、行きつく果ては、切見世ですからね」

「まあ、若造のくせしてなまいきねぇ」

松江は、すっかり鼻白んだ。

「何もそう……艶けし言わなくたっていいだろ。色断《いろばなし》をさらりと受け流せないようじゃ、まだまだ青いね」

「ま、そう怒るなよ。こいつは吉原育ちだけど、堅物でな。おめえの柔《やわ》な口にあうようなふにゃふにゃ野郎じゃねえのさ。先に帰ったり、帰ったり。俺も、すぐ行かぁ」

シシッ、と鶏でも追っ払うような手つきで、仲蔵は重三郎にからむ松江を急きたてた。

松江は憮然として、暖簾《のれん》口まで歩きかけたが、ひょいと振り向き、

「ちょいと、あんた。まだ、女を知らないね、図星《ずぼし》だろ。紛《まが》いもんだけどさ、このあたしでよけりゃ、いつでも筆おろししたげるよ」

と淫《みだ》らに唇を反らした。

五

薄暗がりの通路を辿りながら、

「ほんにまぁ、ご勘弁くださいましね、重三郎さん。役者ってのは、なんせ、人気稼業でござんしょう。たとえ、気に染まないご贔屓にも、後生大事に仕えなきゃならない因果な商売なんでしてね……」

志ん吉が、しきりに仲蔵をかばう。

四年前の明和二年（一七六五）、市村座で演じた『三組曾我』の伊豆次郎と法界坊役がすこぶる好評で、翌年の芝居評判記に初めて、「仲蔵、上々白吉」と載ったときのことである。

志ん吉は、祝の席にいつまでたっても姿を見せなかった。不審に思った仲蔵が、座を立って奥の部屋を覗くと、志ん吉は評判記に燈明をあげて突っ伏していたという。

「親みてぇだ、いや、親もかなわねぇなぁ」

鼻っぱしの強い仲蔵が、たっぷりと目を潤ませて重三郎に聞かせてくれた。

――いま、薄暗がりのなか、段梯子を先に降り立っていく志ん吉の前かがみの背に、重三郎はとおい七歳の日、姿を隠してしまった父を思った。

「それで、住吉町のほうへは、知らせてあるので？」

志ん吉は下足番が差し出した重三郎の下駄を、ちょっと手で押し戻して尋ねた。

「ええ。どうせ今夜は遅くなると思って、姉のほうには前もって泊めてくれるよう頼んでいたんです」

「さいですか……また、無駄足になっちまいましたねぇ」

済まながる志ん吉をあとに、借りた提燈《ちょうちん》をかざし、夜気を吸った途端である。重三郎は、三、四人の娘たちからワッと取り囲まれてしまった。

かぶりついてきた娘たちの気勢に一瞬たじろいで、思わず後じさりする重三郎に、

「あら、違ったわ、人違いよ。やだぁ、いやぁねぇ。おたみさんったら駄目じゃない、しっかりしてよ。堪忍ね、お兄さん」

市松帯を胸高にしめた背丈のある娘が、悪びれもせずにニッと笑いかけた。どうやら、お目当ての役者を待ってのたむろらしい。

不快さを隠そうともせず、癇性《かんしょう》に下駄を踏み鳴らして歩き出した重三郎の背に、娘たちの嬌声《きょうせい》がすがりついていく。

「ねぇ、いい男じゃない、ちょっと取っつきは悪そうだけど。涼しい目してさ、ぐっときちゃったわ」

「後じさりなんかしちゃったとこ、可愛かったじゃない」

弾けるような笑い声が、髪油の匂いと酸っぱい体臭のたちこめた楽屋新道にこだました。

新道を抜けて葺屋町の大通りに出ると、色とりどりの幟《のぼり》が夜風に力なくうねって、道行く人影を差し招いている。まだ、人の往来は繁かった。屋根に組みあげられた櫓《やぐら》や、客寄せの名題看板が、墨色の夜空にぼうっと見える。芝居茶屋のほおずき提燈が、とろりと映えて美しかった。

女は、嫌だな——通りに出てから、重三郎はいっそう腹立たしさを募らせている。芝居町にうろつく女たちの浅ましさは、どうだ。娘は年増の、年増は娘のような目つきで、物欲しげに役者を追っかけ回しているではないか。

まったく、胸の悪くなる思いだ。松江に見抜かれたとおり、重三郎はまだ女を知らない。知らないだけに、女をみる重三郎の目には少しの容赦《ようしゃ》もなかった。

重三郎は、足を早めた。

志ん吉に教わった近道の目じるしし、『肴《さかな》や五郎兵へ』の軒燈は、なんなく見つかった。

「軒燈さえ見つければ、あとはもう、しめたもので……。その横手の露地をちょっとばかし行くと、右手に大きな蔵がございます。まぁ、このあたり、夜は少々うすっ気味悪い細道なんでございますがね。でも、そこを抜けちまうと、もう芳町《よしちょう》なんで、はい。ずいぶんと近うござんしょう。あんまり知られていない通り道ですがね、住吉町もそこを行けば、じきでございますよ」

ほっとして、軒燈に浮いている『肴や五郎兵へ』という軽妙なくずし字を眺めていると、現金にも腹の虫が騒ぎだした。仲蔵の馳走にあずかるはずだったものが、ちょうけいに邪魔だてされて、この始末である。まったく、いまいましい。

(はやく、お孝ねぇちゃんとこへ行って飯たべさしてもらわないと、腹ぺこだ)

重三郎は、嫁ぐ日までずっと可愛がってくれた義理の姉には、いまでも甘えをみせている。

おっとりした姉の優しい顔を思い浮かべることで、ようやく軒燈のまえから離れた。板場とおぼしきあたりから、腹にしみいるような旨い匂いが流れてきて重三郎をつつみ込み、暗い露地に吸われていった。

お孝は、四年前、十八で住吉町の白粉紅問屋、松本屋庄右衛門方に嫁いだ。望まれてのことであったが、当初は姑《しゅうとめ》にそうとういびられ、「出るの、出ないの」という騒ぎもたびたびだった。

だが、子を産むとお孝の気性はしっかりと坐り、いまでは家内の切り盛りも中心になってやっている。

（そうだ、いい折だし……俺は蔦屋《うち》を継ぐ気がないってこと、お孝ねえちゃんには打ち明けておくか。でも、理由《わけ》を言っておくれって、泣いて頼むだろうな）

六

志ん吉から借りた提燈の灯が、蔵の壁を薄ぼんやりと照らし出したときである。灯のとどかない先の暗がりが、大きく動いた。

はっと立ち竦《すく》んだ刹那《せつな》、そこからつむじ風が起こって、重三郎は壁にいやというほど叩きつけられた。息が詰まり、痺《しび》れるような痛みが、背中いっぱいに走った。重三郎は、その場にずるずると崩れ落ちた。

（ひと殺しか、もの盗りか）

おののきながらも、重三郎は震える両の手をそろそろと地面に這わせた。

放り出されて燃えあがった提燈が、燃えつきぬうちに、何か得物《えもの》になるものが欲しかった。棒の切れっ端、小石、何でもいい。しかし、手に触れるものは、夜気を吸った湿り気のある地面だけであった。

燃えつきた提燈の残骸を、暗がりがすうっと呑みこんだ。まがまがしい黒い影は、じりじりと詰め寄ってきて、踞《うずくま》る重三郎の前でピタリと足を止めた。その、どこか場馴れしたような動作が、重三郎を戦慄《せんりつ》させた。

「野郎、なにしやがる」

重三郎は声を絞りあげた。

それは我ながら情けないほどの擦《かす》れ声だったが、それなりの効き目はあった。黒い影が、僅かに怯《ひる》んで片足を後ろにさっと退いたのである。

転瞬——、重三郎は横っ飛びに転がって黒い影の前から姿を消し、跳《は》ね起きて、背をピタリと蔵の壁に張りつかせた。漆喰《しっくい》のひんやりとした感触が、着物から背を抜けて、力を入れた下腹にまで伝わってくる。

予期しなかった重三郎のすばしっこい動きに、黒い影は愕《おどろ》いたか、せわしなく喘《あえ》ぎだした。重三郎には、それが落ち着きを失くした息づかいに聞こえた。

(いまだっ)

拭っても、拭っても、すぐに冷や汗が滲んでくる掌をすばやく羽織《はおり》にこすりつけるや、重三郎は腰の莨入れから煙管を抜きとった。

「おい、ぼやぼやすんな、俺はここさ。今度は、こっちから匕首《どす》を見舞うぜ」

喧嘩《けんか》は、先手を取ったほうが勝ちである。機を逸さず、重三郎は自分から相手のほうへ歩を進めた。呑んでかかる魂胆だ。

懐にした銀煙管をちらつかせて近寄ると、思惑どおり相手はそれを匕首と見誤ったらしい。しばらく、斜めに開いた構えを崩さなかったが、やがて鳥のように身を翻して、露地から駆け去った。

──ふう。

糸の切れた操り人形よろしく、重三郎はその場にへたり込んでしまった。

（助かった！）

すると、いままで忘れていた背中の痛みが、急に甦《よみがえ》ってきた。

そのとき、

「ひ、人殺しぃ」

近くで、弱々しい悲鳴があがった。

「ど、どこだ。大丈夫か」

背中の痛みに顔をしかめて、重三郎は悲鳴のほうへ手さぐりで這い出した。じきに、柔らかいものに突き当たった。

すると、その柔らかいものは何を勘ちがいしたか、ひいっと半身を起こし、土をかきむしって逃げようとあがいた。

「た、助けてぇ、後生だから、ね、堪忍してぇ」

暗がりに、小便の臭いがたちこめた。どうやら、恐怖のあまり洩《も》らしてしまったらしい。

「おい、違う、違うんだ。俺は通りすがりのもんだよ」

「ほ、ほんと？」

「ああ、ほんとさ。俺も、わけもわからずに痛い目にあった……おまえ、悪さでもされたのか」

言い終えぬうち、重三郎はがっとしがみつかれた。女にしては、恐ろしい力である。

「顔を、頬を切られたんだ、ちきしょう」

「なんだ！　おまえ、男か」

声変わりとみえる、じゃらついた声に驚いて、重三郎は相手を突っ放そうとした。べつに男だったから邪慳にするわけではないが、なんとなく騙《だま》されたような気になっている。さっきの悲鳴は、おんな顔負けの弱々しいものではなかったか。

「男じゃない、あたい女形だよ。兄さん、助けてぇ。きっと、あいつの仕業《しわざ》だ、あたいにいい役がついたもんだから……くやしい」

よくよく、女形に縁のある日だ――重三郎は、膏薬《こうやく》のように張りついて泣き喚《わめ》く女形を、剝《は》がしにかかった。こいつは小便を洩らしているのだ。汚いこと夥《おびただ》しい。

頰を切られたと大仰に泣き喚いているが、触れてみると、なに、薄皮をほんの浅く切られただけのようで、わずかに滲んだ血も、なかば固まりかけている。

「いい加減にしなよ。これだと二、三日で治るぜ。それに、どうせぶ厚く白粉ぬるんだろう、わかりっこないさ」

慰めたつもりだったが、相手は茶化《ちゃか》されたと思ったらしい。色気も艶も忘れて、荒々しく重三郎を突きのけ、

「馬鹿、顔は役者のいのちなんだよ。あいつ、ぶっ殺してやる」

狐つきのような動作で跳ね起き、いっきに飛び去ろうとしたが、はたと立ちどまり、

「あ、兄さん、忘れてた。もひとり、いるんだ。ほら、そこ」

女形に戻った声で、言った。

「え……」

「頼むよ、兄さん。今夜はじめて相手した女《ひと》なんで、あたい、よく素性も知らないしさ、じゃあね」

「ま、ま、待てったら、おい……なんてやつだ」

取り残された重三郎は鋭く舌打ちして、また、しかたなく這い出した。と、すぐさま手が、ほの温かい足袋《たび》先を探りあてた。

「しっかりしろ」

重三郎は手探りに回りこんで、女の頬を遠慮がちに軽く叩いた。手のひらに、吸いつくような、しっとりとした感触が残った。女が低く呻《うめ》いた。助け起こすと、艶めかしい

肌の匂いが、襟元や八つ口からたちのぼって、重三郎を胸苦しくさせた。

「おい、しっかりしてくれ」

たよりない細い肩を、強く揺すった時である。

パサッ、と音がして、何かが重三郎の膝に落ちた。おずおずと片手をのばしてみると、ひややかな髪の束である。

（ま、髷だ！）

重三郎は喉がひりつき、怖気《おじけ》立った。

闇のなかに、昼間、はな里のかざした剃刀の妖しい煌めきが、鮮やかに一閃《いっせん》するのを感じて、重三郎は女を抱く手に思わず力をこめた。

おしの

一

腰高の油障子《しょうじ》に、震える片手をのばしかけたとき——明るい店の内から皿や小鉢の触れあう乾いた音に混じって、若い娘の屈託ない笑い声が聞こえてきた。

「菊次、菊次ったら、笑わせるのはもうよしとくれ。お春が皿を割っちまうよ。ほら、お春、ちゃんと手先に力を入れなって。皿を割ったら、給金さっぴくよ」

土間からたしなめているのは女将《おかみ》らしいが、その野太い声にもまた、笑いが滲んでいる。

この障子一枚を隔てた向こう側の和《なご》やかな雰囲気が、闇の中に立つ重三郎の震えをいっそう煽《あお》りたてた。障子の向こうが安穏であればあるほど、恐怖は膨れあがり、いましがたの悍《おぞ》ましい出来事がなまなましく甦ってくるのだった。

重三郎は、背負った女の重みでよろけそうになる足をぐっと踏んばり、指先にありったけの力をこめて、桟《さん》を摑《つか》んだ。

〈肴や五郎兵へ、刺身、鉢肴、つまみいろいろ〉

と筆太に書かれた油障子が勢いよく敷居を滑って、明かりが戸外にさっと流れでた。明かりに浮かびあがった重三郎は、追われて遁《に》げ込む科人《とがにん》のように、顔をこわばらせて店の内に転がり込んでいった。笑い声が、止んだ。

キャーッ。

花色の襷《たすき》をかけて、せっせと大皿を拭いていた娘が、布巾《ふきん》も大皿も空《くう》に放り出して、太りじしの女将の腰にしがみついていく。土間に、派手な音が響いて、白い陶片が散った。

「危ないじゃないか、馬鹿。お放し、お放しったら」

ちょうど八間行燈《はちけん》を降ろそうと、吊《つる》し縄を半分ほど繰り出したところに不意を食ったものだから、たまらない。女将は縄を握りしめたまま、大きくつんのめって鋭く叫んだ。八間行燈が、油滴を撒《ま》いて天井と土間のあいだを、ぐらりぐらりと行き来する。

「火事になったら、どうすんだい、このとんちき」

飯台に摑まって、やっと躰を立て直した女将は、腰の娘をまた甲高く怒鳴りつける。

「どうした、え」

店の騒ぎに庖丁片手の若い男が、板場からすっ飛んでくると、後を追って年輩の男も、何事かとばかり顔を出した。

　土間さきに、ぐったりした女を負ぶった重三郎が、息を弾ませて突っ立っているのを目にして、

「なんだ、病人かい。びっくりさせやがる。ま、手をかしてやんな、菊次」

　主人とおぼしい四十がらみの男が、若い男の背を押した。

「へい、旦那」

　菊次と呼ばれた男は、庖丁をカタリと飯台に置くと、毛脛《けずね》もあらわに軽々と床几《しょうぎ》を跨《また》いで、重三郎の後ろに回り込んできた。

　が、「わっ」と叫びざま、女に差しのべた手をひっこめて、大きく飛びしさった。

「か、髪が……髪を、切られてる」

　まだ揺れをおさめない八間行燈が、切られて無残な女の髪を、照らしては遠ざかり、戻ってはまた照らしている。菊次の声に引き寄せられて、おずおずと近づいていった女将と娘が、ともに顔をひきつらせて、その場に立ち竦《すく》んでしまった。

　漆黒の髷《まげ》が、すっぱりと切り落とされているばかりでなく、見事に張りだされた髱《つと》にまで鋭い刃あとが残り、幾筋もの毛が項《うなじ》に垂れさがっている。半べその娘が、両の掌で前掛けの端を握りしめて、ゴクリと唾を呑んだ。

「おい、菊次、何をぼやっとしてやがる。髪切りに驚くなんざ、おめえらしくもねぇぜ。ここじゃなんだ、さっさと奥に運んでやらねぇか」

主人は大股《おおまた》に近づいて行って、重三郎の後ろで呆気《あっけ》にとられて棒立ちの菊次を、ぴしりと叱りつけた。

「お常、奥を片づけな」

落ち着いた亭主の声に、日頃の自分を取り戻した女将は、

「あいよ」

さっと踵《きびす》を返し、紺暖簾《のれん》の奥にいそいで消えた。

「どうしたい、お春。ほれ、おまえも欠けらを拾って土間を掃くんだ。足でも切ったら、どうする」

顔をひきつらせている娘に、和らいだ声で主人が用を言いつける。菊次が女の上半身を重三郎の背から剝ぎとって、腕のなかに抱え込んだ。ほっとした重三郎は、肩息つきながらも振り返りざま、腰をこごめて女の足を持った。

「そうっと、そうっと運べよ、いいな」

主人は先に立って、紺暖簾をかきあげてくれた。

二

「なんだってぇ、あんたの連れじゃない？」

唐紙《からかみ》の向こうに女を臥《ふ》せさせて、まあ、一服と重三郎に茶を淹れてくれた女将が、目を白黒させた。まだ熾《おき》を活けていない長火鉢の前に胡坐《あぐら》をかいて、茶をすすっていた主人も含んだ茶をぷっと戻した。

「だって、あんた……」

膝を躙って、女将がぐっと重三郎のほうに躰をのり出してきたが、続ける言葉に詰まり、

「ねぇ、おまえさん」

と亭主に援《たす》けを求めた。だが、亭主も浅黒い顔にただ当惑の色を浮かべて、猫板を撫でさすり、空咳《からぜき》をするばかりである。

「すみません。のっけに言えば良かったんですが……なにしろ、出し抜けにひどい目に遭《あ》って、すっかり動顚《どうてん》してたもので……」

重三郎は恐縮のていで、深々と頭を垂れた。

「なんの、べつに、あんたが謝るこたぁないよ。むしろ、いい事やったんだから……」

やっと、主人が口を開いたが、その声は頼りなかった。女将は女将で、唐紙のほうを落ち着かなげにちらちらと見ている。

肴や五郎兵へ夫婦の狼狽《ろうばい》は、無理もない。いままで、重三郎の連れとばかり思っていた女が、どこの誰ともわからぬ得体しれずの者となると、事態は面倒なことになるのだ。重三郎の連れならば、女が正気づきしだい、すぐにも出て行ってもらうことができよう。だが、そうでないとなると、自分たちも奥を貸しただけでは済まなくなる。

女の住まいを質《ただ》して、使いを走らせるとか、送り届けるとか、手立てを講じなければならない。おっつけ五ツ半（午後九時）になろうとしているいま、それはあまりにも煩《わずら》わしいことであった。

チッ。

女将が、いまいましげに舌打ちをした。

「菊次もお春も帰すんじゃなかった。菊次だけでもいてくれたら、亀井町の親分を呼びにやれたのに……」

「馬鹿いうんじゃねぇ。髪切りぐれぇで、いちいち岡っ引よんでた日にゃ、当節、岡っ引の躰はいくらあっても、足りゃしねぇぜ」

まったく、主人の言うとおりであった。

このところ江戸市中では、美しく結った髪を、何者かが姿もみせず刹那に切り落としていく、無気味な事件がたて続けに起きていた。剃刀《かみそり》ようの鋭利な刃物で、いつの間にか髪の元結《もとゆい》ぎわをスパッと切り落とすのだが、切られた当人はただ襟元にすうっと寒気を覚えるだけで、髷が地面に転がるまで気づかないという。

これはおおかた、修験者《しゅげん》の仕業ではないかと風評がたち、湯島界隈《かいわい》の修験者がひとり残らず捕らえられたが、この怪異は一向に止まなかった。髪を切られたのは、若い女に多く、その時刻も決まって夕方であった。

「ねぇ、あのひと」

女将が唐紙に向かって、猪首《いくび》にのっかる肥えた下顎《したあご》をしゃくりあげ、

「なんだって、あんなうすっ気味のわるいとこ、ひとりで歩いてたのさ、ちょいと、おかしかないかえ。いまじゃ若い女《こ》は、日のあるうちでも、そと歩きを怖がってるってのにさあ……ところで、あのひとの帯みたかい？　天鵞絨《びろうど》地に刺し縫いだよ。並のもの持ちじゃ、手の出るもんかね。いわく付きの女でなきゃいいがねえ、おお、やだ、やだ」

と、剃りたてらしい青い眉根を大仰にひそめた。

重三郎はただ黙って、恐れ入るばかりである。役者買いの果てに髪切りに遭った女だとは、口が裂けても言えるものではない。そんなことを明かせば、途方に暮れて苛立《いらだ》ちが昂《こう》じてきている女将のことだ。天罰てきめんだよ、とばかり追っ立てるに違いない。

重三郎は、ひたすら謝るしかなかった。

「髪切りなんて、耳にタコだと思ってたんですが、自分が暗がりで、切り落とされた髷を摑んでみると、ただもう震えがきて……なんとか一刻も早く明るいところへ逃げたい一心で、ついここに……」

咄嗟《とっさ》に頭に浮かんだのが、近道の目じるしに教わった『肴や五郎兵へ』の軒燈だった、と詫《わ》びる重三郎に、

「あんたも、とんだ近道だったな」

主人は苦笑いしながら、指先で頰を掻《か》いた。

「ま、こうなりゃ乗りかかった舟だ、しかたねぇやな。おい、お常、おまえ、あっちいって、住まい聞いてきな」

主人も、気づいたのだ。じつは女将が、声を潜《ひそ》めてではあったが、女のうさん臭さを喋《しゃべ》りたてていた頃から、唐紙越しに微かな衣擦《きぬず》れの音がしている。どうやら、女は正気づいたらしい。

「ええ、やだよ、あたしゃ……」

子供のように胸を抱いて、女将がいやいやをした。

「なに言ってやがる。女は、女同士っていうじゃねぇかよ。ぐずぐずしてねぇで、ほれ」

窘《たしな》められて不承ぶしょうに腰をあげた女将の、臼《うす》みたいな臀《しり》が重そうに唐紙の向こうに消えた。

三

よくよく眺めてみると、女は美貌だった。誘うような切れ長の目が、つんと通った鼻筋の冷たさを艶になごませ、それが、ぽってりと蕾《つぼ》んだ唇とほどよく妍《けん》を競って、見事な面輪《おもわ》をつくりあげている。どこか無性に男心をそそる、妖しい色気があった。この女が相手では、むくれ顔の女将が気の毒というものである。

「なんにも言っちゃくれないんだよ、おまえさん。こちら、後生だ、ただ泊めてくれって頼むばかりでさ、名前も、住まいも勘弁してくれじゃ、てんで埒《らち》が明きゃしないさね……うちは、宿屋じゃないんだから」

鼻孔を膨らませて、女将が息まくそばで、女は肩を落として深くうなだれたままだった。白い頬に、鬢《びん》のほつれが幾筋も垂れかかって痛々しく見える。

「まぁ、そう突っ慳貪《けんどん》にがなるもんじゃねぇ、ひでぇ目に遭ったんだ、ちったぁ、優しく振る舞ってやんな」

この、主人のとりなしが、いけなかった。悋気《りんき》が、女将の腹立ちをいっそう募らせた。

「なにさ、別嬪《べっぴん》にはからきし意気地がないんだから。素性かくして泊まりたかったら、この辺りの芝居茶屋か陰間《かげま》茶屋にかけあったらいいじゃないか。金さえ出しゃ、内緒で泊めてくれるよ……とにかく、うちは真っ平だね」

口から泡を吹かんばかりの語気である。重三郎は、女将が「芝居茶屋」だのと言ったとき、ぎくりとした。思わず女に眼をやったが、女はあいかわらず俯《うつむ》いたままで、毛ほどの反応もあらわさなかった。

「け、くだらねぇご託《たく》ならべるんじゃねぇや」

重三郎や女のてまえもあって、主人は尊大にそっくり返って怒鳴った。

「このひとの身にも、なってみねぇ。こんな酷い髪《ひど》になってて、女がのこのこ茶屋あたりに顔だせるかよ。おめぇも女の端くれなら、そこんとこ汲んでやるのが情ってもんじゃねえのか……ま、今夜のとこ、いいじゃねぇか、この部屋に泊めようってわけじゃあなし、上があらぁ、二階が」

「………」

女将の顔に弛《ゆる》みがみえたのは、亭主に怒鳴られたせいもあろうが、無残な髪になった女に同情を寄せはじめたからのようだ。口に似ず、心根は優しい女らしい。

「わかったよ」

厚い唇を尖《とが》らせて女将が頷《うなず》くと、

「恩に着ます、このとおり……」

髷のない頭をさげて、女は小声で礼を言った。

──よかった。

重三郎は、やっと愁眉《しゅうび》を開いた。見ず知らずの五郎兵へ夫婦に尻《しり》を持ち込んで気がさすのだが、とにかくほっとした。

「夜分、とんだ迷惑をかけちまって、自分だけ早々に退散するのは、何とも心苦しいのですが……いえ、また明朝はやく……」

と、辞去の挨拶《あいさつ》をする重三郎に、

「帰るってのかい、あんた」

またしても、突っ慳貪な声に戻った女将が、おっかぶせるように叫んで、詰め寄ってきた。

「ええ……明朝、きっと寄せてもらいます。わたし、名乗り遅れましたが、吉原の蔦屋の倅《せがれ》でして、今夜は住吉町の……」

「そんなこっちゃないんだよ。いいかい、ちょっと」

来ておくれ、と女将は重三郎の袖をひっ摑んで立ちあがり、唖然《あぜん》としている主人を尻目に、板場の隅の神棚の下まで連れて行き、

「ね、頼むからさ、あんたも泊まっておくれよ」

打って変わった懇願の口調で囁《ささや》いた。何を言われるかと思っていた重三郎は、拍子抜けすると同時に、驚いて口も利けない。

「実はね、この近所の筆屋の娘なんだけどさ、やっぱり髪切りに遭ってね、それがあんた、嫁入りの前の日だろ、半狂乱になっちゃって、とうとう」

これさ、女将は自分の猪首を、両手で絞める真似をした。

「だもんでね、あたしゃ、心配になってきたのさ。あのひとも怪しいもんだ、何だって素性かくさなきゃなんないんだい。やっぱし何かあるんだよ、きっと。ねぇ、こっちの身にもなっとくれよ、泊めた挙げ句に、首でも縊《くく》られた日にゃ、目もあてられないからね。誰かが、夜っぴて傍《そば》についてなきゃ」

「そ、それをわたしに？　そんなぁ……」

「なんだい、虫のいい男だね、あんた。元はといや、あんたのせいじゃないか、それを自分だけ脱けようってのかい、あたしゃ、寝ずの番はご免だよ。亭主はあの通り、別嬪とくりゃ猫に鰹節《かつぶし》のくちだしさ。あとは、あんたしかいないじゃないか」

女将は、一歩も退かぬ面構えで、重三郎に吠《ほ》えたてた。

「嫌ならいいんだよ。あたしゃ、亭主が何と言おうと、あの女を押っ放り出すからね」

四

しゃんと小褄《こづま》をとりかぶと……微かな冷えをふくんだ初秋の風が、目隠しに吊られた簾《すだれ》を忍びやかに揺らして、とぎれとぎれに河東節《かとうぶし》を運んでくる。そくそくとした艶冶《えんや》な唄声《うたごえ》は、おおかた、この一帯に軒を競っている茶屋のどこからか流れてくるのだろう。

「美い《い》声ね」

女が、ぽつりと言った。窓框《がまち》に落ち着かぬ腰を下ろして、姉のいる住吉町あたりの夜空をぼんやり眺めていた重三郎は、びっくりして振り向いた。女は、春信の古い絵暦《えごよみ》が残されているくすんだ柱に、細身の躰をもたせて、指先でゆっくりと唄の拍子をとっている。

その風情に、女の暮らしぶりが透けて見えた。眉を落とし、鉄漿《かね》をつけてはいるものの、女のどこにも所帯の匂いはなかった。おそらく、針仕事、水仕事といったものには縁のない女なのだろう。

（美い声ね、だと、人をこけにして）

重三郎はこんな女に関わりあって、振りまわされている自分が悔やまれてならなかった。いまごろ姉は、姑に気がねしながら、潜り戸を出たり入ったりして、重三郎の行くのを待っているに違いない。

窓框から腰を浮かせざま、重三郎は後ろ手に柱がわめくほどの音をたてて、障子を閉めた。女が、びくりと震え、

「おお、こわい、おこったのね、ご免なさい。こんなとき、手拍子なんかとったりして」

くびれた胴を斜《はす》にねじって、重三郎を見上げた。鈍な性質《たち》ではないのだ。

「あたし……お礼を言う、とっかかりが欲しくって」

重三郎は苦り切ったまま、部屋の片隅にむっつりと坐った。女に甘くない男もいるぜ、というところを見せたつもりである。

「あの……お家で、さぞ案じていなさるでしょうね」

「俺のことは、いいよ」

小袖簞笥《こそでだんす》の上に置いてあった仮名草紙《かなぞうし》に手をのばして、読むでもなく丁を繰りながら、

「それより、あんたのほうはどうなんだ」

重三郎は、抑えた声で尋ねた。

「あたしは……いいんです。今夜は姉のところに泊まるって、家を出たんですから……」

表向きは、ね、と言って、女は投げやりに小さく笑った。その自嘲《じちよう》のこもった笑いが、重三郎の顔を仮名草紙から上げさせた。

「あら、いやだ」

重三郎の視線に気づくと、女は顔を赤らめ、あわてて頰を押さえた。そのはずみに、袖口がさらりと手首を辷《すべ》って、なめらかな白い腕が見えた。

この振る舞いに、重三郎は少なからず面喰らった。まるで、初心《うぶ》な娘のような恥じら

いをみせる、自分とはさして歳も違わぬこの女が、ほんとうに役者買いをしたのだろうか。

「そんなに、しげしげ見ないでくださいな」

重三郎をからかうように、女はくすっと笑って、身を寄せてきた。

「どうせ、ご存知なんでしょ。あたしが、役者買いしてたってこと」

「……」

「役者買いの挙げ句に、髪切りに遭って……ざまはないわねぇ……もう、あなたには、すっかり躰を晒《さら》しちまったもおなじなのね」

いまみせた初心な恥じらいは跡形もなく消え失せて、黒眸《くろめ》には凄艶《せいえん》な光がやどっている。なんとも、捉えどころのない女だ。すぐ眼の前に迫ってきた女の肌の匂いが、重三郎を搦《から》めとろうとしたとき、

「ねえ、ちょいと、ここ開けとくれ」

女将の味も素っ気もない大声が、割ってはいった。途端に、その熟れた果物のような匂いが、すうっと消えた。

「おや、どうしたのさ、赤い顔して」

塗りの剝げた膳をかかえた女将が、障子を開けた重三郎の顔をじろりと一瞥《いちべつ》するなり、無遠慮な声をあげた。

「いえ、べつに……」

重三郎は、うろたえて俯いた。

「しっかり、しとくれよ。あんたも別嬪とくりゃ、猫に鰹節のくちかい」

女将はちょっと蔑《さげす》んだ顔をしたが、亭主でない限りどうでもいいらしく、

「腹へっちゃいないかと思ってさ、ま、商売物じゃないから、なんだけど、食べとくれ。味はいいよ」

さっさと膳を置くと、あっさりと出ていった。部屋に、気まずさが立ち籠《こ》めた。

その気まずさを破るように、重三郎は音をたてて膳を引き寄せ、勢いよく箸を取った。女のほうでも、器《うつわ》が鳴った。

「人参《にんじん》か、あたし……人参きらいだな」

大ざっぱに面を削いだだけの人参を箸の先にかざして、女が呟《つぶや》いた。舌ったるい、稚《おさな》い響きである。

——媚《こ》びてやがる。

その手を食うもんか、重三郎は味噌汁を飲むふりをして、それとなく様子を窺《うかが》った。

女は人参をかざしたまま、なにか物思いに囚《とら》われているようだった。みせた横顔に、言うにいわれぬ翳《かげ》りがまつわりついている。その翳りが、女の変わり身の早さに懲りたはずの重三郎を、深く惹《ひ》きつけた。

女が、重三郎の眼差しに気づいた。さっきのように、たちまち翳りを消して媚をみせ、大胆に擦りよってくるのかと思ったが、そうではなかった。重三郎に虚《うつ》ろな眼を向けただけで、かざした人参をゆっくりと小鉢に戻した。

「あたしね……人参みると、ちっちゃい時分を思いだしてぞっとするの」

「……」

「おなかが、空《す》いて、空いて……倒れそうだったから、よその軒先にうずくまって泣いたわ、何か食べさしてって。そしたら、出てきた小母さんが、ほら、あっち行って食べるんだよって、手皿でくれたのが冷《つべ》たぁい煮しめの人参だったの、それを姉ちゃんと取りっこしてね……」

重三郎は、椀《わん》をそっと膳に置いた。話のなかに女の正体を見た、と思った。役者買いをする女の陰に、生い立ちの貧しいもうひとりの女が、丈の短い襤褸《ぼろ》をまとい、肩をすぼめて坐っていたのだ。重三郎の心に、熱いいたわりが湧いた。

「なぜ、役者買いなんかする」

重三郎は近づいて、涙ぐんでいる女の肩を強く揺すった。

「いまは、恵まれた暮らしなんだろう。どうして、こんなことをするんだ」

と親身に諭《さと》す重三郎に、女がぐったりと躰をあずけてきた。

「あなたには、わからないのよ」

涙まじりの呟きにとまどった重三郎は、そのまま暫《しばら》く無器用な手つきで、さざ波だつ女の肩を撫でていた。だが、そのうちに段々と息苦しくなってきた。初めて、女を抱いたせいである。

途方に暮れていると、誂《あつら》え向きに、油皿で燈心の焦げる臭いがして、行燈が急に明るくなったり、暗くなったりしはじめた。重三郎は、胸にもたれて噎《むせ》んでいる女をやさしく押し離すと、

「油を、足さなきゃ」

嗄《しわが》れた声で言った。だが、女は、潤んだ目を重三郎に注いで、静かにかぶりを振った。

「いや、じっとしてて……」

「なに言ってるんだ、灯が消えるじゃないか」

油を足す、という口実で立ちあがり、女から逃れようとする重三郎の足に、女がすばやく腰を浮かして抱きついた。ジ、ジ……燈心の焦げる臭いがひどくなって、闇がふたりを包み込んだ。

五

絵は——商家の内儀《ないぎ》らしい女が、臆面もなく若い男に股《また》がり、豊かな乳房を下から揉《も》

み摑《つか》まれて、せつなげに眉宇《びう》を顰《ひそ》めてのけぞっている構図だった。半開きになった女の唇からは、喘《あえ》ぎすら聞こえてきそうである。がっくりと傾いた髷から抜け落ちた象牙《ぞうげ》の笄《こうがい》を、乱れた夜具の上にあしらって、描写に動きをあたえたところなど、まんざら凡庸の絵師でもないらしい。

この一枚の越前奉書には、男女の蠢《うごめ》きと、蒸れた息づかいまでが克明に刷りこまれて、見る目を蕩《とろ》かす繊細な猥雑《わいざつ》さがあった。

「どう思う？」

手酌《てじやく》でやりながら、平吉が上目づかいに言った。自分でも会心の彫りらしく、明らかに重三郎の讃《ほ》め言葉を期待している。だが、絵に見入っている重三郎からの応《いら》えはなかった。

——とんだものを見せてくれたぜ。

過ぎ去った歳月の彼方に眠っていた『肴や五郎兵へ』での一夜が、重三郎の脳裡に鮮やかに戻ってきた。

初めての女は忘れることがない、という男の陳腐な感傷を自分で嘲《あざけ》りながらも、重三郎は墨摺《ず》りの枕絵《まくらえ》のなかに二重写しになった、女と自分にじっと目を凝らした。耳朶《じだ》を灼《や》いた女の囁き、汗ばんで鞭《むち》のようにしなった白い裸身、それらが余さず、ここに封じこまれているではないか。

猫背をいっそう丸めて、貧乏揺すりをしていた平吉が、長い沈黙にしびれを切らして、

「よう、どう思うったら」

催促の声をあげた。

「あ、ごめんよ……出来栄えにすっかり見惚《みと》れちまった。凄《すげ》ぇ腕になったもんだな」

重三郎は慌てて、絵を飯台の向こうの平吉に戻した。

「もう、これだけ彫れりゃ、いっぱしだよ。じきだな、独り立ちも」

讃められた平吉が、二十四という齢《とし》にしては老けた顔を赤らめて、徳利を取り上げる。

「ま、独り立ちは、ずうっと先のことだろうけどさ。俺もやっとこさ頭《かしら》や、こんなもんを彫らしてもらえるようになった。がみがみ怒鳴られて、義太夫本ばかし稽古彫りさせられてた時分にゃ、なんどやめちまおうと思ったか、でも、いまじゃ辛抱してよかったと思ってるよ」

「そうだな、辛抱に勝るものはないって言うものな」

相槌を打ってから、重三郎ははっとした。平吉が言いたがっていることに、思いあたったのである。

——俺は、なんて鈍なやつだ。

重三郎は、自分に腹をたてた。酢の物を口に運びかけた平吉が箸を止めて、心配そうな目をこっちに向けている。

この春、重三郎は吉原五十間道にある仲蔵の妾《めかけ》、芸者次郎吉の家を軒借りして、小さな絵草紙屋を開いた。独り立ちを思いたってから、四年が経っていた。ところが、店はあまり流行《はや》らず、「いつ、潰《つぶ》れるか」という陰口さえ叩かれていたらくだった。

それが、平吉の耳にもはいったのだろう。久しぶりに飲もう、と声をかけてきたのは、自分の彫った絵を見せたいためでなく、どうやら重三郎を力づけるためのものであったらしい。

平吉は口も重く、およそ風采《ふうさい》のあがらない男だが、昔からひどく気配りをする温かいところがあった。

「駕籠舁きの倅じゃないか」

と、母に眉をしかめられても、ずっと親しく交わってきたのは、その優しさに惹かれているからである。

いまのいまも、口の重い平吉は、「店のほう、どうなってる」となかなか切り出せず、絵を見せたり盃《さかずき》を干したりしているのだ。重三郎は目頭《めがしら》が熱くなって、荒っぽく盃を空《あ》けた。酒は、ぬるく苦かった。

蔦屋を継がずに家を出て独り立ちしたい、と重三郎が言ったときは、激怒して反対した養父の理兵衛も、いざ店を開いたとなると、三日にあげず大門口までよろつく足を運んでいた。だが、このところさっぱりと顔をみせない。どうやら、早晩に店は潰れると踏んで、鷹揚《おうよう》にかまえたものらしい。

好物の煎餅《せんべい》を、茶に浸して口に放りこみながら、仲蔵に向かい、

「よくよく考えてみりゃ、あんな場所で絵草紙屋をやったって流行るわけがない。吉原は、おまえ、女を買いにくるところで、絵草紙なんぞを買いにくる奴がいるかよ。女、女、そればっかりで頭《おつむ》を熱くしてる連中が、なんで絵草紙なんか買うもんかね。それに廓《なか》にゃ貸本屋も、しっかと根を下ろしてらぁ、ま、あれも店が潰れりゃ、気も済むこったろうて。それまで、のんびり待つさ」

欠けた前歯を覗かせて、理兵衛はにんまりしたそうだ。

「潰れりゃ、片棒かつがされた俺はどうなる。銭《ぜに》貸して憎まれ、挙げ句に笑われちゃな。養父《おやじ》さん、『蔦屋を継がねえのなら、せめておまえの店にも蔦屋ってつけとくれ』、そう言って泣いてたってのによ」

俺が笑われたも同じだぜ、と仲蔵がしきりに悔しがっていた。以来、次郎吉の家にくるたびに、仲蔵は重三郎をつかまえて「しっかりしな」と、せっつくのである。

話を切りだしあぐねて、平吉は懐から豆絞りを取り出すと、鼻の下をきゅんと擦った。からきし女にもてないのは、こうした仕草が職人らしい粋《いき》からほど遠いためであろう。

「なぁ、平ちゃん」

だしぬけに呼ばれて、平吉が驚いた顔をあげ、冴《さ》えない一重の細目を瞠《みは》った。

「俺が、なんであんなとこに店を出したか知ってるか。俺だって、ちゃんと考えあってのことなんだ」

と言って、重三郎は言葉を切り、平吉をじっと凝視《みつ》めた。それから、押し殺したような声で、あとを続けた。

「俺はね、あすこで細見《さいけん》を売るつもりさ」

「そ、そらぁ……」

平吉は、目をしばたたいた。

細見とは、いわば吉原のよろず案内書で、どの遊女屋にどんな遊女がいるか、揚《あ》げ代はいくらかなどが、こと細かく記されている。そのため、初めて女を買う客でも、あらかじめ細見をみてさえおけば、迷うことはない。吉原は遊女の入れ替わりが激しいので、細見はたびたび開板《かいはん》されたが、そのつど売り切れた。

「場所柄、細見を重ちゃんの店で扱うようになれば、そりゃ飛んで売れようぜ」

平吉が、手拭《てぬぐい》で首をぬぐった。鈍くない男だ。重三郎の意図を悟って、すっかり紅潮した面もちになっている。

いま細見は、大伝馬町の鱗形屋《うろこがた》か、鱗形屋の息のかかった小売店が捌《さば》いていた。だが、それらの店は、いずれも吉原には、ほど遠い。もし、大門口のそばで細見を売るとなれば、買手の便はよし、大繁昌まちがいなしだ。

「凄ぇな、凄ぇよ。やっぱし重ちゃんは頭の出来がちがわぁ。餓鬼《がき》んときから、そうだったもんなぁ、うん」

貧乏揺すりが激しくなり、平吉はさかんに感心する。よせよ、と重三郎は照れて、

「まぁ、そうなったらの話でさ。いま店が潰れそうだってことには、変わりないよ。ただ平ちゃんにだけは、あすこに店を出した理由《わけ》を知ってほしかったのさ」

また、元のように眉を寄せた。

「だから肝心なことは、細見の小売りをやらしてもらえるか、どうかってことなんだ。せっかく俺が意気ごんでも、細見を扱えなきゃ先ゆき店は潰れるよ。いま日参している鱗形屋が、首をどっちに振るかだ。縦に振ってくれるか、それとも横か……俺の運の分かれ目だな」

「それで、鱗形屋さんは、うんと言ってくれそうかい」

身を乗り出して、平吉が尋ねた。うん、と言うも何も……と、重三郎はうんざりした顔で、

「会ってもくれない。ぺえぺえの駆け出しには、な」

力なく笑った。

「天下の鱗形屋、だもんなぁ」

彫師の平吉は、鱗形屋の力のほどを知っている。

鱗形屋は絵草紙や錦絵などを板行《はんこう》するだけでなく、よい初夢をみようと枕に敷く宝船までも、大量に売りこなす大手の地本問屋なのだ。

——数万艘鱗形屋は暮れに摺り

川柳にさえ謳われている店の主人と、小さな絵草紙屋を始めたばかりの重三郎とでは、まるっきり格が違う。月とすっぽん、会ってくれようはずもなかった。

よしんば会ってくれたとしても、鱗形屋ともあろうものが、そうやすやすと重三郎風情に、儲《もう》けを生んでいる細見の小売りを許すだろうか。平吉は躊躇《ためら》いがちに、その不安を口にした。

だが、重三郎は曖昧《あいまい》に笑っただけで、

「もう二本」

盆を持ったまま欠伸《あくび》をしている小女に手をあげた。

六

店の脇《わき》の三畳で掻巻《かいまき》をひっかぶり、割れるような頭を抱えていると、お峰婆さんがつかつかと入ってきて、容赦《ようしゃ》なく雨戸を繰った。霜月《しもつき》の冷たい風と眩《まぶ》しい陽射しとが、いっしょになって部屋の中になだれ込んできた。

「いつまで寝てんですよ、もうとっくにお天道様《てんとさま》は、のぼっちまったってのに。まったく、いい若いもんが、なんてザマだろ。頭が痛いって？　そりゃあんた、ゆんべの深酒の報いでしょ」

この婆さんの大声は持ち前だが、今朝のように酒あたりで苦しんでいるときには、おそろしく応える。重三郎は顳《こめかみ》を両の手で押さえて、ようやく起きあがった。逆らうと、すぐさま声を張って、「あたしゃ、あんたに雇われてんじゃありません」と、くるのだ。

（干魚みたいな躰で、よくもあんな声が出る）

内心、悪たれて部屋を出ると、店では小僧がつくねんと框に腰をかけて、通りに目を投げていた。暇《ひま》を持てあましているのだ。

――ちくしょう、こうしちゃいられない。

途端に、頭が冴える。顔を洗って、出かける仕度をしていると、次郎吉が茶の間から、

「ねぇ、あたしも出かけるんだから、いっしょに行かない」

と、声を掛けてきた。このところ次郎吉は三日にあげず、仲蔵を観《み》るため芝居町に通っている。

「おんなし芝居を観て、よく飽きないもんですねぇ。それに木戸銭払って、自分の旦那を観にいくなんて、姐さんもよっぽど、どうかしていなさる」

女っ気が干あがってしまったお峰婆さんは、憎まれ口を叩くが、次郎吉はまったく意

に介せず、嬉々として出かける。

「うん……でも、姐さんのお粧《めか》しには待たされるから」

長年のつき合いで、重三郎は遠慮のない口を返す。そのときはもう、足先が鼻緒を探っていた。あら、おっしゃるもんだ……障子の向こうで笑う声がして、次郎吉はあっさり引きさがった。

「いってらっしゃぁい」

小僧の間のびした声に背を押されて、重三郎は店をあとにした。

まだ五十間道には人影もなく、葉を落とした見返り柳が、糸になった千々の枝を寒風になびかせている。

──もうすぐ酉《とり》の市か。

重三郎は背を丸め、懐手して衣紋《えもん》坂を上っていった。

緑橋を渡って通油町《とおりあぶらちよう》にはいると、目だって人が混んでくる。このあたりから大伝馬町、室町、それに日本橋までは、いわゆる大店《おおだな》ばかりが軒を並べているところだ。呉服屋、鼈甲櫛笄《べっこうくしこうがい》問屋、本屋……さまざまの店が看板や日除けの暖簾に、自信たっぷりと屋号を誇示している。

大伝馬町三丁目の南側に堂々たる構えをもつ鱗形屋の置き看板は、漆仕上げの凝った木組のもので、高さが五尺余もあり、他を圧して見事だった。

〈鶴鱗堂　鱗形屋孫兵衛　吉原細見開板所　草紙・表具類・御経〉

厳《いかめ》しい文字が、あたりを睥睨《へいげい》している。

この看板が、遠くに小さく見え、それがだんだん大きくなるにつれて、重三郎の緊張も増していく。

唇を引き結んで水引暖簾をくぐると、帳場格子の中で厚い帳簿を繰っていた番頭が、顔をあげて露骨に嫌な表情をした。片脇で算盤を膝に、なにやら指図を受けていた手代も、

「また来たのか」という顔をする。

店には、上がり框《がまち》に腰を下して錦絵や青本などを選んでいる客が、五、六人いた。これに手代がふたり、前掛けに手を置いて愛想よく相手をしている。邪魔にならぬよう隅っこに身を寄せて、主《あるじ》の出を待つ重三郎の袖を、顔みしりになった丁稚《でっち》がそっと引いた。まだ飴《あめ》でもしゃぶって遊んでいたほうが似つかわしい年頃で、お仕着せから出た脛《あし》は痛々しく細い。

「あの、今日も無理のようですよ。旦那様は奥様づれで、お出かけなんです」

可愛い声の囁きが終わらぬうちに、当の孫兵衛が八段《はったん》がけの羽織すがたで、奥から顔を見せた。血色がよく、中背でやや肥《ふと》っている。五十前後だろうか。番頭も手代たちも一斉に、

「いってらっしゃいまし」

と頭をさげる。

気圧《けお》されて、重三郎はちょっと身を退《ひ》こうとしたが、凍りついたように動けなくなった。孫兵衛に随《つ》いて、裾さばきも慎ましやかに出てきた内儀が、なんと、あの夜の女だったからである。

重三郎の目は、鳳凰《ほうおう》散らしの帯をしめ、ギヤマンの玉簪《たまかんざし》をさした女に、釘《くぎ》づけになった。むろん、投島田に結いあげた艶やかな髷のどこにも、あのときの無残さはなかったが、容色は少しも変わっていなかった。いや、歳月に洗われて、いっそう嬋妍《せんけん》になっていた。

たとう入りの錦絵を片手に、上がり框から腰を浮かした江戸詰らしい中年の武士が、錦絵の女でも見るような目で、女を眺めまわした。男たちから見つめられることに、慣れきっているのだろう。女は恥じらうでもなく、細い指でちょっと襟をつくろう仕草をみせ、自分に見惚れている客に愛想よく小腰をこごめた。

立ち竦《すく》んでいる重三郎も、客とみたのか、紫の鼻緒を止めて笑みをみせようとした。ふたりの目が、合った。驚いて見開いたままの重三郎の眼《まなこ》に、女は小首をかしげたが、はっと息をのんだ。同時に、女の顔が泣き笑いに大きく歪んだ。

重三郎を黙殺して通りすぎた孫兵衛が、若い男の前で鼻緒を震わせて立ち止まっている女房に、針をふくんだ声を投げつけた。

「おしの、何をしているんだね」

暗影

一

濃く紅をさしたおしのの唇が、微《かす》かにわななきはじめた。わななきは、またたく間に五体におよんで、淡い紫のあられ小紋におおわれた肩が、こきざみに揺らぎだした。

孫兵衛は客や店の者たちの手前もあって、さすがに重ねて呼びたてはしなかったが、眉をぐっとしわめて、おしのを待っている。店の者は店の者で、さりげなさを装いながら、立ち竦んだままの重三郎とおしのを盗み見ていた。

——まずいな。

われに返った重三郎は冷やっとした。吉原細見の小売店になりたくて、鱗形屋にお百度を踏んでいるというのに、あろうことか、そこの内儀と四年前に肌をあわせているのだ。怪しまれて露見すれば、それこそ細見の話どころではなくなる。

おしのにしても、いまの恵まれた暮らしを棒に振りかねない。重三郎は、あの夜おしのが洩らした貧しい生い立ち話を、忘れてはいなかった。おしのを救い、潰れかけた自分の店を持ちなおすには、ここで芝居をうつしかない。

咄嗟に、ほぞを固めた。思いっきり揉み手をしながら、

「これは、これは、お内儀さまでございますか。わたくし吉原大門口に、ちゃちな絵草紙屋を開いておりますす蔦屋重三郎と申しますもので、はい。こちらさまでお出しの細見を、ぜひとも扱わせて頂けないものかと、毎日お願いに参上いたしております次第で……どうぞ、ひとつお内儀さまからも旦那さまに、よしなのお執りなしを……」

卑屈を装って、重三郎は腰をかがめた。

「そ、そう。それは、おほね折りなことで」

おしのも、重三郎にあわせて、やっと白化《しらば》くれた。声こそ、少しうわずっていたが、どうやら自分を取り戻したようだ。美しいお歯黒をのぞかせて、婀娜《あだ》めいた笑顔をつくると、おしのは晴ればれしたような下駄の音をたてて孫兵衛を追った。

「ぐずぐずしないでおくれ、接待するほうが遅れちゃ、不作法だろ。なんだね、店のなかで。いい男とくりゃ、すぐあれだ。まったく、はしたないじゃないか」

孫兵衛は小言に嫉妬をまじえて呟くと、大股に歩きだした。店の外では、さっきから駕籠が二挺《ちょう》、垂れをあげて待っている。

「洲崎の升屋《ますや》だ、いそいでくれ」

店先に、貫禄を誇示する孫兵衛の勿体ぶった声が響いた。このとき、張りつめていた重三郎の気が、いっぺんに緩《ゆる》んでしまった。

そんな重三郎の始終を、腕ぐみした若い男が店と奥とを仕切る杉戸に寄りかかって、じっと見据えていた。男は、色白の整った顔立ちで、肉の薄い瞼《まぶた》の下のぎらりと光る鋭い眼さえ柔和なら、まず優男《やさおとこ》といっていい。

男がゆっくりと腕ぐみを解いて、つかつかと帳場格子に近づき、なかの番頭になにか耳打ちをした。番頭はかしこまり、半白の頭を仰々しく上下させて頷《うなず》くと、あたふたと立ちあがった。手代のひとりが、気を利かせたつもりでか、男にいそいそと座布団を運んできたが、男はにべもなく手を振った。

重三郎は、男の冷ややかな眼差しに、まだ気づかないでいる。男が片頬で笑った。番頭に、後ろからいきなり肩を叩かれた重三郎の狼狽が、いかにもおかしかったからである。笑うと、整った顔の下に隠された傲慢《ごうまん》さが、じわりと現われてきた。

「よかったじゃないか、え、蔦屋さん。うちの若旦那が話を聞こうとおっしゃっている。ほら、あそこだよ。あんたも日参の甲斐があったというもんだ、あっははは」

いやあ、よかった、よかった——いつもは重三郎を歯牙にもかけず、手代をつかって追いかえす番頭が、丸い顔に皺をよせて、打って変わった笑みをみせた。躰をよじって店の奥を振り向いた重三郎の目と、脇箪笥を背に突っ立って重三郎を見据えている男の目とが、かちりと合った。

「店の切り回しは、ほとんど若旦那がなさってるのさ。あんたの願いとやらを、ようくお頼みするがいい」

番頭は、さも自分が橋渡しをしたように、さあ、若旦那にご挨拶したらどうかね、と胸を反らして重三郎の背をつっ突く。言われるまでもない、話を聞いてもらうための、日参だったのだ。

注がれる視線のきつさを訝《いぶか》りながらも、重三郎は上がり框に近づいて、丁寧に頭を下げた。だが男は、重三郎に取りつくしまも与えず、

「徳兵衛、わたしの部屋へ通しておくれ。ただし、裏口からな」

それだけ言うと、すっと奥に消えた。

「へ、かしこまりました」

愛想笑いを満面に浮かべていた番頭も、男がひっこむと、いつもの渋面にもどり、

「庄どん、このひとを裏口へ案内して」

そう言い捨てて、さっさと帳場格子のなかに戻っていった。

へーい。ちょこまかと駆け寄ってきたのは、顔みしりになった例の丁稚である。

——この子が、庄どんか。

物乞いかなにかのように、裏口へ回される惨めさが、いくぶん薄らいだ。庄どんは重三郎の屈託にかまわず、

「さ、まいりましょ」

手をひかんばかりに、先導するのだった。

店を出て、めぐらした板塀の曲がり角のところで、

「あのひとが、幸太郎さんかい」

重三郎は、庄どんに尋ねた。寄り合いで耳にはさんだ鱗形屋の惣領の名だ。

「いいえ、ちがいます」

庄どんは、ちんまりした鼻をうごめかして、あれは次男の房之助さんです、と重おもしく言った。

「だけど、番頭さんは若旦那と呼んでたし、店を切り回してるとも言ったぜ」

「そ、いまじゃ房之助若旦那が跡継ぎみたいなもんです。大旦那さまも、そのおつもりなんで房之助若旦那を養子に出さないんだって、番頭さんが言ってました」

「じゃ、幸太郎さんはどうなるんだい？」

「幸太郎若旦那は……」

だめ、だめと、庄どんは一人前に眉を寄せ、

「三十にもなんなさるのに、女の尻ばかし追っかけて。あのね、自分の祝言だってのに、

女の家から席に出てくる人だもの、一年たらずで、とうとう夫婦別れですよ。いまは、本船町の小唄のお師匠さんとこに入り浸り」

よどみもなく、受け売りのませた口をきく。

「へえ、そうかい。兄弟でも違うもんだね。ところで、房之助さんは幾つなんだい」

房之助の刺すような冷たい視線を思い浮かべて、重三郎はなにげなく聞いた。

「二十六だと。ここだけの話だけど、ほら、さっき出かけていった奥さまと、同い年なんですよ。もっとも、同い年とは言っても義理の母と子なんで、どっか具合わるいとこあんのか、仲が良くなくてね。房之助若旦那は、奥さまとめったに口もききません。幸太郎若旦那のほうは、たまに戻ってくると、自分がずっと年上なのに、『おっかさん、おっかさん』って、平気で呼ぶんだけど……あ、いっけない、余計なことお喋りしちゃった、内緒にね。あの木戸くぐったら、右手の奥です。じゃ……」

二

裏口で名を告げると、女中が現われて心得顔に重三郎を招じいれた。磨きのかかった長い廊下を、女中について行きながら、

――豪勢なもんだな。

重三郎は、すっかり感心している。畳ほどもある板石を三枚も橋に渡した泉水、これに築山を添わせて、かなめに古樹を配した見事な庭園——母屋は、この庭を鉤《かぎ》の手にゆったりと抱いていた。

店のざわめきは、耳を澄ましても、聞こえない。房之助の部屋は、鉤の手を曲がった中程にあった。

筆筒や硯《すずり》の置かれた朱塗りの唐机に片肘をついて、房之助は重三郎を待っていた。重三郎は下座に、手をつかえた。

「改めてご挨拶をさせていただきます。わたくしこと、吉原の大門口に」

「ああ、わかってるとも。さっき、店でおっかさん相手に喋ってるのを聞かせてもらったよ。うちの細見を扱いたいってこともね。だから、重ねての挨拶はいらない」

木で鼻をくくったような、すげない言葉にさえぎられて、つかえた両手を詮方《せんかた》なく膝に戻した重三郎は、つくづく嫌な男だ、と思った。今日が初対面のはずなのに、まるで、仇敵をみる目つきである。

(恨みを買った覚えもないが……)

と考えて、重三郎はどきりとした。おしのとうった下手な芝居を、房之助に見られたのだ。まさか、この冷ややかな眼差しで狸芝居だと見抜いたのではなかろうか。急に、不安になってきた。

「あんたを、ここへ通したのは、だ。おもしろい男に思えたからなのさ」

揶揄《やゆ》するように、房之助は重三郎の顔を覗きこんだ。

「……」

「そうだろ、考えてもごらんよ。細見は、あんた、うちにとっちゃ、大切な財産なんだ。それを、だ。縁もゆかりもない、あんたごときにやすやすと商いさせるとでも思うのかね。まして、あんたの店は大門口というじゃないか。そんなところで小売りをさせりゃ、地の利を得ているあんたの店は繁昌まちがいなしだろうさ。だがね、ほかの小売店はたちどころに、おまんまの食いあげだ。本家本元のうちだって、かすんじまうだろう。そんなこと、うちがさせるもんかね」

同じことを、平吉も心配していた――幼馴染みがみせた、昨夜の心細げな顔が、重三郎を力づける。幾度も幾度も足を運んで、きっかけはともかく、こうしてやっと話を聞いてもらえることになったのだ。

ここが正念場と、重三郎は涼しい目を、ひたと房之助に据えた。

「は、お道理で。ですが、いまならば細見を扱わせていただく見込みがある、と踏んでおります」

ほう、房之助の目が異様に光った。

「それではひとつ、その見込みとやらをお聞かせ願いましょうか、蔦屋の旦那」

「鱗形屋さんでは、お大名貸しをなさっていらっしゃると耳にしましたが、どうでございましょう」

「また、妙なことをお聞きだ。まあ、うちぐらいの店ともなれば、よくあることでね。それが、あんたの見込みとどう関わる」

たいへん不躾《ぶしつけ》を申しますが、それはお許しを、と前置きした重三郎は、ぐいと膝を進めて言い切った。

「いま、ご内証がお苦しいのでは」

このとき、重三郎は房之助の顔から血の気の失せるのを見てとった。

――やっぱり。

が、それは一瞬のことで、房之助はさもおかしそうに笑いだした。

「あっはは、何を言うのかと思ったら……途轍《とてつ》もないことを、よくもまあ。あんた、頭たしかなのかね、え」

腹の筋がよじれるよ、と房之助は小揺るぎをみせて笑い続ける。その笑いがおさまるのを待って、ずばりと核心に入った。

「ほかの小売店の、倍の卸値。それも前金で仮渡しをする、この条件でいかがでしょう」

重三郎は、声を落として迫った。またたく間に、房之助のつくり笑いが消えた。

「いい条件だ。また、えらく奮発したものだな。だが、お生憎《あいにく》だね。うちはそう困り切っちゃあいない。よしんば困ってるとしても、駆け出しの木っぱ店ごときが差しだした餌《こ》に、ぱくりと食らいつくとお思いかね。腐っても鯛というわけじゃないが、鱗形屋を舐《な》めちゃいけない」

あきらかに、房之助は気色ばんできた。険しい形相である。悪押《わるお》しすると、叩き出されかねない。重三郎は迷った。だが、ここまでくれば、のるか反《そ》るか、もう言葉を続けるしかなかった。

「去年の大火事で、御門うちのお大名がたのお屋敷はあらかた灰。いえ、焼けたのは町屋も、わたしどもの吉原もおなじ」

「それが、どうした」

「あれからこっち、諸色《しよしき》はうなぎのぼり。なにしろ、松の尺板がたったの二十六枚で小判一両というんだから、話にもなりません。大工の手間賃だって、一日が金百匹……なにもかも天井知らずに騰《あ》がっております。いまじゃ、しようがなしに屋根はわらで葺《ふ》いて、柱を竹にかえても、普請代は十両とくる……」

「わかった」

房之助が、顔を扇ぐように手を振った。

「あんたの言いたいことは、わかったよ。町屋でさえ、そうだ。まして大名屋敷の建て直しともなれば、これは途方もない大金が要る。あちらさまは、うちから借りた金を返すどころじゃあない。とすると、うちは焦げついて遠からずに産を破る……こう言いたいんだろ、違うかね」

　重三郎は、黙っている。房之助もそれきり口を噤《つぐ》んだ。重三郎は固唾《かたず》をのんで、房之助を口許をじっと見守った。

　庭のほうで、弾けるような水音がした。泉水の魚が跳ねたのだろう。房之助の口の端が、ぴくりと引きつるように動いた。

　――どう、でるか。

　握りしめた重三郎の拳に、汗が滲んだ。が、当の相手は意表をついてきた。

「ところであんた、おっかさんとわけでもあったんじゃないのかい、むかし」

三

　遠くで、犬が啼《な》いている。

　たっぷりとした黒髪を襦袢《じゅばん》の背に梳《す》きながしたまま、おしのはしどけなく鏡台の前に坐り、その遠吠えを聞いていた。

　升屋で、金貸しの三浦屋にくどく強いられた酒が、まだ躰のなかを駆けめぐっている。むりに湯をつかったせいか、胸のむかつきがひどくなってきた。わかっていたことだが、風呂にも入らずに、床につく気にはなれなかった。

献酬《けんしゅう》にこと寄せた三浦屋が赤らんだ顔で、座もち女を扱うように図々しく、手や膝に触れてきたのである。おしのは風呂で空《から》えずきをこらえながら、三浦屋の脂ぎった手の這《は》いまわったところを、ひりついて赤くなるまで洗いたてた。

てらりと酒びかりのした、好色そうな顔を思いだして、おしのは鳥肌だち、いそいで襟元を掻きあわせた。と、床がみしりと鳴って、襖《ふすま》がそっと開いた。

「俺だよ」

潜めた声とともに、房之助が滑りこんできた。おしのは慌てもせず、夜具の上に放っていた綿入れ半纏に手を伸ばした。

「そのままで居たらいいのに。おっかさん、いい」

おっかさんのくだりに力をいれた房之助は、縮緬のしごきでくびれた、おしのの腰のあたりを目でなぞって、火桶《ひおけ》のそばに胡坐《あぐら》をかいた。

黙殺しておしのは、鏡台に向きなおり、花の露を湯あがりのほてった肌につけはじめた。ひんやりした化粧水《みず》が、丹念に磨きあげた肌理《きめ》のこまかい素肌に、気持ちよくしみていく。じっと見ていた房之助が、苦笑を含んだ声で言った。

「親父こぼしていたぜ。おしのの奴、もうすこし愛想よくすりゃいいのに……三浦屋を怒らせやしないかと、今日は肝が冷えたって」

愛想にもほどがある、とおしのは思った。

――あたしは、芸者じゃない。

年若の後添いではあっても、一応は鱗形屋の女房なのだ。いくら人さまを接待する場合でも、酒を無理じいされたり、手を握られたり、下卑《げび》たことを耳打ちされたりすれば、追従《ついしょう》もほどほどにしなければならない。

あのとき、三浦屋のしつこさに閉口して、何度も孫兵衛に目配せをおくって救いを求めたが、孫兵衛は知らんふりを極めこんでいた。三浦屋が帰ったあと、そのことで詰《なじ》ると、孫兵衛は小さな目を三角にして、却っておしのを叱りつけた。

「なんだね、あの仏頂面は、え。もちっと相手の気にいるように接待できんのかね。うちがいま、どんなに難渋しているか、おまえも薄うすは知ってるだろ。接待したからにゃ相手をうまく懐柔して、ちゃんと元を取る、そんな気でいてくれなきゃ……若い男にゃすぐ色目をつかうくせに。まったく、しょうのない奴だね」

孫兵衛は、変わった――と、おしのはつくづく情けない。以前の孫兵衛の座もちには、鱗形屋としての風格があって、たとえ相手が武家方であろうと、ああいう幇間《ほうかん》じみたことは一度たりともしなかった。相手を遊ばせて元を取る、と孫兵衛は言うが、はたして今日の孫兵衛にそんな気迫があったろうか。

三浦屋は、てんから孫兵衛を小馬鹿にしきって、おしのにしな垂れかかっていた。それを孫兵衛は見て見ぬふりで押し通し、おまけに、唄を所望されると声を張って、うまくもない唄をうたったりしたものだ。

——まさか。

おしのは身じまいの手を、ぴたりと止めた。まさか鱗形屋は、思ったよりずっと窮迫しているのではなかろうか。

「ねえ」

俯いて火桶の灰をならしている房之助に、おしのは思わず躙《にじ》り寄っていった。

「ねえ、うちは三浦屋さんからお金を借りなきゃならないほど困ってるの」

いい匂いだ、鼻をひくつかせて房之助ははぐらかしたが、すぐさま真顔にもどった。

「……ああ、まったく親父も、いい気になって大名貸しをしすぎたよ。天下の鱗形屋とおだてあげられて、二本差しに頭さげられるもんだから……貸した金が、去年の火事ですっかり焦げついちまった。木場《きば》の土地や、板権をちびちび手放したりして、まあ、いまんとこ何とか持ちこたえてはいるんだが……」

そう言えば今日の席でも、三浦屋が八文字屋本の板権がどうのこうのと喋っていた。

おしのは、自分の顔がしだいに蒼《あお》ざめていくのを感じた。

「ちくしょう、大円寺のくそ坊主が」

容貌に似合わない荒々しい動作で、房之助はならしたばかりの灰に火箸をぶすりと突きたてた。大円寺は、目黒の行人坂にある寺で、去年の大火事の火元である。あの火事さえ起きなけりゃ、と房之助は指先で顳《こめかみ》をぐいと押さえた。

――蔦屋の睨《にら》んだとおりなんだ。

睨んだとおりでありすぎる。房之助は、鱗形屋の窮状を手もなく看破した重三郎が、真底いまいましかった。

――才走ったつら、しやがって！

舌打ちすると、房之助はゆっくりと目をあげて、おしのを見た。

おしのは襦袢の両袖を胸に抱きあげ、不安に曇った顔を伏せて、ぼんやりしていた。肩に羽織った綿入れ半纏が、ずり落ちそうなのも気づかないでいる。行燈の灯が、梳きながしの横坐り姿で物思いに沈むおしのを、嫋々《じょうじょう》と見せる。房之助の喉を、ごくりと唾が滑った。

「ああ、やめた、やめた。こんな話、あんたとしてもはじまらん」

わざと大きく伸びをしたあと、房之助は少しいざり寄って、

「なに、三浦屋さえ金を貸してくれりゃ、それで何とか持ち直せるさ」

おしのの肩を、ぽんと叩いた。はずみで、おしのの肩をほんの申し訳におおっていた綿入れ半纏が、するりと落ちた。

「あんたが案じることはないさ。これまでどおりの荒い金づかい結構、あんたに贅沢《ぜいたく》さ

せるのも楽しみでね。親父には内緒で、これからも金はやる。だが……」

こう言いさして、房之助はおしのの頤《おとがい》に人差しをあてた。

「男あそびだけは慎んでもらおう。でないと、今日みたいに震えて立往生することになるぜ」

仰向きにされたおしのの顔のなかで、切れ長の目が瞬きを忘れて、大きく見開いていた。

「俺の言ってることがわからないのかい？　ほら、大門口の蔦屋って駆け出し……あいつと、あんたわけがあったんだろう」

昼間、重三郎に糺したと同じ言葉をおしのに投げかけて、房之助は答えを待った。口辺に、薄笑いが浮かんでいる。

が、うろたえたのは房之助のほうだった。

「なんのことだか、さっぱり……」

と、澄まし顔で空惚《そらとぼ》けたあと、

「それより、いいんですか、こんな早い時分に来たりなんかして。あちら、まだ臥《ふ》せってはいませんよ。ばれたら、それこそいままでの用心も水の泡じゃありませんか」

話題を転じて、おしのが切り返したからである。

房之助は鼻白んで手をひっこめ、壁の向こうに目を走らせた。

孫兵衛は一間おいた奥の八畳をひとり寝所にしている。しばらく中腰になって耳を澄ましていたが、屋根の上を木枯らしが走りぬけ、庇《ひさし》で枯葉が鳴るばかりだった。

くっ、くっ……慌てぶりが自分でもおかしかったとみえ、房之助は背を丸めて笑いをこらえた。

「おどかすなよ……まったくあんたには負ける。惚《とぼ》けるだけなら、ま、可愛げもあるが、逆に人をおどすんだから」

もっとも俺はあんたのそんなとこが好きさ、と言いながら房之助はゆらりと立ちあがり、落ちている綿入れ半纏を摑むと、行燈にそっと掛けた。途端に、部屋が仄《ほの》暗くなった。

房之助はすばやくしゃがみ込んで、おしのを抱きすくめた。

「あいつは、あんたよりずっと正直だぜ。鎌をかけたら、どぎまぎして顔を赤くしやがった。ところが、もうひと息でボロを出すってときに大事な来客さ。いまじぶん、助かったと胸を撫でおろしてることだろうよ」

耳朶に、房之助の息が熱い。

おしのは忍び声をあげて、しきりにもがく。その拍子に、爪先が蒔絵《まきえ》の櫛箱《くしばこ》にあたって、がらりと音がしたが、もう房之助はびくつかなかった。

「さあ、白状しな。店でふたりがばったり会ったときの顔つきは、ただごとじゃなかった。俺はすぐピンと来たのさ。何かあるってね。なのに、親父ときたら少しも気づかないでいる。おえない甚助のくせして、どっか抜けてるんだ。もっとも、それだから俺もあんたも助かってるがね」

しごきの結び目に手をかけながら、房之助はまた低く笑った。おしのの抵抗は、少しずつ弱まっていく。

「聞こえるわよ」

「だいじょうぶ、昼間の三浦屋接待で親父はくたくたさ。もう、寝てるよ。それに、あの茶屋からこっち、だいぶご無沙汰なんだぜ。おまけに今日は駆け出しのあいつから、うちの内情をすっかり見通されて、無性に腹がたってるんでね」

しごきが、蛇のようにくねっておしのの躰から離れていった。

「いきなり『ご内証がお苦しいのでは』と図星をさされたときゃ、ぎくりとしたぜ。細見を小売りさせてくれるなら卸値もよその倍でいい、と小癪《こしゃく》にも餌まで投げてきた。この鱗形屋に、だぜ。あいつ、ただのねずみじゃあない。あんたとのことを持ちだして話をそらさなきゃ、あのまま押し切られたかも知れないな……ちくしょう、鱗形屋を甘く見やがって、誰が小売りなんかさせるもんか」

自分の言葉に昂ぶって、房之助は手荒におしのを押し倒した。

房之助の躰の下で、おしのは目も閉じず、天井に浮く行燈の淡い灯の輪のなかに、重三郎の面ざしを描いて、躰を固くした。あの夜、おずおずと自分を抱いた男は、四年の歳月のなかで見違えるほどたくましくなったようだ。

おしのはふと、会いたいと思った。

――吉原大門口、つたや、じゅうざぶろう。

胸のなかで呟いたとき、房之助が顔をあげて、行燈の灯を吹き消した。

四

雪は、水気の多い牡丹《ぼたん》雪で、地面に舞い降りるとすぐにとけた。竹垣越しに見える六間堀の短い橋が、みるみる濡れて黒ずんでいく。その橋を女が、前掛けを頭になりふりかまわず、駆け渡ってくる。茜《あかね》染めの前掛けと、胸に抱えた青笊《ざる》が、舞う雪に映えて一幅の絵にみえた。

だが、女が走り去ってしまうと、まだ昼をまわったばかりというのに、人通りはそれきり絶えた。鉛色のぶ厚い雪雲におおわれて深川南六間堀町は、町中が穴籠《あなごも》りしたように静まりかえっている。

このひっそりとしたなかで、重三郎は一刻《いっとき》ちかくもおしのを待っていた。

――遅いな。

動きのない目の前の眺めに飽いて、重三郎はことりと障子を閉めた。

所在なさに重三郎は、また手焙《てあぶ》りに手をかざした。ちょうどそこに唐紙が開いて、火を盛った台十《だいじゅう》を手に、小太りの女が入ってきた。

「どうも底冷えがすると思ったら、やっぱり白いものが降ってきちまって。お寒くありませんか」

女はおしのの姉で、たしかお里とか言った。おしのとは似ていない、色黒のおたふくである。

このお里が、きのう店に現われたときは驚いた。

「おかしいと思ったんですよぉ、はなっから」

あいにく小僧が休んで、代わりの店番をしてくれていたお峰婆さんが、持ち前の大声を潜めて、茶の間に飛びこんできた。

「さんざ、ねばって絵草紙ひとつ買うじゃなし、妙だと思ってたら」

婆さんは皺《しわ》に埋もれかかった細い目を、重三郎に流して、

「来てますよ、いいひとが」

あんたに話があるんですとさ、と含み声で言った。

到来物の鹿《か》の子餅《こもち》をよばれていた重三郎は咄嗟《とっさ》に、おしのが来たのかと思い、頰ばった餅を喉《のど》につかえさすところだった。

奇しくも鱗形屋の店先で出会って、七日が経っていたが、ひょっとして四年前のことを孫兵衛に知られてしまい、すがってきたのではないか。顔色が変わったようだ。次郎吉と婆さんは、やっぱり、と言いたげに目配せをかわした。

「どんなひとなのさ」

次郎吉は細っこい指に餅をつまんだまま、長火鉢から躰をのり出して、婆さんに尋ねた。それが姐さん、婆さんは重三郎にちらと白い目を投げて、

「とんだ阿亀《おかめ》でねえ。野暮ったい身なりの、どう見たって三十《みそじ》は越した女ですよ」

と、こきおろした。よかった。おしのじゃない。重三郎は、ほっと息をついた。婆さんの毒舌が描きだした女は、まるきりおしのと違う。

ほっとしたところで、次郎吉と婆さんに、覚えがないと言い置いて、重三郎は店に出てみた。どこかおどおどした女は、出てきた重三郎を確かめるように凝視すると、得心がいったのか、すり寄ってきて、

「あの……わたし、おしのの姉です。実は、おしのが……」

と耳打ちをした。

おしのが大事な用向きで重三郎に会いたがっている、算段つけて会ってやってほしい。お里と名のった女は、そう言うのだった。重三郎はためらっていたが、やがて大きく頷いた。用というのが、気がかりだったからである。

やはり、何か起きたのではないか。

——その証拠に……

と、重三郎は思った。約束の刻限をとうに過ぎても、おしのは姿をみせない。

お里も、遅すぎるおしのを案じているらしく、

「ほんに……どうしたってんでしょ、おしのは。勘弁してくださいねえ。自分が呼びたてときながら、お待たせするなんて。接待っても、今日は顔みせるだけで済むから昼すぎには行けるって、言っていたんですけどねえ」

炭をつぎ足しながら、小首をかしげた。

——接待？

これは初耳だった。なんだ、それじゃあのことがばれたわけでもないのか、まさか孫兵衛が知ったうえで、おしのを大切なもてなしの席に出すとは思えない。とすれば、おしの大事な用とはいったい何だ。首をかしげたいのは、お里よりこっちだった。

「升屋ってことだから、駕籠でくりゃ直ぐなんだけど」

遅いねえ、まったく、と外でも見るつもりなのか、お里が障子に手をかけた。雪が、風にのって舞いこんできた。

「おお、さぶ」

丸い鼻のさきを赤くして、お里が障子を閉めかけたとき、バタバタと足音がして唐紙

の前でぴたりと止まった。

「あたいが言うの」

「だめ、俺がめっけたんじゃないかあ」

可愛い争い声は、筒抜けである。お里は手荒に障子を閉め、

「なんだねえ。お客さまだから静かにしてなって、あれほど言ったじゃないか」

唐紙に向かって、怒鳴りたてた。そして、恥ずかしそうに、

「済みませんねえ、連れ合いが亡くなってから、ずっとこれなんですよ。言うこときかなくって」

と、言いわけをした。

――後家だったのか。

子供のほうは、またしても小声で争いを始めて、がたぴしと唐紙を開けにかかった。さきに顔を覗かせたのは、花模様の布子を着た女の子である。これ、お里は拳を振りあげて、睨みつけた。だが、その子はニッとして、

「あのね、おばちゃん来たよ。だけど、変なの」

と言った。あれ、ま、とお里はうろたえ、

「なんで早く言わないのかね」

声といっしょに立ちあがった。

そこへ、おしのがゆらゆらと入ってきた。お里も重三郎も、思わず声を呑んだ。

おしのの着付けは、見苦しいほど崩れていた。赤い下着が裾を割ってこぼれており、帯は緩んだがのようで、いまにも解け落ちそうである。ほつれ髪からは、雪が滴になってしたたり、なんとも傷ましい姿だった。

「しのちゃん、あんた」

お里のさしのべた手を、おしのは邪慳に振りはらった。

「どうしたってのさ、いったい」

震え声をだして、お里はおろおろと手をひっこめる。

「ねっ、あたいの言ったとおりでしょ。変よね、おばちゃん」

女の子が無邪気に言ってのけた。

「ああ、変ですよ、変ですとも」

怒るのかと思ったが、おしのは抑揚をつけてゆっくりと言っただけだった。足元がふらついている。

「か、駕籠で来たんじゃないのかい」

「来たわよ、でも途中でおりちゃった、あはは」

「あはは、じゃないだろ。そんななりで、まあ」

お里は、まつわりつく子供たちを部屋の外に追いだして、

「ご近所に恥ずかしいじゃないか」

と、きつく詰《なじ》った。

「恥ずかしい？　ふん、この家はあたしの躰で買ったようなものじゃないの。あたしが、どんななりで来ようと勝手でしょ」

そうでしょ、おしのはもう一度、乾いた声で笑うと重三郎のそばに躰を投げてきた。割れた膝元から、白い膝頭がのぞいた。

お里は、おしのの言葉に射貫かれて、茫然と立ちつくしている。

重三郎に寄りかかったおしのが、

「あたしのこと、誰もまともに鱗形屋の女房だなんて思ってないんだわ。お女郎さん扱いされてんのよ、あたし」

と捨て鉢に言った。

このただならない言葉で、重三郎もお里も接待先でおしのの身に何があったのか、おおかたの察しがついた。だが、お里はおしのに拒まれてどうすることもできず、のろのろと部屋を出ていった。

「おまえ、先に行っといてくれないか。わしも、すぐに後から行く。そしたら、おまえは入れ代わりに帰っていいから……って、言われたの。でも、それはお芝居だった……」

おしのは、涙もみせずに淡々と話す。

接待先の出来事が、おしのの感情を奪ってしまったようだ。

「うちのひとと三浦屋のあいだじゃ、ないないで話がついてたんだわ。行ったらすぐ次の間に引きずりこまれてね、そこにはちゃんと、夜具がのべてあって……鱗形屋さんも承知のうえだよって、三浦屋はせせら笑ったわ」

「う、鱗形屋さんは」

取り乱して、重三郎は口をはさんだ。

「あれかい、俺とあんたのことを知って、腹癒《い》せに？」

おしのは、ううんと首を振った。

「あのひとは、おえない甚助のくせして、どこか抜けてるのよ」

「……」

「これ、あたしが言うんじゃないわ。房之助さんが言ったのよ」

おしのの口調に、房之助との狎《な》れのようなものを感じて、重三郎は訝しく思った。

房之助とおしのは仲が悪くて、ろくに口もきかない――鱗形屋の庄どんは、確か、そう言った。

「仲がよくなかったんじゃないのかい、房之助さんとは……」

「誰から聞いたの」

「そういう噂だ」

紅のはげた唇を、おしのはぎゅっと噛んだ。唇から、見る間に血の気が失せる。

いっときして血の気を取りもどした唇から、擦《かす》れた声が洩れた。

「うわべだけなの……房之助さんはお金をくれるわ」

「うわべだけだって？　それじゃ……」

重三郎は、次第に顔がこわばっていった。ふたりは、ただの仲じゃないのか。まさか……いや、そう考えれば納得もいく。重三郎を見る房之助の冷たい目、あれはまさしく嫉妬の目だった。

「いつからなんだ」

重くなった舌を、重三郎はやっと動かした。五年前から……と、おしのはまじろぎもしないで言ってのけた。

五年前、大工だったお里の亭主が、足場から落ちて死んだ。下の子が、ようやく二つになったばかりのときだった。わずかばかりの貯えは、すぐに底をついた。しかし、働こうにも、乳呑児を抱えては雇ってくれるところもない。追いつめられたお里は、とうとうおしのに泣きついてきた。

聞けば、家賃もとどこおって、立ち退きを迫られているというのである。

「当座がしのげる、ほんの少しでいいの、そのうち、なんとか働くとこ見つけて、きっと返すから……ね、お願いよ」

だが、おしのには、そのほんの少しがままにならなかった。孫兵衛は、おしのに僅かのお金も持たせはしなかったのである。

年の若い後妻に金を持たせては、ろくなことはないと思いこんでいるようだった。齢のひらきからくる男の自信のなさが、そうさせた。

しかし、場合が場合である。おしのは子細を言って、金を貸してくれるよう頼んだが、孫兵衛は驚くほどの渋い顔をみせ、

「駄目だね。おまえを家にいれる際、手切れと言っちゃなんだが、まとまった金を渡してあるはずだよ」

と、つれなく言った。

池の端の料理茶屋で、お運びをしていたおしのを見初めて後妻に据えたものの、孫兵衛はおしのが貧しい実家と行き来するのを嫌っていた。

「でも、あれは」

「そう、おまえのおとっつぁんが博奕《ばくち》でスッちまったって聞いたがね。だが、そりゃあたしの知ったこっちゃない。そのおとっつぁんが死んでやれやれと思ったら、こんだ姉《ね》さんかい。ともかく金は貸せないね。おまえは、もううちの者なんだから、いちいち実家《さと》の尻ぬぐいをするこたあない、さ、帰っておもらい」

言いたいだけ言うと、孫兵衛は敷物を蹴って店を出た。

——あんまりだ。

残されたおしのは、袂《たもと》を噛んで泣いた。お里を見殺しになど、できやしない。早く母を亡くして、ぐうたらの父からは、ろくに食べさせても貰えなかったが、お里と二人で肩寄せあってどうにか大きくなったのだ。

見殺しになど、できるものか。おしのは涙をぬぐって立ちあがった。立ちあがったときには、心を決めていた。床の間わきの用箪笥の前まで足を運ぶと、おしのは顫《ふる》えながら引き出しの鐶《かん》に手をかけた。

「それを房之助さんに見つけられたの。でも、房之助さんは見逃してくれた。ばかりか、こっそり穴まで埋めてくれたの。だからその晩、房之助さんが忍んできたとき、いやとは言えなかったのよ、あたし……」

話に、重三郎は気が滅入ってきた。そういう家で、おしのは暮らしていたのか。

「それからよ、自棄《やけ》になったのは。自分が汚《けが》らわしくって、反吐《へど》が出そうでね。どうなったっていいと思ったわ。お金は房之助さんがどんどん融通つけてくれる、役者買いもそれからね。この家だって、房之助さんのくれるお金で姉ちゃんに買ってあげた」

「鱗形屋さんは、それで何も言わなかったのかい」

「ええ……そういうひとなのよ。あたしの男あそびは、犬みたいに嗅《か》ぎまわるくせして黙ってるの。でも、いっぺんだけ、腹に据えかねたんでしょうね、けちなやくざ使ってあたしの髪を切らせたことがあったわ。そのやくざが、あとで店に恐喝《ゆすり》をかけてきたんでわかったの」

「じゃ、あんときの髪切りは、鱗形屋さんがやらせたのか」

外は雪がやんで、かわりに夕闇が舞いおりていた……。

密告

一

昼さがり。

大伝馬町の広い通りは、お酉《とり》さん詣《もう》での衆で、ごった返している。その人波めがけて、突如、耳をつんざくような絶叫が飛んだ。

「なんだ、なんだ。どうしたってんだ」

「捕物だとよ、なんでも大捕物があったっていうぜ」

土産物の八頭芋《やつがしらいも》や熊手など、打っちゃらかしに駆けてきた野次馬《やじうま》連の足が止まったのは、三丁目の鱗形屋《うろこがた》の前だった。

野次馬たちは、その場の異様な光景に、いちように目を剝《む》いた。それは、確かに捕物ではあった。だが、名代の置き看板のかたわらで、小者に両腕をつかまれ、声をふり絞り、暴れ狂っているのは、なんと鱗形屋の主人だったのである。

ふだん身綺麗に櫛目を通している髪は乱れて、そそけ立ち、色つやのある顔は白っぽく乾いて、まるで別人のようだ。

「う、鱗形屋さんじゃねぇか」

ぽつりと洩らした誰かの驚きが、口づてに人だかりの後ろに拡《ひろ》がっていく。

「なにい、鱗形屋さんが捕まったって？」

「いったい、なんの科《とが》でさ」

「抜け荷じゃねぇか」

「馬鹿野郎め、本の抜け荷があってたまるかい」

人垣の後ろでは、暢気《のんき》な声が飛びかう。

うぉーっ。

孫兵衛が、また踠《もが》きだした。しかし手慣れた小者たちは、孫兵衛の腕を搾《し》め木《ぎ》にでもかけるように、軽々と両脇から締めつけて、びくともしない。

見かねた若い同心が、痛ましそうな顔で、

「なあ、あんたも、これほどの大店の主人じゃねぇか。人前だぜ、ちったぁ潔《いさぎよ》くするこった。な、おとなしく奉行所へ行ってくれ」

近寄るなり、孫兵衛を小声で諭《さと》した。

「申し開きがあるんなら、お白洲でするさ。あんまり暴れると、縄を打たなきゃならねぇぜ」

がっくりと肩を落とした孫兵衛が、血走った目で同心を見あげた。目の下のたるんだ皮が、ぴくぴくと動いて、凄い顔つきである。

しかし踠《や》きが止んだのは、ほんのいっ時だけで、孫兵衛はそれから一段と風狂じみて暴れだした。とても年寄りとは思えない力で、躰を反らしたり曲げたりして小者の腕から逃れようとする。はずみをくった小者のひとりが、もんどり打って地面に転がった。

――やれ、やれ。

同心は首を振り、打ちたかねぇが、と呟《つぶや》いて小者に合図した。

「お、お待ちくださいまし」

それまで呆然と突っ立っていた房之助が、同心の声で我に帰り、暴れ狂う孫兵衛と捕縄をのばしはじめた小者との間に、割って入った。

「どうか、どうか、お縄だけはご勘弁を……父には、ようく申し聞かせいたします」

「ああ、いいよ。できれば俺も、縄は打ちたかねぇのさ」

かんぬき差しにした刀の柄《つか》に左手をのせると、同心は二、三歩後じさって、くるりと野次馬のほうへ向きなおった。気の弱い奴は首をすくめて、早々に人垣を抜けていく。

ふたりの小者も孫兵衛を解き放し、間合いをとって、それとなく構えた。

孫兵衛はしょぼたれて、へたりこんだ。

「おとっつぁん、みっともない真似はよしてくれ」

房之助は、孫兵衛の肩に両手をかけて強く揺すった。

「店の名が、廃《すた》れるばかりだ」

「房之助か」

孫兵衛は抑揚を失った声で、息子の名を呼び、その膝にとりすがった。

「なぁ、わしはただ頼まれただけじゃないか、そうだろ。頼まれて仕様なく……このことをおまえからも、お役人に釈明しておくれ。わしはただ、片倉さまのたってのお頼みで」

「よせ、おとっつぁん。いまさら愚痴っても仕方ないんだ。日頃のおとっつぁんらしく振る舞って、この場をおさめてくれ、頼む」

「いやだ！」

孫兵衛は駄々をこねる子供のように、地面をぱたぱた叩いて叫んだ。

「なぜ、こんな目にあわなきゃならん。わしは何ひとつ、悪いことはしておらんのだ。おしのが知っている、おしのはあのとき、わしの傍《そば》にいた。おしのぉ、おしのぉ、出てきて、わしの身の証《あかし》をたてとくれぇ」

「徳兵衛、手をかせ」

いまにも立ちあがって、店のなかに駆け入らんばかりの孫兵衛を、必死に押さえ込みながら、房之助は怒号した。

すると、暖簾の陰からひきつった顔の番頭がまろび出て、孫兵衛の後ろにまわり、

「旦那さま、ご免なされませ」

と目をつむって、羽交い締めにかかった。

手代たちも、思い思いに軒先から出てきて、主人を取り巻いた。

恐る恐る孫兵衛を締めつけている番頭に、

「手荒くしてもかまわん、親父を立たせろ」

はずむ息の下から、房之助が低く言ってのけた。

その房之助を、かっと睨みつけて、

「おしのぉ、おしのぉ、出てきとくれ、一言でいい、わしの証をたてとくれぇ」

孫兵衛は度はずれした大声で、店の奥に向かって呼びたてる。着物の泥を払ってやろうと、孫兵衛の裾前に跪《ひざまず》いた手代が、孫兵衛のばたつく足先で鼻柱をしたたかに蹴上げられ、ぎゃっと叫びざま地面に這いつくばった。

鼻血が、押さえた指の間からみるみるしたたり落ちた。

房之助は、それを青ざめた顔で見おろしていた。いつのまにか、同心がかたわらに寄っている。

「どうぞ、父にお縄を……」

顔をそむけて、房之助は呻《うめ》くように言った。

「そうだな、そのほうがいいだろう。これじゃ、よけい……」

同心の左手が柄から浮いて空を切ると、それを合図に、小者たちが孫兵衛に躍りかかって、呆気なく縛りあげてしまった。

「行くか」

同心の気の重そうな声に、人垣の一角が崩れて、割れた。その割れた人垣のあいだを、小者に挟まれた孫兵衛は、よたよたと引っ立てられていく。

もう喚《わめ》くことも、暴れることもなかった。ただ、三丁目の角にさしかかったところで、大きく後ろを振り向き、

「おしのぉ、助けとくれぇ」

と、一度だけ声を絞った。

その声は、町屋を舐めるように垂れこめている雲に吸いとられて、鱗形屋まではとどかなかった。

二

おしの部屋近くまで来ると、番頭は立ち止まって、軽いしわぶきをした。それから、わざと足音を鳴らして歩を運び、敷居ぎわに跪いて、

「若旦那さま、徳兵衛でございます。ただいま戻りました」

と障子越しに声をかけた。障子の向こうは、しんと静まりかえっている。

番頭は遠慮がちに、もうひと声かけた。すると、房之助の懶《ものう》い声がやっと返ってきた。

「聞こえてるさ、はいれよ」

番頭の睨んだとおり、房之助はやはりおしの部屋にいたのである。

「いえ……」

「いいから、はいれ。廊下は底冷えがする。それとも、俺に出てこいとでも言うのか、そこへ」

「いいえ、めっそうもない」

房之助の声が尖《とが》ってきたので、番頭はうろたえて障子を開けた。が途端にばつの悪い顔になって、目を伏せた。

房之助がおしの膝枕《ひざまくら》で、旦那然と横臥《おうが》しているではないか。耳を掻かせていたものとみえて、脇の小菊紙に、珊瑚《さんご》の玉簪《たまかんざし》が転がっていた。

この情景に進退きわまって、もじもじしだした番頭を、

「早くはいって、そこを閉めろ。寒くてしょうがない」

房之助が、怒鳴った。

「へ」

剣幕に怯えた番頭は、這うようにして部屋に入り、あたふたと障子を閉めたが、当の房之助は起きあがりもしない。

それどころか、いままで耳にしたこともない優しい声で「こんだ、こっちの耳を掻いてくれないか」と、おしのに言う始末だ。おしのは、無表情に玉簪を取りあげた。

このふたりの仲を、番頭が知ったのは七日まえの晩のことである。

その日——番頭は引っ立てられていった主人のことが心配で、わが家に帰るどころではなく、夜っぴて店に詰めていた。女中が中の間に床を敷《と》ってくれたが番頭は帯も解かず、悶々《もんもん》として頭を抱えていた。

明日からは当分、大戸をおろして世間の目を避け、噂《うわさ》が下火になるのを待たねばなるまい。奉行所からもおそらく、そのようにお達しがあろう。が、あいにくと明日は、三浦屋に蔵の板木《はんぎ》を見てもらうことになっていた。これは、店の浮沈に関わることである。その段取りをどうするのか、房之助に聞いておかねばと思いながらも、すっかり失念していた。気づいたのが四ツ（午後十時）過ぎ、ひとの部屋を訪ねるにふさわしい時刻ではなかった。

——明日にするか。

一旦は断念したものの、明日に迫った重大事を放ってもおけず、

――ええい。どうせ、若旦那も眠ってはおられまいて。

心に決めると、番頭は手燭《てしょく》をかざして暗い廊下に出た。

鉤《かぎ》の手を曲がると、はたして房之助の部屋だけは、仄暗い灯が障子を染めている。ほっとした番頭が、声をかけようとした矢先、

「おしの、おしの」

という房之助の息ぜわしい嗄《か》れた声が、部屋から流れてきた。流れにのって、絶えだえの女のすすり泣きも聞こえてくる。部屋で、いま何が起こっているかは、明白であった。

番頭は顔色を失《な》くして、後じさりをはじめた。だが度肝をぬかれたあまり、よろめいて板戸にぶつかってしまった。

「誰だ」

鋭い声が飛んで、房之助が裸身に寝間着をまとっただけの恰好《かっこう》で、部屋から出てきた。

房之助は、廊下に立ち竦《すく》んで手燭をふるわせている番頭をみとめても、さして驚きもしなかった。後ろ手にゆっくりと障子を閉め、

「なんだ、徳兵衛か」

と、せせら笑っただけである。

番頭のほうが、歯の根も合わないほど顫えあがり、その場にへたへたと坐りこんでしまった。

「見られたんじゃ仕方がない。お察しのとおりさ。おまえ、お恐れながらと俺たちを訴え出るか」

「……………」

尻から這いのぼってくる冷たさに、顫えを増した番頭は口もきけず、首を烈《はげ》しく横に振った。そんなことをすれば、もう鱗形屋は潰されてしまう。主人の孫兵衛が捕えられたいま、房之助は店にとって掛けがえのない大黒柱なのだ。

「そうか、そうしてくれると思ったよ」

それだけ言うと、房之助は踵《きびす》を返し、さっと障子を開けて部屋に戻りかけた。開けた拍子に障子のすき間から、脱ぎ散らしたおしの着物がちらりと見えた。それを見て、ふいに怒りがこみあげてきた番頭は、

「お、大旦那さまがお可哀そうでございます。いまごろは、寒いお牢《ろう》のなかというのに」

はじめは惨めな震え声だったが、感情が激してきたのか、涙まで流しはじめた。

「そうお思いになりませんか、え。徳兵衛、今夜のことは口が裂けても口外などいたしません。でも、二度とこのようなこと、なさらないでくださいまし」

番頭の丸い顔は、鼻水も混じってぐしゃぐしゃになった。

房之助はしらけた顔で番頭を見おろしていたが、やがて、その膝前にすうっと躰を沈め、

「親父に義理だてしても、何の見返りもないんだぜ」

と囁いた。

「こともあろうに、お大名のお宝を質入れしたんだ。むろん、ご家来に頼まれてのことだが、それにしても罪は軽くないだろう。おまえ、親父は即座にご放免になるとでも思ってるんじゃないだろうね」

「……………」

「俺は、ね。おまえの暖簾わけのことも、ちゃんと考えてるんだぜ」

いつのまにか、番頭の涙はとまっていた。算勘にたけた番頭は、暖簾わけと引き換えに、ふたりの不義に目をつぶってしまったのである。

——しかし、それにしても、こりゃあんまりってもんだ。

こっちは朝早くから小売店を飛びまわって金を集め、夕方は夕方で、吉原に蔦屋を尋ねてなんとか話をつけ、疲れはてて帰ってきたというのに。番頭は、温かい部屋でうじゃけているふたりに、小腹が立ってきた。

しばらくして、房之助は起きあがった。起きあがると背筋を伸ばして端座し、膝枕で横臥していたときとは、打ってかわった顔つきになった。

「それで、どうだった。蔦屋のことだ、蔦屋は明日くるってかい」

孫兵衛が捕えられると、三浦屋はこっちの足元を見透かして、法外な利子を吹っかけてきた。三浦屋の金を当てこんでいただけに、房之助の胸算用は大きく狂ってしまい、ここはどうでも、蔦屋に細見を卸して当座をしのがねばならなくなったのである。おしのと関わりがあったに違いない男の餌に食らいつくのは、いかにも無念だが、いまはこれしか店を救う手はないのだ。

房之助の険しくなった眼光に驚いた番頭は、腹のなかで不服を唱えていたことも忘れて、取り入るように喋《しゃべ》りだした。

「はい、それはもう。なんせ蔦屋の店ときたら、絵草紙屋なんてもんじゃありません。店晒《たなざら》しの絵草紙をぱらぱらと店台に並べてるだけで、あれじゃ、うちの細見を扱わないことには、早晩潰れちまいます。明日はきっと飛んでまいりましょう」

「ところで、兄貴のほう、大丈夫だろうな」

房之助は番頭のお喋りを、いいかげんで打ち切った。重三郎の話など、聞きたくもないのだ。

「は？」

番頭は一瞬きょとんとしたが、すぐに悟って、

「ご安心を。今日、本船町に手代をやって、ちゃんと幸太郎さまのご在宅を確かめてお

ります」

　抜かりはございません、とばかり胸を反らせた。

「なら、いい。明日は兄貴に、蔦屋の相手をさせるからな。このまえのようなことがあってはならん」

　惣領の幸太郎は、父親が捕えられたとき、本船町で小唄の師匠をしている色と、箱根に遊山としゃれこんでいた。店ではそれを知らなかったので、幸太郎が土産をさげて現われるまで、連日、手代たちが探しまわっていた。房之助は、そのことを言ったのである。

「おまえ、明日は兄貴の後見をやってくれ。兄貴はお人好しだからな、ひとりじゃ心許《こころもと》ない」

「はい、それはよろしゅうございますとも」

　番頭は後見しろと言われて、大いに気をよくしたが、

「若旦那さまは？」

　と怪訝《けげん》そうに訊《たず》ねた。

「俺は、あいにく三浦屋と会わねばならん」

　言ってしまってから、房之助ははっとした。おしのの前で、三浦屋のことは禁句である。だが、おしのは平気をよそおっているのか、顔色も変えずに玉簪をいじっていた。

房之助の挙動が急にそわそわしくなり、

「明日の打ち合わせは、俺の部屋だぞ」

言いわけがましい言葉を残して、さっさと部屋を出ていった。わけがわからない番頭は、小首をかしげながら後を追った。

房之助は、おしのが三浦屋におもちゃにされたことを知っている。知っているくせに、素知らぬふりで、おしのを抱くのだ。

——みんな、穢《きたな》い。あたしは、いっとう穢い。

おしのは手にした玉簪を、夕闇の迫った障子に、力いっぱい投げつけた。

三

人形町通りを過ぎて、右へ曲がれば楽屋新道というところにさしかかったときである。すれ違って行った侍が、また足早に戻ってきて、重三郎に声をかけた。

「蔦屋ではないか、たしか蔦屋と言ったであろう、おぬし」

「は、さようですが」

小腰をかがめたものの、重三郎はその侍に見覚えがなかった。しごく貧相な小男で、両刀は質素このうえない拵《こしら》えだし、袴《はかま》の折り目もとれている。

「忘れたか……ん？　おぬしとは、ほれ、いつぞや鱗形屋で会っている」

侍は膚《はだ》の粗い顔をぐいと突きだしてきて、にこにこと笑った。

「あ」

重三郎に、記憶がよみがえってきた。

そうだ。房之助に、おしのとの関わりを執拗に問いつめられていたところへ、この侍が顔を出したのだ。そのときも侍は、いまのような人なつっこい顔で、

「お、先客であったか。こりゃご無礼した。早く来すぎたな」

と房之助と重三郎の双方に、笑いかけたのである。

「どうも、お見それしまして」

顔を赤らめて詫びる重三郎を、筋ばった手で押しとどめ、

「いや、なに、忘れて当たりまえ、おぬしと言葉を交わしたわけでもないのだからな。ただ、わしは少々絵をたしなむ。それで一度会った人の顔は、忘れんのだ。とくに、おぬしはいい男だったからの、房どのに、あれは誰だと名前まで尋ねた」

明かせば、そういうことだ——侍は呵々《かか》と、うち笑った。その脇を芝居帰りらしい娘が二人、肘《ひじ》をつつきあって通り抜けていく。

通りの目にかまわず、侍は重三郎に上体を寄せてきて、

「おぬし、聞いたか、鱗形屋の一件」

今度は、思いきり潜めた声で言った。

「はい、まったく驚き入りました」

道の端に人を避けて、重三郎と侍は立ち話をはじめたが、通りはなにしろ、ひどい混みようだ。芝居帰りの者だけでなく、師走をひかえて物売りもやたらと多い。甲高い物売りの声が、ときどき二人の話を途切れさせる。

「いかんな、どうも。おぬし、急ぐのか」

腰を据《す》えて話すつもりとみえ、侍は爪先だって辺《あた》りを見まわし、手頃な店を物色している。

重三郎は迷った。実はこれから中村座にでている仲蔵のところへ行き、晴れて吉原細見の小売店になった報告をしなければならない。仲蔵という後ろ楯があったればこそ、「倍の卸値、しかも前金で仮渡し」などという大見得きった渡り合いができ、約定まで漕《こ》ぎつけることができたのだ。

帰りは、阿倍川町の彫辰《ほりたつ》へまわり、平吉に板木の手直しを頼むつもりでいた。いずれも大切な用事なのだが、侍の洩らした妙な噂というのも何だか気にかかる。重三郎は頭のなかで、用事の段取りをもう一度考え直すと、

「せっかく、お声をかけて頂きましたので、よろしければ、お供をさせてくださいまし」

と丁寧に言った。平吉のほうは、明朝でも間に合うと判じたのである。

　すると、それまで思案する重三郎を探るように見ていた侍の顔が、ぱっと明るくなった。

「だいぶ思案に手間どったの。まあ、よい。あそこはどうだ」

　言いながら、侍は先に立って、通りを横切りはじめた。重三郎がためらっているまに、目星をつけていたらしい。重三郎は小間物売りをやり過ごしてから、慌てて後に従った。

　店は、青物屋《あおもの》とかもじ屋に挟まれた小体《こてい》な飲み屋だった。手垢《てあか》で黒ずんだ縄暖簾をくぐると、奥の板場から白髪まじりの亭主が「いらっしゃいまし」と出てきただけで、客はいなかった。

「ふむ、銚子二本もらおうか。おぬし、どうかな、いける口か」

　樽《たる》の腰掛けに腰をおろすと、侍が上機嫌に重三郎の顔を覗きこむ。

　酒は嫌いではないが、初対面の相手と飲むのは苦手《にがて》だ。重三郎は、いいえ、下戸《げこ》でございまして、と答えた。酒より、鱗形屋にまつわる妙な噂とやらが聞きたい。

　運ばれてきた銚子を取りあげると、侍の盃に酒を注《つ》いでやりながら、

「それで、あのう……さきほどおっしゃいました妙な噂といいますのは」

　と、さりげなく切りだした。

「おお、それ、それ、そのことよ」

　侍は重三郎が注いでやった酒を、ぐっと飲み干してから躰を乗りだしてきた。

「実はな、鱗形屋が捕えられたのは密告があったからだそうだ」

「密告⁉」

「む。おぬし箱訴《はこそ》というものを知っておろうな」

「目安箱《めやすばこ》のことで……」

「そうだ。その目安箱にな、鱗形屋の罪状をめんめんと綴ったのが投げ入れてあったそうな」

「……」

重三郎は茫然とした。

孫兵衛が捕えられた翌日――平吉が、出入りの板木屋《はんぎや》から聞いて、重三郎のところへ飛びこんできたときも仰天したが、いまそれが密告によると聞かされて、一段と衝撃を受けた。

「ま、ふつう目安箱の訴状は、訴人の住まい、名前がないと、取りあげられんのだ。ところが、鱗形屋は運が悪くてな、罪が罪だけにこのたびのような破目になってしまった」

「鱗形屋さんの罪は、一体どのようなものなんでございましょう」

渇いた喉に唾をおくりこみながら、重三郎は恐る恐る尋ねた。平吉はむろんのこと、平吉に孫兵衛が捕えられたことを喋った板木屋も、ただの野次馬で、罪状までは知らなかった。

「質入れだ」

銚子を取りあげながら、侍は重おもしく言った。

「質？」

「質といっても、ぴんからきりまであるぞ」

思わず素っ頓狂な声をあげた重三郎を、侍は笑った。

「鱗形屋が質入れしたのは、ぴんのほうじゃ。なにしろ、家宝というからな、大名の。もっとも鱗形屋は用人から頼まれて、仲介しただけらしいが、それでも罪は重い。去年の正月に質屋取り締まりの布令《ふれ》が出された。師走には質物置主《しちもつおきぬし》証人の制、というお触れも出ている、知らんか」

存じません、と言うように、重三郎はかぶりを振った。

「それで、だ。お上としては捨ておけなかったのじゃな。去年そういう布達をしたのに、よりによって大名家の宝を、置主、証人両名の名をいつわって質入れするとは言語道断、よって重きお咎《とが》め、というわけだ」

「それじゃ、そのお大名家はお取り潰しになりますので？」

いや、いや——侍は盃を飯台に置くと、顔の前でせわしく手を振った。

「そう、やすやすとお取り潰しがあってなるものか。それに当の大名は知らぬことでの、用人が一存で質入れをしたそうだ。それも遊ぶ金ほしさのためというのだから、嘆かわしい限りじゃ。ま、わしも遊ぶ金ほしさに絵筆をとったり、戯文をものしたりするので、口はばったいことは言えんがな。用人が皺腹《しわばら》を切って、鱗形屋がお縄になって……それで、おしまいだ」

侍は手を叩いて、板場の亭主に酒の追加を頼んだ。

重三郎は、まだぼんやりしている。話が話だけに、はぁ、さようでと聞き流せるものではない。つき出しに箸もつけないでいる重三郎に、

「どうかしたのか」

口を尖らせて熱い酒をすすった侍が、訝《いぶか》しそうな顔を向けた。

「はぁ……誰が密告なんぞしたのかと思いまして」

「さあな、そこまでは知らんぞ。先ほども言うたとおり、訴状は名なしの権《ごん》べえだ。噂をわしに持ちこんできた朋友は、おおかた用人の後釜《あとがま》を狙った奴の仕業ではないかと申しておった。わしも、そんなところだと思う」

喋ったあと、侍は重三郎を見てニヤリとした。

「それにしても浮かぬ顔じゃな。まさか、おぬしが密告の主ではあるまいの」

「めっそうな、何をおっしゃいます」

重三郎は、憤然として応じた。いま、懐の証文のことを考えていたのである。

渇くように欲しかった、細見の小売りを許すという証文が、そんな経緯《いきさつ》で自分のもと

に転がりこんできたのかと思うと、気が滅入った。重三郎は、懐の証文を着物の上から押さえながら、この心情を侍に打ち明けた。

すると、侍はからからと笑って、

「なんの、それもおぬしの運じゃよ。気づかうことはない」

と慰めた。そして、おぬしも商人《あきんど》なら、他人を押し退《の》けてでも儲《もう》けるという、冷たい心がまえがないと大成はできんぞ、と続けたが、口とは裏腹に重三郎をいたく気に入ったようである。

「ま、飲め」

自分の盃を空《あ》けると、小皿の上で勢いよく滴を切り、侍は満足げに重三郎の前に差しだした。

「わしは近ぢか、鱗形屋から戯文を出す。前からの約束でな、それが売れたら一席もうけよう」

こんな汚ない店ではないからな、と悪戯《いたずら》っぽく片目をつぶり、

「そのかわり、おぬしも先ゆき儲けたらおごるのだぞ。いや、それよりも店が繁昌してきたら、わしの戯文も引き受けてくれ」

侍は、重三郎に持たせた盃になみなみと酒を注いだ。

四

——面白いお侍だ。

立ち去っていく侍を、青物屋の前で見送りながら、重三郎はほのぼのとした気持になっていた。

侍は倉橋寿平といい、駿河小島藩の江戸詰用人だった。年は三十一、重三郎よりも七歳の長である。

「なに、用人といっても小藩のことでな。懐具合が淋しくなると、恋川春町《こいかわはるまち》に化けるのさ」

筆を走らせる手つきをして笑った顔が、いかにもざっくばらんで、重三郎はすっかり惹《ひ》きつけられた。

「鱗形屋さんからは、どんなものを上梓《じょうし》なさるので」

と尋ねると、春町は頭を掻いた。

「いや、それがな。実を申すと、まだ手もつけておらんのだ。おい、おい、そう呆《あき》れた顔をするもんじゃない。なに、書くことはちゃんとここで固まっておるよ」

春町は背筋を伸ばして、胸を叩き、

「邯鄲《かんたん》の夢を下敷きにしたやつでな。題も決めてある、『金々先生栄花夢《きんきんせんせいえいがのゆめ》』と、いうのだ」

しっかりした口調で、言った。

「邯鄲の夢と申しますと、あれでございますか、枕を借りて寝た男が立身出世をするという夢をみて……」

「さよう。おぬし、物識りだな。楽しみに待っていてくれ、世間があっと驚くものを書くぞ。恋川春町ここにあり、というものをな」

春町先生は、貧相な躰に鬱勃《うつぼつ》としたものを秘めて、青黒いとばりのなかに消えていった。

――さて、俺もこうしてはいられない。

重三郎は踵を返して角を曲がり、楽屋新道に足を踏みいれた。

楽屋新道には役者の出を待っている女たちが群れていたが、これはいつものことである。おしのと出逢った四年前の夜も、そうだった。女たちを避けるようにして、中村座へ急ぐ重三郎は、

――あれから、どうしてるだろう。

深川で別れたきりの、おしのを思った。

「あたしのこと……穢いと思ったでしょ」

かすれて低い、おしのの呟きが、耳から離れない。

「亭主の目を盗んでは、義理の息子に抱かれ……ううん、それだけじゃない、役者買いもすれば、店のためには金貸しのおもちゃにもなる」

おしのは、肩を震わせた。

「そんなこと思やしないさ」

重三郎が言葉をつくして慰めても、おしのは淋しげな微笑を頰に刻むだけだった。

「あたしって、救いようのない女なの。今日も、ね……あなたをここに呼んだのは、あなたと遊びたかったから。大事な用なんて、噓、あきれたでしょ」

くっくっ、と喉を鳴らして泣き笑いするおしのが哀れで、重三郎は思わず抱きしめた。

緘《かん》して他人に言うべきではない母と養父の秘事を、おしのに話そうと思ったのは、そのときである。

「俺の親父はね、引手茶屋の番頭だった。ところが、自分の女房がそこの旦那と密通したのを知って、俺が七つのとき行き方知れずになったのさ。気の弱い男だったと思うよ、旦那にも女房にも文句ひとつ言わず、自分が消えちまった……腹んなか、煮えくり返っていたろうにな」

目をとじると、振り向きもせずに肩を震わせて去っていった父の、痩せた後ろ姿がある。

——生きているのか、死んだのか。

重三郎は、深く溜息をついた。

いつのまにか、おしのは重三郎の腕のなかからぬけて、座りなおしていた。膝に置いた手が、微かに顫えているようだった。

「その息子ってのが、とんだ馬鹿な奴でね。お袋を寝取って、親父を行き方知れずにさせちまった旦那の養子になったのさ」

吐きすてる重三郎を、

「でも、知らなかったんでしょ」

と、今度はおしのが湿った声で慰めにまわった。

「ああ、知らなかったさ。十九のとき、養父とお袋の話を立ち聞いて、わかったんだ。それまで養父のことを、親父に捨てられたお袋と俺を引き取ってくれた恩人だとばかり思ってたものな、とんだ、お笑い草だ」

「おっかさんは……いま、どうしていなさるの」

おしのは、遠慮しながら口を挟んだ。

「お袋か……お袋はまだ養父のところにいるよ。俺が出てくのに、お袋だけ残るのはおかしいぜってなじったら、俺のために残るんだときた。万一、俺の店が潰れたとき、俺が戻ってきやすいように、なんて言ってたけど……本当は、養父の傍にいたかったんだろ。養父を助けて、店の切り盛りまでやってるよ」

「もう、いいわ。止して、お願い」

おしのが辛そうに、重三郎の言葉をさえぎった。

「あたしのために、話してくれたのね……口にするのも嫌だったでしょうに。ありがとう、あなたって本当にいいひとなんだわ」

おしのは、重三郎の気持を察した。

そして四年前の夜、重三郎を誘惑したことを恥じ入りながら詫びた。そのときの、しおれた姿が忘れられない。

重三郎がおしのの面影を思い浮かべて、胸を痛めたとき、楽屋口あたりに嬌声《きょうせい》があがって、女たちが動いた。お目あての役者が、出てくるところらしい。

その時分——おしのは、房之助に髪をわし摑みされて、無惨にも部屋じゅうを引きずりまわされていた。

鴇《とき》色の襦袢の襟元が大きくはだけ、白い豊かな乳房が、すっかり露《あらわ》になっている。

「なぜだ、なぜ親父を密告なんかしたんだ、言え、おしの」

肩息をつきながら、房之助は部屋のまんなかにおしのを突っ放すと、顫える手でおしのの細首を絞めにかかった。だが、おしのはその手から逃れようともしない。

「お、おまえって奴は」

房之助の顔は、幽鬼のように青ざめている。おしのは首に手をかけられたまま、房之助に虚《うつ》ろな視線を投げた。

「あたし、あのひとに一言、謝ってもらいたかった。一言だけで、よかったの……それなのに、あのひとったら」

目を吊り上げて、おしのは刺すように房之助を見た。

「おまえがいつもしてることさ、べつに減るもんでもあるまい、そういって鼻の先であしらった。あげくに、何と言ったと思う。三浦屋はよかったかい、だって……。ぬけぬけと、そう聞いたのよ。許せるもんですか、それで」

「密告したってのか」

房之助が、おしのの言葉尻を奪いとって、叫んだ。

「嘘だ、嘘だ、そんなことがあるもんか。な、おしの、嘘だろ、そう言ってくれ」

取り乱した房之助に、おしのは勝ち誇って言った。

「嘘じゃないわ、あたしがこの手で書いたのよ。鱗形屋孫兵衛は、お殿さまのお宝を、ご用人の片倉さまと結託して質入れいたしましたって、ね」

この手で、ね——おしのは、房之助の眼前に両の手を突き出してみせた。

房之助はおしのの首から手を離し、怯えたように後じさりして、噴きでる額《ひたい》の汗を手の甲でぬぐった。

「う、嘘に決まってる。ほんとにおまえが密告したんなら、何故いまになって俺に言うんだ」

「あなた、さっき親父は江戸払いになるらしいって、教えてくれたでしょ。あたし、あのひとにお裁きが下るのを待ってたんだわ。江戸払い、ああ、いい気味だこと。ね、あたし密告したあとも、知らんふりしてあなたに抱かれてたけど、親を密告した女を抱いた気分は、いかが、ふ、ふふふ……」

おしのは笑いながら、ゆらりと立ちあがった。

その夜、鱗形屋からおしのが消えた。

不吉な家

一

「あれ、もう御酒《ごしゅ》はおやめなんし」

あや衣《ぎぬ》は、銀の細煙管を唇からはなして、禿《かぶろ》に酒を注《つ》がせている恋川春町を、やんわりとたしなめた。

「おからだに、障《さわ》りいす」

あや衣の目配せに、禿はいそいで提子《ひさげ》を袖で隠した。

「これ、なにをする。今宵はの、わしはしんから嬉しいのじゃ、たんと飲ませてくれ」

「なにが嬉しゅうおす」

「ふむ、花魁《おいらん》どのに話してもはじまらんが」

と言いながらも、春町はことりと盃を置くと、かたわらの重三郎を見やった。

「この男をな、天下の松葉屋へ連れてきたことが、嬉しくてならんのだ、うん。ここまでくるのに、五年かかった」

五年だぞ、五年——春町は、その頃に思いをはせるような遠い眼をして、語りだした。戯作者《げさくしゃ》たるゆえか、春町の話にはかなり派手な潤色がある。

なかでも、そのじぶん懐具合の淋しかった春町が、わずかばかりの金子《きんす》を頭の中でいくども勘定しながら、重三郎を通りがかりの小体《こてい》な飲み屋に誘うくだりは、おもしろかった。花魁たちは、身じろぎもせずに聞き入っている。

のってきた春町は、薄汚いその店で、たったの三本、銚子を運ばせると、それを重三郎とふたり、ちびりちびり舐《な》め干したさまを、身振り手振りで話す始末だった。

熱っぽい口調で喋《しゃべ》る春町の、頬骨のつきでた横顔を、にこやかに見守りながら、重三郎はまったく別のことを思っていた。

——あれから、五年になるのか。

おしのが姿を消して、五年。

度を失った房之助が、「おしのを隠しているのは、お前さんだろ」と、血相かえて重三郎の店先に飛びこんできてから、もう五年も経ったのだ。この五年という歳月が、一介の貧乏侍にすぎなかった倉橋寿平を、いまや押しも押されもせぬ売れっこ戯作者、恋川春町に変えたように、おしのも平安な転生《てんしょう》をとげていればよいが。

重三郎は心から、そう思った。

春町の話はいよいよ佳境にいり、わしが名を成した暁には、必ず立派な店に重三郎を招くぞという契りの場に、さしかかった。いきさつが判《わか》ったあや衣は、すっかり感動したらしく、禿の手から提子を取りあげると、

「わっちが、わるうござんした。そういうことなら、たんと、たんと、お飲みなんし」

春町に盃をもたせて、なみなみと注いでやった。

それから、またひとしきり春町の話がはずみ、重三郎と敵娼《あいかた》の風荻《かざおぎ》が部屋に引きあげたときは、四ツ半（午後十一時）をまわっていた。禿は眼をこすり、こっそりと可愛いあくびを連発している。

それを見た風荻は、髪にさした櫛や笄《こうがい》を手早く抜きとって、みす紙に包み、

「さあ、もうこれをしまってお休みなんし」

眼のふちを赤くしている禿に渡した。

「でも……いま、お茶を煎《せん》じはじめやした。お床着《とこぎ》も、まだ出しておりいせん」

「ようざます、後はわっちにまかせなんし。はよう、休みや」

「あい。そんなら、お休みなさりいし」

禿が櫛と笄を蒔絵の箱にしまって、部屋を下がると、風荻はいそいそと重三郎の着物を脱がせ、床着を差しだした。

ついで自分も、銀糸で蝶の縫い取りがしてある白天鵞絨《しろびろうど》の打ちかけを物静かに脱ぎ、そっと衣桁《いこう》に掛けた。三つ布団のうえに腹ばった重三郎は、なんとはなしに風荻を眺めていた。

しばらくすると、みす紙を手に、風荻がするりと夜具の中にすべり込んできて、白い脛《はぎ》を重三郎にからめてきた。

「おい、おい。今夜は初会《しょかい》だぜ」

肌をあわせるのは、三会の馴染みからではないか。重三郎は風荻の真意が汲めずに、夜具の端へ躰をずらした。だが、風荻はすまし顔で、重三郎にいっそう寄り添ってくる。

「そうお逃げなますと、おっこちいすよ。こっちへ、こう、お寄んなまし」

「どういう気だね、いったい」

「ぬしさんとは、初会じゃありいせんもの」

足をからめたまま、風荻は器用にしごきを解いて、褥《しとね》のそとへ落とした。はだけた胸元から、白粉と翁香《おきなこう》が匂いたった。

「俺が松葉屋に登楼《あが》ったのは、ほんとにこれが初めてなんだ」

引手茶屋の番頭を親にもち、引手茶屋の養子となり、二十三の齢まで廓《くるわ》の住人だった重三郎は、これまでずっと吉原《なか》を避けて遊んできた。

遊客をつなぎとめるための嘘八百の口舌《くぜつ》、手練手管、果ては客を奪いあう凄《すさ》まじい喧《けん》

た。

　このように、吉原の裏の裏を知悉《ちしつ》しているせいか、足はおのずと大門《おおもん》を避けるのであっ

嘩《か》――いわば、吉原の裏の裏を知悉《ちしつ》しているせいか、足はおのずと大門《おおもん》を避けるのであった。

「誰かと間違えてやしないかい」

　この馴《な》れなれしさが、風荻の手なのだろうと思った重三郎は、いくぶん冷ややかに言った。

　すると、どうだ。風荻がわっと泣きだしたではないか。風荻は、張りのある綺麗な目から、ぼろぼろと涙の粒をこぼす。重三郎は呆気《あっけ》にとられて眺めた。

「いや、俺が悪かった。もしや人をたがえてるんじゃないかと、思ったものだから」

　泣きじゃくる風荻を、重三郎は慌ててなだめにかかった。

　鼻を詰まらせながら、

「禿のときでありんした。花魁のお使いで、竹村に『最中の月』を調《とと》えに行っての帰り」

と、風荻がぽつりぽつり話しだした。

　仲の町の蔦屋の前で、犬に吠えられ、泣きべそをかいて立ち竦んでいたところ、店先から重三郎が飛びだしてきて、助けてくれたというのである。

「ああ、あんときの禿か」

　重三郎は、やっと思いだした。

「あれからずっと、蔦屋の兄さんのことが忘れられず……今夜、敵娼つとめまするのに、

もう嬉しゅうて、嬉しゅうて」

「おまえさん、誰の禿だったのかね」

重三郎は照れかくしに、話題を換えた。

「瀬川《せがわ》花魁でありんしたが……」

「へえ、あの瀬川ねぇ」

瀬川は、ここ松葉屋の一枚看板だったが、三年前の安永四年（一七七五）、鳥山検校《とりやまけんぎょう》に身請けをされた。

身請け金が千八百両という途方もない額だったこともあるが、盲人が瀬川をひっさらったというので、江戸四辺に評判されたものだ。

「瀬川花魁が、うらやましゅうおす」

風荻が、溜息をついた。

それはどうかな、と重三郎は思った。身請け人を選ぶことの許されない女郎に、うらやむほどの幸せが訪れるだろうか。

ことに、瀬川を身請けした鳥山検校などは、人々に恨みをかっている情なしの高利貸である。瀬川に間夫《まぶ》でもいたのなら、心中《しんちゅう》はどうであったろう。

だが、風荻の気持もわからなくはない。身請けは、女郎のひとしく抱く夢なのだ。重三郎は、なよやかな風荻の躰を、ぐっと抱き寄せた。

このとき一瞬、おしのの絖《ぬめ》のような裸身を抱く思いがした。
嬉しい――消え入るような声で囁くと、風荻は目をとじた。

二

人間、一寸先のことはわからぬものだ。風荻が、あれほどうらやんでいた瀬川の身に、異変が起こった。

制外の利をむさぼり、不当な取り立てをした廉《かど》で、鳥山検校が縄を打たれたのだ。安永七年九月六日、一昨日《おととい》のことである。

噂は、たちまち江戸市中に広がった。昼過ぎ、むくつけき大男を従えて、ひょっこり重三郎の店にやってきた春町も、敷物をあてるまえから、瓦版屋のようにその件をまくしたてた。

「なんでもな。検校を引っ捕えたあと、家のなかを調べたら、なんと驚くではないか、二十万両もあったそうじゃ。あるところには、あるものだの。貸し金とて、一万両は下らぬというぞ」

「それで、あの瀬川はどうなりましょう」

茶をすすめながら、重三郎は尋ねたが、春町もそこまではわからないらしかった。

風荻が、さぞ驚いていることだろう。可憐さの消えやらぬ風荻の顔を、重三郎はちらりと思い浮かべた。

「ところでな、蔦屋」

存分に喋ったあと、舌に茶の湿りをくれて、春町がさも言いにくそうに切りだした。

「ちと頼みごとがある。今日は、それで参上した」

「は、なんなりと。このあいだのお礼もあり、わたくしに出来ますことであれば、喜んで」

「わはは、いや、このあいだのことは申すな。あれは、わしが至らなかった。五十間道に店を構えるおぬしを、吉原に誘うなど、まことにもって芸のないわざじゃった。あとで気づいて、恥ずかしかったわ」

春町は頭を掻いて苦笑いしたが、すぐに真顔にもどり、連れの背に片手を置いて言った。

「実は、こやつのことなのじゃ。北川豊章というての、駆け出しの絵師だ」

豊章が、ぺこりと頭を下げた。しかし、なにぶん図体《ずうたい》がでかく、いかつい面貌なので、不遜な感じがする。

「石燕《せきえん》門下でな、ま、言わばわしと同門なわけさ。そのよしみで、こやつに泣きつかれての、ここへ連れて参ったのじゃ。ずばり言うが、こやつの絵を蔦屋、おぬしの力で世に出してはくれんか」

今度は、春町が頭を下げた。

めっそうな、おやめくださいまし——手を振って言うと、重三郎は豊章に向きなおって、尋ねた。

「これまで、どこからも絵をお出しになったことはないので？」

すると豊章は、意外にか細い声で、

「いえ、西村屋さんで挿絵をいくつか。いま、西村屋さんに居候の身でして」

と答え、猪首を折ってうなだれた。

「ところがな、西村屋はいま清長を売り出しにかかっておって、こやつを放ったらかしというわけよ。ほら、西村屋はあのとおり、権高な男であろう。だから、そこを心得て下手《したて》に出れば、案外と可愛がってくれるのではと、こやつに知恵をつけたがの。こやつめ生意気にも、それは嫌だと申す」

春町は背伸びして、豊章の頭を小突いた。

「では、絵をお見せいただいたうえで、相談するといたしましょう。しかし、うちで扱うとなると西村屋さん、お気を悪くなさりはしますまいか」

重三郎は、気をまわして言った。

西村屋とは、あの房之助のことである。房之助は、おしのが姿を消したあと、実家の鱗形屋に見切りをつけ、西村屋へ養子に入った。いまは西村屋与八として、地本問屋仲間に幅をきかせている。

「うちなどより、むしろ鱗形屋さんにお頼みになっては。あそこなら、西村屋さんもどうこう言いなさるまいと存じますが」

房之助は、相変わらず重三郎を目の敵にしている。

一昨年《おととし》も、重三郎が山崎屋金兵衛と相板《あいはん》で出した錦絵のことで、文句をつけた。自分のほうが先に、山崎屋と相板の約束をしたというのだ。

このときは、当の山崎屋が房之助の言い分を頑として受けつけず、事なきを得たが、またぞろ悶着が起きてはたまらない。

「ふむ、鱗形屋か……」

春町は眉根をよせて、宙を仰いだ。

「しかしのう、あすこはいかんぞ。房之助が家を出てからというもの、がたがたじゃ。なんせ、あの幸太郎が跡を継いだでの」

「先生のご本が、あのように売れていてもでございますか」

「おだてるな、あれくらいでは焼け石に水というものよ。わしの睨むところでは、鱗形屋は早晩潰れるぞ」

春町にこう言われては、重三郎も引き受けざるを得なくなった。房之助が捻《ね》じこんできたときは、きたときのこと――腹を据えた。

「よろしゅうございます。では、絵を見せてもらいましょうか。お持ちでしょうな」

「むろんだ、いや助かった」

春町はわがことのように喜んで、あたりの湯呑みを片づけはじめた。そばで、豊章がもそもそと包み物を解いている。その手の甲には、黒い毛がびっしりと生えていた。

差しだされた数葉の絵は、いずれも清長が頭にあるせいか、清長に見紛《みまが》うばかりだった。

ただ、斜線を巧みに使って奥行きを大胆に出しているところだけは、清長にないものであり、このため清長よりいくらか流麗さがあるように見える。左右対《つい》に人物を配して、ひらべったい絵を描く清長より、あるいは才能があるのかもしれない。重三郎は、買った。

「まず清長という垢を落とすこと、これが肝要ですな。そうすれば、意外と面白いものが描けると思います。ま、しばらくは西村屋さんに内緒で、ときどき拝見させていただきましょう」

「おお、そうしてくれるか」

春町が、手を叩いて喜んだ。ところが、肝心の豊章は浮かぬ顔つきで、絵をたたんでいる。

「どうした、おまえ、嬉しくないのか」

重三郎のてまえ、春町は声を尖らせた。

「そんな……ただ」

「ただ、なんだ。なりに似ず、うじうじした奴だな。言いたいことがあるなら、言ってみろ、じれったい」

青白い顔に血をのぼらせて、春町が豊章を叱りつける。小男の春町に叱られて、大男の豊章が首を縮めるさまは、どこか滑稽だった。

豊章は、ぶ厚い胸に絵を抱きしめていたが、やがて、ぼそぼそとした声で言った。

「お願いでございます、わたしをここに置いてください。掃除、水仕事なんでもいたします。西村屋にいては、いつまで経っても清長の絵から脱けられません」

重三郎と春町は、どちらからともなく顔を見あわせた。

三

郡代屋敷わきの原っぱで、男の子たちが五、六人、凧《たこ》あげに熱中していた。

低い空を、奴凧や錦絵凧がうなりをあげて、右に左に泳いでいる。

この、いかにも正月らしい光景に、しばらく見とれたあと、重三郎はまた歩きだした。

次郎吉の家へ、年始に行く途中なのだ。

二年前に芸者を廃めた次郎吉は、仲蔵が買《や》ってやった神田豊島町の小綺麗な町屋で、お峰婆さんとふたり、ひっそり暮している。たまさか近所の娘たちに三味線を教えるくらいのもので、丸ごと仲蔵のもちものになったわけだ。

初音の馬場を左手に見て、橋本町四丁目の角を右に折れると、次郎吉の家はじきである。

「いらっしゃい。あらやだ、おめでとうだったわね」

格子戸を開けて訪《おとな》うと、黒斜子《ななこ》の衿《えり》をかけた広袖半纏を粋《いき》に着こなした次郎吉が、

「さ、あがって。よかったわ、ちょうどうちの人もいるの」

手をとらんばかりに迎えてくれた。

「おう、重三郎か。いいとこへ来たな」

次郎吉の後について奥の八畳に入ると、仲蔵がどてら姿で炬燵《こたつ》にあたっていた。

炬燵の上には、屠蘇散《とそさん》の入った片口銚子や雑煮椀、炭火にあぶったするめなどがのっている。どうやら、水入らずで差しつ差されつのところだったらしい。

「なんだか、邪魔しにきたようで。お峰婆さんは？」

恐縮して、仲蔵の隣に小さく坐りながら重三郎が尋ねると、

「今日は朝方から、娘のうちに行ってるのよ。ひと足はやい藪入《やぶい》りってとこ」

新しい膳部を運んできた次郎吉が笑った。

「へえ。そんなら、ますます長居は無用ってわけだ。屠蘇を一杯ちょうだいしたら、すぐに退散しますよ、姐《ねえ》さん」

「なに言ってるの、せっかく年始にきてくれたんじゃないか。ゆっくりしておいでな」

重三郎の盃を満たしながら、次郎吉はちらと仲蔵に目を流した。

「このひと、いま女断ちしてんのよ」

「女断ち？」

信じられるもんか、という顔つきの重三郎に、

「ほんとだったら。ゆんべだって、この人ね、床《とこ》で帯も解かないの」

次郎吉が、ふくれっ面《つら》で曝露《ばくろ》した。

「いやな、重三郎。これにゃ、いろいろとわけがあるのさ」

慌てた仲蔵が、箸を振って弁解する。

「実は、この秋また定九郎を演《や》ることになってよ。もう五度《いったび》のことだ、どうしたって狎《な》れや驕《おご》りが顔を出さぁ。それに演《だ》しを重ねるたんびに手を入れねえことには、役者の名がすたる。そこで精進潔斎《しょうじんけっさい》、女断ちしてだな」

「秋口のことなのよ、何もいまから女断ちすることないじゃないの、ねぇ」

頭にきているらしい次郎吉の、きわどい愚痴に閉口した仲蔵は、話の腰を折り、初音

の馬場近くにおつな店ができたから、と重三郎を連れ出した。

屠蘇であたたまった躰を、寒風が容赦なく冷《さ》ましていく。二人を、毛の抜けかけた猿を肩にした猿まわしが、足早に追い抜いていった。

初邑《はつむら》という料理屋は、もと旅籠《はたご》だったとかで、廊下をはさんで小部屋がいくつもあった。仲蔵はこの店の馴染みとみえ、太り気味の女将が顔を出して、愛嬌をふりまき、歯の浮くような世辞を言った。やがて去りぎわ、

「そうそう、源内先生があちらの座敷にお見えでございますよ」

「源内先生か。ふむ、ご贔屓《ひいき》にあずかってるんで、挨拶しなきゃならねぇが……正月そうそう頭をさげるのも、ぞっとしねぇ。今日のとこは、俺のきてるこたぁ内緒にしてくんな」

はい、はい、承知いたしました——女将が呑みこみ顔で出ていくと、仲蔵は重三郎に片目をつぶって言った。

「俺はどうも、源内先生が苦手でな。ご老中の田沼様ともお付き合いのあるという、おえらい人か知らんが、何でもかでも自分からはじまったような口を利くだろ、あれが気にいらねぇのさ」

「…………」

重三郎は、ただ笑った。

平賀源内のことは、知りすぎている。安永三年に出した『嗚呼御江戸《ああおえど》』という吉原細見に、序文を書いてもらったことがあるのだ。そのとき源内は、言いたい放題の高言を吐き、なかなか筆を染めようとしなかった。

つきあってみれば、存外に人はいいのだが、なにさま高姿勢なので敵も多い。

「世間じゃ、源内先生のことを山師だって言ってるぜ。火浣布《かかんぷ》だのエレキテルだのと、面妖《めんよう》なもんばかりつくるしよ」

仲蔵が、さもありなんという顔で声を潜めたときである。

女将があたふたと走りこんできた。仲蔵の来ていることを、女中がうっかり喋ってしまったというのである。仲蔵には連れがある、と女将が止めたそうだが、源内は聞かなかったらしい。

「かまうものか、わしと栄屋《さかえや》の仲だとおっしゃって。いま、こちらへいらっしゃいます」

女将の耳打ちも終わらぬうち、廊下を踏み鳴らして、源内がやってきた。

水のしたたるような美少年を連れている。

「なんだ、連れというのは蔦屋のことか」

このところ、とみに出てきた下腹をいっそう突きだして、源内は笑った。

「栄屋と蔦屋が親戚とは知っておったが、こうして両人揃っているところを見るのは初めてじゃ。いや、奇遇。奇遇。これではどうでも、同席いたさねばならぬ。久五郎、遠慮はいらん、お前も入ってこい」

仲蔵と重三郎の間に、どかりと腰をおろすと、源内は襖のきわで、もじもじしている美少年を呼んだ。

料理が運ばれ、ひととおりの献酬もすむと、またぞろ源内の高言がはじまった。

きっかけは、すっかり観念した仲蔵が、源内に酌をしながら、

「先生は、まだ奥方をおもらいになりませんので」

と、なにげなく尋ねたことだった。

「わはは、わしはもう五十二だぞ。いまさら、妻《さい》などいらんわ。それにの、二朱か一分も工面《くめん》すれば、浮かれ女みなわが妻よ」

源内は腹をゆすって笑った。左の目尻のほくろが、笑い皺にうもれた。

「さよで。まあ、こちらのように見目よい若衆がいらっしゃれば、無理もござんせん」

「ふふ、馬鹿を申せ。これはな、富松町で米屋を営んでいる秋田屋の倅だ。弟子じゃよ、わしの」

「なんの弟子でございますやら」

芸人らしく、人をそらさぬ仲蔵と、源内のやりとりに、久五郎は身を揉んで恥ずかしがった。そのさまが、ぞっとするほど色っぽい。

「ところで蔦屋、このところ店はどうじゃな。わしは吉原よりも、芳町《よしちょう》通いのくちだで、

めったに顔もださんが、繁昌しておるか」

源内が改まった顔で重三郎を見た。

「おかげさまで。先生に細見の序をお書きいただいて、運がまわってきたようでございます」

まず、お愛想を言ってから、重三郎は続けた。

しかし、このお愛想、まんざらお愛想でもなかった。

細見が売れに売れて、店は大繁昌。次郎吉の家を軒借りした店では手狭になり、重三郎は日本堤寄りの家田半兵衛方を買い取って、移転したほどであった。ちょうど次郎吉が、芸者を廃めたときのことである。

「それに、富本正本《とみもとしょうほん》の板元組合にも入りまして」

「ふむ、富本節の刊行も手がけるのか」

源内は、さも感心したように腕を組んだ。

富本節は、常磐津《ときわず》節から別れた浄瑠璃《じょうるり》の一派で、いま全盛をきわめている。その富本の正本を出せば、店はさらに繁昌するだろう。

「富本節に吉原細見か。芸に遊びに、江戸っ子の好きなものを手中にしたわけだ。目先が利くの、おぬし」

にやりと笑って、源内が重三郎の肩を叩いた。

「しかし、いまひとつ目玉がないのう。これこそ蔦屋、というものがない」

それはいま、育てております——重三郎は、とうとう抱えこんでしまった豊章のことを話題にのぼせた。豊章はいま、やっと清長からふっ切れたようで、がむしゃらに画筆を濡らしている。

「ほう、そいつは面白い。いちど、わしが見てやろう。このところ勝川春章だの、一筆斎文調などがのさばりおって、役者絵だなんだと大きなことを吐《ぬ》かしているが、あれは、そもそも、このわしが元祖でな」

仲蔵が、またはじまった、というような顔をした。仲蔵のあきれ顔をよそに、源内の高言は続く。

四

正月、初邑で酒を酌みかわしたときには、すぐにも豊章の絵を見にくるようなことを言っておきながら、源内はさっぱり姿を現わさなかった。二月、三月と源内を心待ちしていた重三郎も、そのうち商いに追われて、すっかり忘れてしまった。

ところが夏もさかりの今日になって、源内がふらりと店にやってきた。水をやったばかりの釣り忍《しのぶ》から、水玉がきらきらとこぼれ落ちている。四ツ半（午前十一時）ごろのことである。

「いやぁ、今日も暑くなりそうだの。涼しいうちにと思って、早目に家を出たのじゃが、やはり汗をかいてしもうたわ」

編笠を放りだすと、源内は洒落《しやれ》た夏羽織をひきむしるように脱いだ。

井戸水に冷やしておいた西瓜をあげてくるよう、小僧のひとりに言いつけてから、重三郎は源内に団扇《うちわ》で風をおくってやった。

「いや、かたじけない。やっと人心地がついた。ふむ、なかなか大きな店ではないか。ますます繁昌のようだの。見るところ使用人も多いようだし、それに居候まで置いているとは大変なことだ。どれ、ひとつ居候の絵を見るとするか、約束だからの」

源内は昨日わかれたような顔で、けろりと言った。

しかし、あいにくと豊章は留守である。重三郎は絵だけを、源内に披露した。

「いかがでありましょう」

「うむ。この居候、女を捉えるのが巧みじゃの、それも若い女。ほれ、見るがいい、この女など」

源内は爪ののびた人差し指で、描かれた振袖姿の娘を、とんとんと叩いた。

「色気が染《し》みでておるわ。見ていると、この女が男に抱かれたとき、どんな声をあげて応《こた》えるか、想像がつくほどじゃ。こりゃあ、掘り出しものかも知れんて、蔦屋」

源内にして、これほどの言葉を吐く。重三郎は満足した。

思ったとおりだった。豊章の描く女に、重三郎も瞠目《どうもく》している。豊章自身はまだおのれの才能に気づかずにいるらしい。ともすれば清長ばりの、若い男女が群れて遊山《ゆさん》に出かけているといった構図を描きたがる。そういうとき重三郎は、女を、それも立ち姿ではなく、上半身をじっくり描いてみろ、と口喧《くちやかま》しく叱正するのだった。

「ありがとう存じます。本人が戻りましたらば、早速、申し聞かせてやりましょう。どんなに喜ぶことやら」

「ま、気長に育ててみることだな。いつか、わしの家にも連れてこい。どんな男か、一見してみたいわ」

そう言って、西瓜に手をのばしかけた源内が、ふと、その手を止めた。

「そうじゃ、そうじゃ。言い忘れておったが、わしはこのたび家を買っての」

「それはまた、ではいずれ、お祝いの品など持ちまして……で、どちらのほうに？」

「神田じゃ、久右衛門町」

源内は、がぶりと西瓜に食らいついた。

「おや、久右衛門町といえば、富松町のすぐ近く。先生も隅におけませんな」

初邑で会った美少年の家が、たしか富松町だった。

重三郎が冷やかすと、源内はむきになり、

「なにを言う。久五郎の近くに住まんがために、その家を手に入れたわけではないぞ」

早口に、弁解しはじめた。

「鳥山検校を、覚えておろう」

「はい。それはもう」

重三郎は、つよく頷いた。

去年の十二月、鳥山検校は検校の位を剝奪《はくだつ》され、追放になっている。瀬川には、かかわりなしということで、お咎《とが》めはなかった。

「わしが買ったのはな、その鳥山の一味で、ともに追放をくった神山検校の家じゃよ」

にたり、と源内が笑った。その目が、異様に光っている。

「悪どい金貸し検校の家だけあってな、広いのなんの。それに、塀には鉄の忍び返しまでついておるわ」

「はあ……」

源内の薄気味わるい笑いを受けとめて、重三郎はしかたなく相槌をうった。

「庭なども立派での、わしが独りで住むには、勿体《もったい》ないくらいじゃ。だが、驚くほど安かった。なぜだと思う」

首をひねる重三郎に、源内がつと顔を寄せてきて、囁く。

「いわくつきの家なのさ」

西瓜を頬ばりながら、源内はいたって楽しそうに、喋りだした。

その家を建てたのは、金貸しの浪人だったらしいが、なにか子細あって、そこで自裁し果てたという。以来、怪奇な噂が流れた。金貸し浪人の幽霊がでる、というのである。

「血だらけでな。切り裂いた腹から、腸をだらりとはみださせて、ここに置いた金がない、と恨めしそうに家じゅうを探しまわるそうじゃ。もっとも、わしはまだ、お目にかかってはおらぬがの、ははは」

熟れて赤々とした西瓜が、重三郎には、切り裂かれて朱《あけ》に染まった浪人の腹に見えた。だが源内は、平然と西瓜に歯をたてている。その口の端からは、赤い雫《しずく》がつぎつぎとしたたった。

「おおかた神山検校も、腹切りのあった家というので、買い叩いたくちだろうて」

「………」

「ところが、この検校も追放の憂き目にあったから大変じゃ。浪人の祟《たた》りというので、誰も近寄らんようになったらしい」

眉をひそめる重三郎を揶揄《やゆ》するように、源内はひときわ声を落とした。

「おまけにの、その家で検校の子供が、庭の古井戸に落ちて死んでおる。女房も気がふれて、里方に引きとられたそうじゃ」

「よくもまぁ、そのような家をお求めになりましたなぁ」

白い夏の光が、蹲《つくばい》にまぶしく照りかえす昼さがり、重三郎は源内の身に何ごとも起こらねばよいがと、うそ寒くなった。

五

茶を運んできた久五郎が、なよなよと重三郎に腰をたわめ、音もなくさがっていくと、源内は言わでものことを口にした。

「今日は、その、ちょっと宴を張るのでな。それで、まあ、あれが手伝いに来ておる」

「さようで」

重三郎は出かかった苦笑を押しかくして、手土産の品を源内の前に差し出した。

ここは源内宅の奥座敷。調度といえば、床の間に置かれた櫓《やぐら》時計と、源内自身が考案したという、ふいご仕掛けの火鉢があるだけ——あとは、何もない。がらんとしている。

「いつも、済まぬな」

とは言うものの、源内は言葉と裏腹にぞんざいな手つきで受けとった。

「ときに、すもうとりはどうしておる」

相撲取りとは、源内が豊章につけた渾名《あだな》だ。豊章は重三郎に連れられて両三度、ここへ来たことがある。

「は。このところ、吉原通いをさせております」

袱紗《ふくさ》をたたみながら、重三郎は豊章の近況を、手短に語った。

「吉原通いだと？」

源内が、目を丸くした。

「どういうつもりじゃ、それは」

「なにぶん、画紙に対《むか》っているだけでは、線に艶《つや》が出ませんもので」

単に、女を写し取っただけの絵ならば、世間に掃いて捨てるほどある。

重三郎は、豊章に女の内奥を描かせたかった。

肌の温み、匂い。幾重にも秘めこんだ青い情炎――女にまつわる業《ごう》までも描き尽くしてこそ、まことの美人画といえるのではないか。

そのためには、まず絵筆を握るおのれが脂粉《しふん》にまみれてみなければ――。重三郎は、金を惜しまなかった。

「ふむ。線に艶が、か……そういうものかのう」

源内は呟いて、黙りこんだ。

冬は夕暮れが早い。まだ行燈《あんどん》の時刻ではなかったが、それでも、だだっぴろい座敷の隅には、薄墨のただよう気配がみられた。

もう辞去しなければ、と重三郎は思ったが、口を噤《つぐ》んでしまった源内の様子が気になった。

「どうか、なさいましたので」

重三郎が遠慮がちに尋ねると、源内ははっとして、首筋の辺を拳《こぶし》でとんとんと叩いた。

「ああ、いやな。おぬしの言葉で、ある男を思い出したのよ」

「……………」

「それは奇妙な絵を描く男での、さしずめ、おぬし流に言えば、だ。線とか画《かく》とかに憎しみが出ておる絵を描く、とでも言えばよいかな。とにかく奇天烈《きてれつ》な絵を描く男だったわ、うん」

源内は自分の言葉に、自分で頷いたあと、重三郎に向かって膝をすすめた。

「初邑で、役者絵の話をしたな」

「はい。役者絵は、先生こそ元祖でいらっしゃると、さよう伺いました」

あのとき、源内は口を極めて、春章や文調をこきおろした。

彼らが、役者の髄そのものを描くという源内の発案を、横合いから掠《かす》め取ったというのである。

「はは。ずいぶんと吹いたものじゃ。いまにして思えば、まったく冷や汗ものさな」

源内は、やや受け口気味の下唇を、舌で舐めた。

「実を言うとな、元祖はわしではない。その男なのさ」

「奇妙な絵を、描くという？」

「ああ、大坂の芝居小屋の、呼び込みをしておった男だがな」

源内は、冷えた飲みさしの茶をしかめて啜《すす》ると、声を新たにして言った。

「八年前、長崎からの帰り、一年ほど大坂に滞在したが、その時のことじゃったよ」

安永元年――源内は大坂を根城に、摂津・多田銀山の水抜き工事を工夫したり、大和は金峰山《きんぶせん》の試掘をしたりした。

「そのあいま、気分ほぐしに、ちょくちょく近くの芝居小屋に足を運んだものだ。おかげで、呼び込みの男に顔を覚えられてな。そのうち言葉を交わすようになっての、閉場《はね》たあと、いっしょに酒を飲むほどの仲になったのじゃ。ある晩、深酔いして前後不覚。翌朝めざめたらば、その男の家だった」

源内は白髪まじりの総髪を掻いた。

「そこで、奇妙な絵を見たのさ」

それは白粉に塗りこめられた役者の素顔を、暴《あば》きだしたような絵だった――と、源内は言う。

「顔の特徴を、実に巧みに捉えておるのじゃ。鷲鼻《わしばな》は、いっそう鷲鼻に。ぎょろ目は、いっそうぎょろ目に……一見して役者の名を当てることができる」

「すると、春章や文調はその比ではございませんな」

重三郎の顔が、紅潮している。

ありのままの役者絵――これが春章らの謳い文句だった。だが彼らの絵は、たぶんに人物の皮相にとどまり、どこかしら役者を美化しているところがある。

もし、その男の絵を世に出せば……春章、文調、たちどころに吹っ飛ぶだろう。商売になる。

重三郎の顔が、すこし強張《こわば》った。

「まさか、おぬし……大坂へ行き、その男を連れてこようというのではあるまいの」

重三郎の顔つきに驚いた源内が、あきれたような声を出した。

「いけませんか」

「いや、そうは言わんが。ただのう、その男の絵はたしかに巧みなものじゃ。巧みじゃが、見て気持のいいものではない」

「と、申しますと」

「ふむ、たとえばだ、髭《ひげ》の濃い女形《おやま》がおるとしよう。するとその男は、ようやくのこと白粉でごまかした髭の剃りあとを、すっぱぬくように描くのだ、奇怪なものだぞ」

「面白いではありませんか、先生」

重三郎は興醒《ざ》めするどころか、いっそう興が湧いた。

詳しく話を聞こうと、身を乗りだしたときである。襖がすっと開いて、久五郎が顔を覗かせた。

「先生。あの、皆さまお待ちですが……」

「おう、わかった。すぐに参る」

源内は優しげな声で応じたあと、重三郎に向かって、

「済まんが、お聞きのとおりだ。その話はいずれ、また」

軽く頭を下げた。

「これは失礼いたしました。つい長居をいたしまして。では明日、改めて伺わせてもらいます」

「明日だと？　おぬしも気の早い男だの」

立ち上がりかけていた源内が、驚いた。

「はい。善は急げと申しますので」

「商《あきな》い熱心なことよ。いや結構、結構」

源内の高笑いが、廊下に消えた。重三郎も、急いで腰をあげた。

源内宅を出て、富松町にさしかかったときには、もう行きかう人の顔もさだかではなかった。

重三郎は足早に柳原の堤に向かって歩きだした。

堤では、露店の古着屋や、古道具屋が店じまいをしているところだった。その脇をぬ

けて、重三郎は新シ橋《あたらばし》を渡った。

――翌日、安永八年十一月二十一日。払暁《ふつぎょう》のことである。

昨夜から源内宅に泊まっていた久五郎は、枕元がみしりと鳴った音で、目を覚ました。

薄目をあけると、板戸のすき間から流れてくる灰色の明かりを背に、源内が立っている。

「なんだ、先生か……」

甘えた声で言い、久五郎は夜具の端をもちあげて、いつものように源内を誘った。だが源内は、身じろぎもせずに久五郎を見おろしているだけだった。

訝《いぶか》しんだ久五郎が、起きあがろうとした刹那《せつな》である。

源内がいきなり、後ろ手に隠し持っていた抜き身を、前に持ちかえ、久五郎の胸元めがけて襲いかかった。

先生なにをなさるっ――久五郎がわっとのけぞったので、狙いが逸れた源内は、咄嗟《とっさ》に立ちなおり、抜き身を大きく振りかざした。

久五郎の悲鳴が、払暁の静寂《しじま》を切り裂いた。

赤い糸

一

「さあ大変だよ、大変だよ」

早摺《はやず》りの、まだ墨も乾き切っていない瓦版を、胸元にどっさりと抱えこんだ男が、両国広小路に姿を見せたのは、九ツ半（午後一時）すぎのことである。

「さぁて、今日は朝まだき、奇妙奇天烈源内先生、なんの祟りか、だんびらかざし、おのが愛弟子《まな》一刀両断、さぁ大変だよ」

編笠をかぶった男は、字突きの小竹で、ポンポンと胸元の瓦版を叩いては調子をつけ、あたり一面にどら声を張りあげる。

「言うではないか、二度あることは三度ある。金貸し浪人腹を切り、強欲検校は子を亡くし、源内先生ひとを刺す。さても奇怪なのろいの屋敷は、たったの四文だよ。さぁさ、

「買ったり、買ったり」

読み売りの声に釣られて、物見高に人が集まり、この人だかりがまた道ゆく人を誘い、広小路は騒然となった。

そのころ重三郎の足は、ようやく久右衛門町にさしかかっていた。

正月に出す黄表紙の試し摺りに目を通していて、つい店をあとにするのが遅くなったのだ。

──今日は、えらく人の出が多いな。

じきに源内の家が見えるというところで、重三郎は首をかしげた。あと十日ほどで師走だし、人の出も、物売りの姿も多くてあたりまえだが、この混みようはただごとではない。

「あの、なにかあったので？」

足早に脇をすり抜けて行った男の背に、重三郎は尋ねた。

「あったってもんじゃねえぜ、人殺しだよ、人殺し」

振りかえりざま、男は弾《はず》んだ声で答えた。

「人殺し？」

「おうさ。源内先生が、秋田屋の倅を殺《あや》めたのよ」

「なんだって」

重三郎は、いきなり脳天を殴りつけられたような衝撃をおぼえた。

「まさかもへったくれもあるかい。こいつを読んでみな、おめえにやらぁ」

男は懐から、くしゃくしゃの瓦版をとり出すと、顔色の失せた重三郎に押しつけ、源内の家のほうへ駆けて行った。

重三郎は、恐る恐る瓦版の皺をのばした。蚯蚓《みみず》のぬたくったような文字が、重三郎の目に無気味に映った。

なんの祟りか、だんびらかざし、おのが愛弟子一刀両断……おのが愛弟子一刀両断……

「まさか……」

重三郎は思わず瓦版を取り落とし、男のあとを追った。

だが、源内宅の門は役人や小者で固められていて、とても近寄れたものではなかった。おまけに、十重二十重《とえはたえ》の野次馬である。昨日、重三郎が気軽に潜《くぐ》った門は、人だかりのはるか遠くにあった。

——なぜだ。

なぜ源内先生が、久五郎を殺したんだ。あんなに愛《いつく》しんでいたではないか。

頭のなかを、源内と久五郎の顔が回《まわ》り燈籠《どうろう》の絵のように、ぐるぐるとまわった。重三郎にはどうしても信じられず、いくども爪先だって、小者の見張る門のほうを覗《のぞ》きこんだ。

その背後で、女の甲高い声があがった。

「返り血をあびて、物凄い顔の源内先生がさ、刀をこう構えたとお思いな」

振り向くと、みるからに厚かましそうな大年増が、二人の女を前に、足を踏ん張って刀をかざしたふりを見せていた。

重三郎のほかにも、声を聞きつけた者がいたとみえ、だんだんと人が寄ってきた。平べったい顔の女は調子づいて熱っぽく喋りだした。

聞けば、久五郎は頭に一太刀あびたあと、血まみれになって表へ逃れてきたらしい。それを源内が逃さじと追いかけてきて、止《とど》めを刺した。そう一気に語りあげると、女は小鼻をふくらませて、息をついた。

女の話が、あまりにも微細にわたるので、

「よう、よう。見てきたようなこと、言うじゃねぇかよ。高座にでも上がったらどうだね」

と、鋭い野次が飛んだ。

すると女は、野次の飛んだあたりをキッと睨《にら》んで、憤然として叫んだ。

「見てたさ。あたしゃ、隣の家に住んでんだもの。悲鳴で飛び起きたんだよ」

野次をぴたりとへこませた女は、そっくり返り、亭主とふたりでおっかなびっくり、表戸のすき間から見てたんだから、と駄目押しして、またもや喋りはじめた。

「米屋の倅だか何だか知らないけどね、脳天を幹竹割《からたけわ》りされちまってさぁ、まるで柘榴《ざくろ》さね」

ますます調子づいて喋りまくる女の声に、重三郎は耳を塞《ふさ》ぎたくなった。やりきれなくなって、その場を離れたものの、まっすぐ家に戻る気にはなれなかった。帰ったところで、仕事が手につくはずもない。

重三郎の足は、いつとなく目と鼻の先の豊島町に向いていた。次郎吉の家で、熱い茶でも淹《い》れてもらえば、少しは気が落ち着くだろう。

次郎吉の家の格子戸を開けて、重三郎は驚いた。次郎吉とお峰婆さんが、仲よく揃って上がり框《がまち》に腰を下ろしている。

「どうしたんです、こんなところで」

次郎吉は返事のかわりに、手にした瓦版をひらひらと振った。それを受けて婆さんが、大根や野菜の入った籠を指さし、買物に出たら、町は源内の一件で持ち切り、そこで足をのばして瓦版を手に入れてきた、と言い添えた。

「祟りって、ほんとにあることなんだねぇ」

茶の支度をしながら、次郎吉が呟いた。

重三郎は押し黙って、婆さんの買ってきた瓦版に目を落とした。瓦版には、重三郎が源内から聞かされた、不吉な家の来歴と、今朝がたの事件が、大仰《おおぎょう》に書きつらねてある。

「ああ、それはそうとさ」

湯呑みを猫板の上に置いて、茶を注ぎながら、次郎吉が話を変えた。

「うちのひと、話があるようなことを言ってたっけ」

「俺に？」

仲蔵とは、ここ二月《ふたつき》ばかり顔を合わせていない。重三郎は新板の準備でいそがしかったし、仲蔵は仲蔵で、顔見世の最中である。

「何だろうな」

「さあね。話の中身までは知らないけど、とにかく、近いうちに楽屋にでも顔を出しておくれな」

うん——返事をしながら、重三郎は今日これから楽屋へ出向いてみよう、と思った。

仲蔵も、源内とはつき合いがあった。事件を知れば、仰天するにちがいない。

二

久しぶりで森田座の楽屋暖簾《のれん》をくぐると、志ん吉が目を細めて迎えてくれた。

若い者に、あたりの鬘《かつら》箱や煙草盆を片づけさせ、重三郎の坐る場所をつくり、

「こちらへ、さ、さ」

と、差し招いた。

仲蔵は、まだ舞台である。しかし、じきに喜利《きり》でございますよ、と志ん吉が教えてくれた。

楽屋のざわめきのなかに、賑《にぎ》やかな三味の連れ弾きが、ほどよく溶けこんでくる。

「お店のほう、ご繁昌だそうで、なによりのこってございますねぇ」

茶をすすめながら、志ん吉は年寄りじみた手つきで、指を折った。

「ひと昔も前になりますか、重三郎さんが独り立ちをなすって。早いものでありますな」

「まったく」

重三郎も、深く頷《うなず》いた。

光陰は矢の如し、と言う。元手を借りるのに、仲蔵のもとへ足繁く通ったのは、十年も前のことなのだ。そして、髪切りに襲われたおしのを助けたのも、そのおしのと肴や五郎兵への二階で肌をあわせたのも……その時分のことであった。

「白髪がふえるはずでございますよ」

白くなった鬢《びん》に手をやって、志ん吉が笑ったとき、仲蔵が舞台から戻ってきた。

仲蔵は重三郎を見ると、「おう」とひと声あげた。隅に控えていた若い者たちが、すばやく立って仲蔵を囲み、てきぱきと衣装を脱がせていく。

「姐さんとこに寄ったら、なにか俺に話があるって聞いたもんだから」

「そうか。けどよ、その話はあとだ」

化粧落としの油を顔にすりこみながら、仲蔵はぐっと上体をねじって、重三郎に言った。

「それより、おめえ知ってるか、源内先生のこと」

「ああ、実は今日、その源内先生と約束があって、久右衛門に行ったんだ」

「おったまげたぜ、まったくなあ」

油で化粧が溶け、すっかりまだら顔になった仲蔵が、鏡台の引き出しから瓦版を取り出して、重三郎の膝元に投げて寄越した。

「弟子っこが、使いの帰りに買ってきやがった。幕間《まくあい》に読んで仰天さ」

「俺も……。昨日会ったときは、先生も米屋の倅も、いつもと変わりなかったのに」

「昨日だと？　おまえ、昨日も源内先生んとこ行ったのか。そんなにしげしげ何の用があるんだ」

重三郎は昨日、源内に聞いた奇妙な絵を描く男の話をひとくさりしてから、溜息をついた。

「今日は、その男の詳しい話を聞き出すはずだったんだ。居所とか、名前とか……でも、源内先生が伝馬町《てんまちょう》行きじゃ、お手上げさ。手掛かりを失くしちまったよ」

「……ふうむ。聞けばまた変わった役者絵だわな、そりゃ」

素顔を取り戻した仲蔵が、意外にも話にのってきた。

重三郎はちょっと面喰らったが、しかし仲蔵とても役者だ、まったく無縁ではない。現に、仲蔵は勝川春章の筆で、定九郎に扮した姿を、幾枚も描かれている。

「けどよ。口幅ったいこと言うようだが、そんな役者絵、算盤《そろばん》に合わねぇのとちがうか」

「……………」

「ご贔屓《ひいき》衆ってのは、役者が見事に描かれていてこそ買うんだぜ。そんな、おめえ、眺めて胸糞《むなくそ》の悪くなるような役者絵に、誰が巾着《きんちゃく》の紐《ひも》ゆるめるもんか」

「しかしさ」

「ま、聞きなってことよ。それに役者にしてからそうだ、悪辣《あくらつ》に描かれちゃいい気はしねぇもの。役者ってものは、少しでも見場《みば》よく描かれてぇと思ってるのさ、この俺をはじめとしてな」

仲蔵はニタッと笑って立ちあがり、「ちょんの間だから、待ってなよ」と言い残して、楽屋風呂に消えた。

それから一刻の後――。

重三郎と仲蔵は、千鳥橋そばの茶屋にいた。二階の小座敷で盃《さかずき》を片手に、またひとしきり源内事件のことを喋りあったあと、仲蔵が盃を置いて改まった。

堅苦しい顔になった仲蔵につられて、重三郎も盃を置いた。

「重三郎、おめえ、いくつになったい」

「三十だよ」

「ふむ、三十の声を聞いて、野郎が独りでいるってのは、ぞっとしねぇな。おめえ、まさか女嫌いってんじゃあるめぇ」

「嫁をもらえって話かい」

重三郎は先手をとって尋ねた。すると仲蔵は顎を撫でて、「ま、そんなとこだ」と言った。

「なんだ、大事な話ってそのことか」

「馬鹿を言え。これが大事な話でなくってどうする」

仲蔵はしかつめらしい顔で、重三郎をたしなめた。

「実はな、おめえのおっかさんに頼まれてのことよ。おめえに早く嫁をもらうよう勧めてくれってさ。理兵衛とっつぁんの一周忌んときだ……」

重三郎の義父理兵衛は、去年の九月に死んだ。六十五だった。

理兵衛が亡くなったときの、母の取り乱しようったらなかった。それを思い出して、重三郎は憂鬱《ゆううつ》になった。

「ま、商いのほうも万事うまくいってるんだし、どうだ、ここらでひとつ、女房持ちになる気を起こさねぇか、え」

猫の子でも貰《もら》うような気軽さで、仲蔵は言ってのけ、黙りこんでいる重三郎の顔を覗きこんだ。

「せっかくだけど、俺、その気はないよ」

しばらくしてから、重三郎はぽつりと呟いた。

「その気はねえって？　そりゃ、いってぇ、どういうこったい」

仲蔵の声が少し尖った。

「俺も、子供の使いじゃねぇや。その気はねぇ、あ、さいで……と引きさがれるかえ。わけを言ってみな、わけを」

「………」

座が、白《しら》けた。隣り座敷の談笑が、ふたりのあいだをいっそう気まずくする。

仲蔵は盃をとりあげると、冷えた酒を酢でも飲むような顔つきで、あおった。

そのとき重三郎が、仲蔵を見据えるようにして、口を開いた。

「知ってんだろ、義父《おやじ》さんとお袋の仲」

不意をつかれて、仲蔵は酒にむせた。

「ああいうのを見てると……女房なんて……」

「ふむ」

仲蔵は太い溜息をついて、やっぱりな、と言った。

「十年めぇ、おめえが俺んとこへ独り立ちの金とやらを借りにきたときから、うすうす感じてはいたのよ。理兵衛とっつぁんとおっかさんとのあらぬ仲を、知ったんじゃあるめぇかと、な」

言い終わると、仲蔵はまたもや溜息を洩らした。

「それじゃ、わかってくれるだろ、俺の気持」

重三郎のなかには、行き方知れずになった父の面影が住みついている。それは、女房に裏切られ、腑甲斐なくも自分から消えていった男の、寒ざむとした後ろ姿だった。

「ま、この話は俺、聞かなかったことにするよ、いいだろ」

話を打ち切った重三郎は、冷たくなった銚子を取り上げると、憮然とした面持ちの仲蔵に黙って酌をした。

茶屋の前で、まだ心残りをみせる仲蔵と別れて、横山町の裏通りを抜け、柳橋にさしかかると、向こうから職人態《てい》の酔っぱらいが二人、肩を組んで呂律《ろれつ》もあやしく、やってくる。

「金貸し浪人腹を切り、強欲検校は子を亡くし、源内先生ひとを刺す。こちとら日がな鑿《のみ》を打ち、くる日もくる日も銭のろう、ああ、よいよい」

今日の市中は、源内の刃傷沙汰《にんじょうざた》で持ち切りだったようである。

三

江戸っ子は、惚《ほ》れやすの飽きやすという。

祟りだ、呪《のろ》いだ、とあれほど騒いだ源内の事件も、日が経つにつれてすっかり忘れ去られてしまい、三年が過ぎた今では口にする者もいない。

ところが、この春——天明二年（一七八二）の三月になって、また源内にまつわる奇妙な噂が流れはじめた。発端は、一冊の蒟蒻本《こんにゃくほん》である。

『風来紅葉金唐革《ふうらいもみじきんのからかわ》』と題されたその冊子は、仲間株をもたない、もぐりの絵草紙屋から板行され、しかも書き手の名がなかった。

謎《なぞ》めいた本はいう。源内が久五郎を殺したのは、匿《かく》し置いた蝦夷《えぞ》における魯国《ロシア》との抜け荷の書き付けを、久五郎に見られたためである——と。

——なるほど。

本を閉じて、重三郎は独りごちた。話が大胆すぎて、鵜《う》呑《の》みにしがたいが、辻褄《つじつま》は合う。

抜け荷は国禁だ。露見すれば磔刑《たっけい》は免れない。それに、この抜け荷には源内ばかりでなく、あろうことか田沼閣老と松前侯とが絡んでいた、とある。

自他の命を懸けた極秘の書き付け——それを久五郎が見たとしたら、いかな愛弟子といえども、その命を奪って自分たち一味の命を守らずばなるまい。

——抜け荷か。

重三郎は、事の意外さ、秘密の機関《からくり》に茫然としていた。

そこへ小僧が顔を出して、大田南畝《おおたなんぽ》の来訪を告げた。重三郎は、夢から醒《さ》めたような顔で立ちあがった。

「いやぁ、物いう花に物いわぬ花。仲の町の桜もよいが、吉原の妓《なか》はまた格別じゃのう」

朝帰りがてら立ち寄ったとみえて、南畝はしごく機嫌がいい。いつもの気むずかしさは、どこへやらだ。

大田南畝——重三郎より一つ上の三十四歳、牛込に住む徒士《かち》ざむらいである。

十九のときに書いた、『寝惚先生文集《ねぼけせんせいぶんしゅう》』という狂詩狂文集が、源内に絶讃され、それをきっかけに、狂詩、狂文、狂歌、戯作《げさく》なんでもござれの売れっ子になった。近頃では、黄表紙などの批評も手がけている。

この蔦屋に親しく出入りするようになったのも、昨年出た『菊寿草《きくじゅそう》』という黄表紙評判記で、朋誠堂喜三二《ほうせいどうきさんじ》が書いた、蔦屋板の『見徳一炊夢《みるがとくいっすいのゆめ》』を、極上上吉と推賞してくれて以来だ。

「きのう、わしの敵娼《あいかた》になった女は、ことのほか情が濃《こま》やかでの、褓襁《むつき》くさい家に帰るのが嫌になったわ、ははは」

近ごろ、三人目が生まれた南畝は、内儀が聞いたら、乳の出も止まりそうな戯《ざ》れを飛ばして、やや冷たげに見える顔をほころばせた。

「ところでな、蔦屋」

笑い納めて、南畝が頭を掻いた。

「実は、謝らねばならんことがある」

「は？」

「せっかく、豊章の改名披露に招いてくれたが、折悪しく先口《せんくち》があっての……どうしても都合がつかんのだ」

「それはまあ残念な。豊章もいたくがっかりしましょう」

「うむ。わしとしても万障を排して出たいものだが、そうもいかん。なにしろ」

南畝は指で、天井のほうを差した。

「上役からの招きでの、軽輩はつらいものじゃて」

「そういうことでございましたら、致しかたありませんな」

重三郎は微笑して、頷いた。

気が軽くなったのか、南畝は茶うけの羽衣煎餅《せんべい》に手をのばした。その顔を見ながら、重三郎は、ふと、南畝は例の本のことを知っているだろうか、と思った。

源内は、南畝を世に出してくれた、いわば大恩人である。源内の身の上に、南畝が無関心なはずはなかろう。

「あの、先生。こんなものが出たのをご存知で」

重三郎は居間から、『風来紅葉金唐革』を持ってくると、南畝の膝前に置いた。南畝は手に取ろうともせず、黙って見下ろしているだけだった。

「源内先生のことが書いてございます。例の事件のことを」

重三郎の言葉に促されて、南畝は丁を繰りはじめた。

「そこにあることは、真実《まこと》でございましょうか」

重三郎は、身を乗り出して言った。すると、南畝は急に眉をひそめて、

「くだらん捏《つく》り話じゃよ」

と重三郎の視線をはずした。

「捏り話に決まっておる。源内が伝馬町の牢で死んだものだから、好き勝手にこんなことを書くのさ」

重三郎は、南畝の語気の強さにも驚いたが、それより源内を呼び捨てにしたことに、愕然《がくぜん》とした。

なるほど、南畝の言うように、源内は入牢《じゅろう》後ひと月たらずで獄死した。南畝にはその時から、疾《と》うに有難みの失せた恩人なのかもしれない。

重三郎は、さりげなく話を変えた。ところが南畝は、それから妙に落ち着きをなくして、早々に帰って行った。見送りに出た豊章に、言葉をかけることすら忘れていた。

そのときの南畝の挙動が、あまりに異様だったので、重三郎は五日後に訪ねてきた春町に、そのことを話してみた。

「捏り話だと？　はん、しらばくれおって」

明後日《あさって》に迫った、豊章の改名披露の招待者名簿に目を通していた春町は、憤然として言った。

「と、申しますと」

「奴とは、このあいだ狂歌の会で一緒したがの、血相かえて、例の本のこと喋りおったわ、とんでもないものが出た、とな」

「……」

「奴、このごろ勘定組頭の土山宗次郎にべったりでの」

春町は、さも不快そうに語りだした。

土山宗次郎は幕府きっての蝦夷通《えぞつう》で、田沼意次《おきつぐ》の強力な引きで異例の出世をした、勘定奉行松本伊豆守の配下である。

「だいたい、松本伊豆にしてからが、だ」

春町の話は、横道に逸れた。

徒士とあまり変わらぬ、御天守番という低い身分から、勘定奉行にまで成り上がった男に、かなりのやっかみを感じているらしい。

「それでは、書かれているのは真実なので」

伊豆守のことなど、どうでもいい。重三郎は、源内事件の真相が知りたかった。

「だから、それはだ、南畝の様子を見ればわかろう。奴のおかしな素振りが何よりの証《あかし》ではないか」

こともなげに言う春町の前で、重三郎はしばし瞑目《めいもく》した。

四

向島にある葛西太郎は、当世名代の料理屋で、芦の葉に盛った鯉の洗いが看板だ。

重三郎と、豊章改め歌麿は、そこの二階のひと間から、うら暖かい春たけなわの景色を眺めている。葛西太郎を囲んだ松林の間から、牛御前社の屋根が、遠く霞んで見えた。

「どうだい、すこしは気が落ち着いたかい」

重三郎は窓框に手を置いて、かたわらの歌麿に呼びかけた。

「ええ……」

と頷いたものの、巨体から出る歌麿の声はかすれて、頼りないことおびただしい。

今日の改名披露では、重三郎に続いて、歌麿も挨拶をすることになっている。それがひどく苦になっているようだ。せんから、挨拶の文句を書きつらねた紙を、懐から取り出して、広げたり折り畳んだりしている。心なしか、顔色がすぐれない。

「役者ってのは、襲名すると不思議に芸が深まるそうだよ」

重三郎は、歌麿の動揺を静めるために、のんびりした口調で言う。

「あんたも、この改名披露が済めば、いちだんと画技が深くなること請け合いだ」

「………」

「このあいだの、ほら、上野山下の女を描いた中判な。あれを鶴屋さんにお見せしたら、たいそうな讃めようだった」

「ほんとうですか」

歌麿の、肉の厚い頬に赤味がさしてきた。鶴屋の名が、利いたらしい。

鶴屋喜右衛門、略して鶴喜。鶴の絵の商標で、江戸に知られた老舗《しにせ》である。

「ほんとうだとも。それで今日だって、わざわざ通油町《とおりあぶらちょう》から、ここまで足を運んでくださるのさ。だから、気を大きくもっていい」

「はい」

歌麿の声が、現金にも大きく弾んだ。

――やれ、やれ。

重三郎が胸を撫で下ろしたとき、春町がせかせかと部屋に入ってきた。

「女中が、蔦屋の控えはここだと教えてくれたのでな」

流行《はやり》の長羽織など着込んで、春町は馬鹿に洒落《しゃれ》ている。しかし小男のかなしさ、あまり着映えはしない。

「おい、おい大変だぞ」

「なにか？」

「いま大広間を覗いたらばの、西村屋が来ておる」

「えっ」

女のような声を上げて驚いたのは、歌麿だ。げじげじ眉がぴくりと動いて、細い目に怯《おび》えが走った。

「西村屋は、こないはずではなかったのか。たしか、おぬしはそう言ったぞ」

重三郎よりも、頭ひとつ低い背丈の春町が、のびあがるようにして詰め寄った。

「はあ……」

そのはずだったのである。

手代に招待状を持たせたときには、「用があるから」と、にべもなく断わっておきながら、西村屋は昨日、それも夕刻になって、急に出席すると言ってきた。いつもの、嫌がらせだ。

昨日のうち、重三郎はよほど歌麿にそのことを言おうと思ったのだが、どうしても言えなかった。西村屋がこないと知って、手を叩かんばかりに喜んだ歌麿だ。一転して、くるとわかれば卒倒さえしかねない。

「ふむ、怪《け》しからん」

経緯《いきさつ》を聞いて、春町は腕を組んだ。歌麿は悄然《しょうぜん》と肩を落としている。

せっかく重三郎が心を静めてやって、元気づいた歌麿だったが、春町の出現で元の木阿弥《もくあみ》である。

「なにも、西村屋さんがあんたを取って食おうというわけじゃなし。あんたを、うちに引き取ったことについては、そのおり、ちゃんと話がついてるんだから」

重三郎は、また歌麿を慰めにかかった。

「そうだ、そうだ。西村屋など恐れるに足りん。房之助がなんぞ文句言うたらば、このわしが、ぐわんと一発」

春町は、西村屋の旧名を呼び捨てにして、腕まくりをした。その腕の細さに、歌麿は思わず泣き笑いの表情になった。

さて、一時はどうなることかと思った歌麿の挨拶も、つっかえ、つっかえではあったが、どうやら済み、重三郎と春町はほっとして顔を見合わせた。

挨拶が終わると、手はずたがえず、着飾った芸者連がわっと入ってきて、大広間は賑やかになった。五十名ばかりの招待客は、ほとんどが板元や戯作者たちで、いわば仲間うち、酒がはいると話に花が咲いた。

重三郎は頃合いをみて、鶴屋の前にお礼かたがた献盃に出た。

「今日は、わざわざのお運び、ありがとうございました」

「なんの」

ぴんと背筋を伸ばして坐っている、武家の隠居といった風貌の鶴屋は、盃を受けながら穏やかに笑った。

「お招きをいただいて、手前こそ、ありがとうございます」

この、江戸地本問屋界の大立者は、近年めきめきと頭角を現わしてきた重三郎を、いたく気に入っている様子で、なにくれとなく親切にしてくれる。

「こんな、お盛んな改名披露は初めてですよ、あんたはやることが奇抜で面白い。ねえ西村さん」

鶴屋が左隣の西村屋に話しかけたので、重三郎は西村屋の前にも膝を進めた。

「まったくですな」

一応、鶴屋に同意を示してから、西村屋は皮肉を吐いた。

「まったく、豊章、いえ歌麿さんも倖せもんだ。言っちゃあなんだが、うちにいた頃は清長の陰に隠れて、いまひとつ冴えませんでねえ。それが蔦屋さんに移ったら、どうです、こんな盛大なお披露目《ひろめ》までしてもらって……いやぁ、河岸《かし》は変えてみるもんですなぁ」

西村屋の口調は、あきらかに歌麿を小馬鹿にしている。

喜三二や春町に囲まれて、酒を受けていた歌麿が、この言葉に躰をわななかせた。重三郎も一瞬むっとしたが、招き主が怒るわけにもいかない。

「人間、先のことはわからないもんですよ。歌麿さんがいまに、清長さんなんぞ吹っ飛ばすような絵を描くようになるかも知れん。お互い、絵師や戯作者あっての板元だ。滅多なことは言えませんぞ」

さすが年の功、鶴屋が冗談めかして、やんわりと西村屋の毒舌を封じてくれた。

「はは、そうでしたな。これは謝ります、このとおり」

西村屋が、わざとらしく頭を下げた。

「しかし蔦屋さん。こんな盛大なお披露目をですよ、しかも葛西太郎でやるなんて、あんたもたいしたもんだ」

「おかげさまで」

重三郎は差し障りのない返事をして、その場を立とうとしたが、西村屋はなおも執拗《しつよう》に絡む。

「金が余って仕方ないようですなぁ。おおかた、吉原細見の株を、一手に収めたせいでしょう。いや、うらやましい限りだ。おかげで実家の鱗形屋《うろこがた》はどっと傾いてしまった、あっはっは」

春町が、もう我慢できぬといった顔で座を立とうとした矢先、下座《しもざ》のほうから声が飛んできた。

「西村屋さん、勧進元の蔦屋さんを独り占めしちゃずるいですよ」

若い、もの柔らかな声の主は、いま売り出しの戯作者、山東京伝である。

南畝も一目置いている京伝の言葉に、西村屋はそれ以上、絡むのをやめた。

重三郎は座をまわって、京伝の膳の前に坐ると、改めて目礼した。すると京伝は、少し下がり気味の眉を一段と下げて、

「いえね、こちらの燕十《えんじゆう》さんが、おまえ助け舟を出してやりな、とおっしゃるもんで」

と照れた。

篤実そうな顔に、どこか初々《ういうい》しさの残る二十二歳の京伝に比べて、「燕十さん」と呼ばれた傍らの男は、あまりにも暗い顔つきをしている。

志水燕十といって、蔦屋からいくつかの洒落本や黄表紙を出している御家人の戯作者だ。いつも陰気に黙りこくって、滅多に口を利くこともしない。いまも、せっかく京伝が持ち上げてくれたのに、むっつりと酒を飲んでいるだけである。

だが、ひととなりを承知の重三郎は、べつに驚きもせず、そっと銚子を差し出すと、

それを黙って受ける燕十だった。

そんなふたりを、京伝がもの珍しそうに見ている。

席に戻ると、春町が顔を寄せてきて、

「よう、我慢したの」

と囁いた。

重三郎は苦笑して、春町の盃を受けたが、どうも座が白けているような気がしてならない。西村屋のせいだろう。芸者連も、せいいっぱい座から座へ、裾をひるがえしているのだが、初手のように座が湧かなかった。

それを春町に言うと、春町は「俺にまかせておけ」と薄い胸を叩き、喜三二の席へ足を運んで、何か耳打ちをした。

訝《いぶか》しんで見ていると、どうだろう。喜三二は、すばやく羽織の片袖を脱ぎ、

「およばずながら」

と声を張って、すっくと立ち上がった。

「天下の中村仲蔵には及びもないが、これより、このわしが一世一代の踊りをご覧に入れる。目を潰したくない者は、見ざるになっていただこう」

愛敬たっぷりの口上に、どっと座が湧いた。芸者の幾人かが、いそいそと三味や太鼓の仕度をはじめた。

「よぉいやさぁ」
年嵩《としかさ》の芸者が撥《ばち》をふり下ろすと、出羽久保田藩二十万五千石の江戸留守居役は、見事な所作で踊りはじめた。

五

歌麿の改名披露から、すでに三月《みつき》——春のうちに依頼していた明年開板の戯作が、そろそろ出来上がってくる時分である。

まず、喜三二の『長生見度記《ながいきみたいき》』が届けられ、続いて春町の『通言神代巻《つうげんじんだいのまき》』、南畝の『源平総勘定《げんぺいそうかんじょう》』が、次々と手元に集まった。

ところが、燕十のものだけが一向に届かない。手代に様子を見にやっても、「いま、構想を練っておる」とか、「筆が、なかなか進まぬ」とか釈明して、そのつど、ていよく追い返す。

重三郎は苛立《いらだ》ったが、それでも、さらにまた一月《ひとつき》、黙って待った。だが、燕十の戯作は出来上がらない。

「どういうつもりなんだ、まったく」

とうとう重三郎は、堪忍袋の緒が切れた。

もう七月である。彫辰からは「板下の都合もあるんで」と、矢の催促がきているし、そろそろ、来年の引札も出さなければならないのだ。

「いいか。今日こそ稿本《こうこく》を取ってくるんだ。まだ出来上がってないなんて言うんなら、かまわないから、出来上がってる分だけでも掠め取ってこい」

日ごろ温厚な重三郎の、はじめて見せる剣幕に、手代は恐れをなして、根津清水町の燕十宅へすっ飛んで行った。

二刻後――。

手代は、出て行ったとき以上の速さで、すっ飛んで戻ってきた。汗まみれの顔が、青くひきつっている。

「だ、旦那さまぁ」

「どうした」

もう一人の手代を前に、帳簿を繰っていた重三郎は、ただならぬ様子に、さっと腰を浮かせた。

「いらっしゃいません、燕十先生。どこにもいらっしゃいません」

「なんだって？　落ち着いて、話すんだ」

重三郎は小僧に水を汲んでこさせると、着物まで汗みどろの手代に飲ませた。

喉を鳴らして水を飲み干すと、手代はそのまま外聞もなく土間にへたって、燕十宅はもぬけの殻、隣近所に訊ねても、どこへ消えたのやら皆目わからない、と息もつかずに捲《まく》したてた。

「どういたしましょう、旦那さま」

店に残っていたほうの手代や、商いのいろはを覚えたばかりの小僧までが、心配顔で重三郎のまわりを囲んだ。

手代たちは、穴埋めに書いてくれる作者がいないことを、心配しているのだ。春町や喜三二、それに南畝といった大物に、穴埋めを頼むわけにはいかないし、新進の京伝も、このたびは鶴喜に押さえられている。

「めったな先生には、頼めないし」

土間にへたりこんでいる手代が、泣きそうな声でいう。

穴埋めは誰でもいい、というわけにはいかない。いまの蔦屋には富士山形《ふじやまがた》に鬼蔦《おにづた》の「暖簾」というものがある。

使用人たちは、これにいっぱしの誇りをもっていた。

「ほかなど、当たらん。穴埋めは燕十自身にさせる」

しばらく唇を噛んでいた重三郎が、吐き出すように言った。

「でも、居場所もわからないでは……」

「捜すさ、なんとしてでも捜し出す。そして筆を取らせるんだ。燕十を甘やかせば、他への示しがつかんからな。歌麿を呼んでこい」

小僧が、奥に走った。

歌麿を呼べ――と、重三郎が言ったのには理由がある。燕十は、歌麿の口利きで蔦屋から戯作を出すようになったのだ。居所を知っているかも知れない。

「あの、お部屋にはいらっしゃいません」

「まったく、どいつもこいつも。おおかた、奥田屋だろ、行っといで」

歌麿はこのところ、大門口《おおもんぐち》の酒屋、奥田屋の娘おりをにのぼせあがって、明け暮れ奥田屋に通いつめ、下戸《げこ》の肴荒らしをしている。

おりをのほうも、まんざらではないらしく、歌麿は目下のところ、夢のような日を送っていた。

「何か、ご用でしょうか」

歌麿は、重三郎の睨んだとおり、奥田屋にいたのだ。小僧を走らせると、すぐに戻ってきた。

息苦しくなるほど、伽羅《きゃら》の油を匂わせている歌麿に、重三郎は鼻先をゆがめて手短に話した。分厚い唇をあんぐりとあけて、歌麿は目を見開いた。

「というわけだ。あんた、居所知らないか」

歌麿は首を振ったが、燕十と親しくしている男がいるので、さっそく尋ねてみますと、慌てて店を出て行った。

夜遅く、歌麿がふらふらになって帰ってきた。

「疲れただろ、ご苦労さんだったね。で、わかったかい、何か」

重三郎の問いかけに、歌麿は大きく頷いた。

歌麿がのそりと膝を進めて言う——燕十には、以前から熱を上げている女がいたそうである。

「門前町の飲み屋の酌婦なんです。お喜和といって、わたしも二、三度見ております、はい。中年増の、いや、もっといってるかなあ……でも、めっぽう色っぽくて、ぞくりとするほどの玉ですよ」

女描きの歌麿らしく、ひとしきり女の肌の色艶や、躰つきなどを詳しく駄弁したあと、燕十はそのお喜和と、三囲《みめぐり》のさきの百姓家を借りて暮らしている、と結んだ。

「暮らすって……燕十さんには、お内儀も子もいたはずじゃなかったか」

「ええ。でも、離縁しちまったそうなんで。わたしも今日はじめて知って、仰天しました」

燕十の削《そ》げた頬や、尖った肩を思い浮かべて、重三郎はむしょうに腹が立った。そんな女にうつつを抜かして、妻子を捨てたのか。

翌日——重三郎は歌麿を同道して、その百姓家を訪ねた。

朝からうだるように暑い日だった。ふたりは背筋を流れる汗に閉口して、たびたび木陰や軒先で休み、昼すぎに、やっと燕十の家を探し当てた。

軒丈の低い草屋根の家は、土埃《つちぼこり》をかぶってひどくみすぼらしく見える。

腰をかがめて、二度、三度、歌麿が大声で訪《おとな》いをいれると、物音がして家の横手から、洗い髪の女が顔を出した。

「ああ、お喜和さん」

「おしの、おしのさんじゃないか！」

歌麿と重三郎は、同時にその女の名を呼んだ。

ふたりだけの祝言

一

重三郎に気づくなり、おしのはあっと叫んで、身をひるがえした。藍染めの浴衣の背で、艶やかな洗い髪が乱れて躍《おど》った。

「待ってくれ、おしのさん」

とっさに、重三郎はあとを追った。歌麿が眼を白黒させて、それを見つめている。

「待ってくれったら」

家に駆けこむ手前で、重三郎はやっと、おしのの手首を摑んだ。引き戻されたおしのは、躰をねじって重三郎を仰いだ。

おしのの顔は蒼《あお》ざめていて、浴衣の下では、豊かな胸が大きく波打っている。おしのは重三郎から目をそむけて、かたくなに口をつぐんだ。

重三郎も、無言である。待ってくれと呼びかけたものの、いざ、おしのを摑まえてみると、続ける言葉がない。ふたりは押し黙ったまま、その場に突っ立っていた。

そのときである。家の中から、燕十の尖った声が飛んできた。

「おい、おい。真っ昼間から、ひとさまの女の手を摑むってぇのは、お前さん、穏やかじゃないぜ」

すっかり板についた町人の口調である。片肌脱ぎで戸口にもたれ、楊枝をつかっているさまも、町人と寸分かわりなかった。

燕十の声に愕《おど》いた重三郎は、摑んでいるおしのの手を、さっと離した。

「こりゃあ、でえじなことだ。わけを聞かせてもらおうか、蔦屋の旦那。どういうわけで、お喜和の手を握った、え?」

へこんだ頰から顎《あご》にかけて、まばらに無精髭《ぶしょうひげ》のはえたむさ苦しい顔をゆがめて、燕十は重三郎を睨みつけた。

「まぁ、待ってくださいよ」

進退きわまっている重三郎にかわって、歌麿が口をはさんだ。

「蔦屋さんは、ね。あなたの居所をお喜和さんに尋ねようとしていなさったんだ」

「居所をひとに尋ねるときゃ、手を握るものかい。そいつぁ、知らなかったぜ」

燕十はせせら笑った。だが、歌麿も負けてはいない。

「だって、お喜和さんが、あなたは留守だと言い張るんだもの。せっぱ詰まっていなさる蔦屋さんが、お喜和さんの手を摑んで、あなたの居所を吐かせようとしても、不思議はないでしょう」

「……」

重三郎が、ようやく調子をあわせた。

「突然の雲がくれはあんまりだ。お約束は果たしていただかないと」

「む、む」

燕十は、どうやら納得がいったようだ。血走った眼も、いくぶん和《なご》んできた。

「わかった。見つかったからには、逃げも隠れもせんわい。大いそぎで、書く」

「それは助かりました。なんせ、もう七月ですからな」

「わかった、と言ったろう。わかった、と」

尖った顎を突き出して喚《わめ》く燕十の脇を、おしのがそっとすり抜けて、家の中に入った。

すると、燕十も戸口から躰を起こして、

「わかったから、もう帰ってくれ。稿本は、出来あがり次第に届ける」

と言って、敷居を跨《また》いだ。

「そりゃないですよ。わたしたちゃあ、この暑いさなか、尋ねたずねして、やっとここを探し当てたんです。茶でも飲ましてやっておくんなさい」

文句をつける歌麿に、一瞥《いちべつ》をくれただけで、燕十は荒々しく戸を閉めた。

「ちょっと、ひどいじゃありませんか」

走り寄ろうとする歌麿の袖を、重三郎が引いた。

これ以上、おしのに辛い思いをさせたくなかった。重三郎に出逢って、おしのは傷ついたに違いない。先刻の、蒼ざめた顔がそれを語っている。重三郎は黙って踵《きびす》を返した。

その後を、仏頂面《ぶっちょうづら》の歌麿が追う。

炎熱の細い田圃道を、重三郎と歌麿は肩を寄せ合って歩いた。

「おしのさん、というんですね、ほんとは」

しばらくして、歌麿がぽつりと言った。

「ああ……」

おおかたの事情を察して、機転をきかせてくれた歌麿に、礼を言わねばと思ったが、なぜか重三郎は口をきくのも億劫《おっくう》だった。

歌麿も重三郎の気持をおしはかって黙りこみ、顔に吹き出す大粒の汗を拭い拭い、足を運んだ。

一方、おしのはその頃、燕十と寝間にいた。

歌麿の言葉で一応は納得したものの、重三郎に手を取られて、それを振りほどこうともしなかったおしのが、燕十には面白くなかった。燕十は、重三郎と歌麿を追い返すと、すぐにおしのを寝間に引きずりこんだのである。

「蔦屋は俺とは違って、きりりとした男前だからな」

嫉妬した燕十は、おしのの帯を荒々しく解いて、白い肌にむしゃぶりついていった。

燕十の、獣じみた動きの下で、おしのが呻《うめ》いた。

「おまえは、俺のもんだ。誰にも渡さん、渡してたまるか。俺は、俺は、おまえのために、女房も子も、家も捨てたんだ」

格子窓から射し込んでくる白い光の中で、燕十の躰の汗がきらめいた。

おしのは眼を閉じたまま、ぐったりと横たわっていたが、ようやく起きあがると、もの憂《う》そうに言った。

「あんたが戯作本を書いてたなんて、ちっとも知らなかった」

「書いてちゃ悪いかね。俺だって、こう見えても、なかなかのもんなんだぜ。志水燕十といやあ、誰でも知ってらぁ。もっとも、いまではおまえにのぼせて、戯作なんぞどうだっていいが」

躰を重ねたあと、燕十は機嫌が直ったとみえ、そっくり返って笑った。

「しかし、蔦屋にここを見つけられたのは、まずかったな。おかげで、この暑いさなかに筆をとる羽目になった」

「しかたないでしょ、約束だったんなら」

燕十に背を向けて、身づくろいしていたおしのが、たしなめるように言った。

「うむ」

「でも、お願い。次からは書かないで」

燕十は戸惑って、おしのを見た。

「なぜ……」

「なぜって……なぜでも。あたし、戯作本なんか書くひと、大嫌いなの」

惚れたおしのにこう言われて、燕十、否応《いやおう》なく、承知した。

おしのは、ほっとした。燕十が戯作の筆を折れば、蔦屋との関わりは切れる。そうすれば今日のように、重三郎がたずねてくることもないのだ。

重三郎に、こんな惨めな姿を見せたくはなかった——おしのは、泣きそうになった自分にうろたえ、すばやく立ちあがった。

二

月が替わって、八月初め。

燕十の戯作が、ようやく仕上がった。燕十が足ばやに届けてきたそうだが、あいにく重三郎は店を留守にしていた。

応対にでた手代が言うのには、帰りしな燕十は、これきり戯作は書かん、と吐くように言い残して消えたそうである。

「なぜでございましょう」

不審顔の手代は、燕十独得の、くねくねした文字で『右通慥而咥多雁取帳《みぎのとおりたしかにうそしつかりがんとりちょう》』と表題された稿本を、重三郎の前に差し出した。

「さぁな……」

重三郎は、膝前にきた稿本を摑むと、さっと奥へひっこんだ。

女に狂って、武士を捨てるような男だ。戯作の筆を折ったとしても、いっこう異とするに足りんではないか。おしのの顔が眼の前にちらつく重三郎は、つい高ぶりをみせて不快げに呟いた。

だが、商人《あきんど》の屛風は曲がらねば立たぬ世の中、重三郎は沸いてくる険しい感情を押し曲げて、稿本の丁を繰っていく。

読み進むと、なかなか面白い。

吉原通いの昂じたお店者《たなもの》が、店の金を遣い込んで零落《おちぶ》れ、箍屋《たがや》となって世過ぎをするうち、ひょんなことから、雁にひっ摑まって空を旅する話だ。

大人国《たいじんこく》に振り落とされたお店者が、そこの大女にいじり回されるくだりで、重三郎ははたと膝を叩いて、歌麿の部屋に向かった。

歌麿は大きな躰を折って、画紙の上につくばっていたが、すぐさま躰を起こすと、絵具で汚れた指先を前掛けになすりつけて、稿本のさわりを読んだ。

「なるほど。大女とはまた、変わった趣向ですね」

「うむ。ついては、挿絵なんだが、あんたに頼む。どうだろう、大人国の女を役者絵のように大首《おおくび》で描いてみないか」

「女の、大首絵ですか？」

歌麿は、ぽかんとした。

大首絵とは、人物の半身あるいは胸から上だけを描いた絵のことであるが、これは役者絵に限られた手法だった。

「そうさ。ものは試し、この戯作の趣向にも合うとみた。まず挿絵で試してみて、うまくいけば、それを一枚絵に仕立てるんだ」

「女の、大首の、一枚絵……」

歌麿は、ひと言ひと言、確かめるように声に出した。

見慣れない絵に、世間は驚き騒ぐことだろう。それは、売り出す機会でもあるのだ。

無名の歌麿は、期待に胸の高鳴るのを覚えた。

「やってみます」

重三郎の着眼に敬服した歌麿は、大きく頷いた。

そうしてくれ、と立ちあがりかけた重三郎の目が、歌麿の脇に広げられた画紙に、きらり光った。

いままで歌麿を前にして気づかないでいたが、画紙には、あの日のおしのと同じ藍染めの浴衣を着た女が、物思わしげに描かれているではないか。

「それは……」

重三郎の口が開いたのと、歌麿が「あっ」と叫んだのとが、同時だった。隠そうにも、もう遅い。歌麿は、バツの悪い顔になった。

「おしのさんの姿に惹かれまして……、あの日からこっち、ひどく筆に苦心しているんです」

「……」

「いやあ、ただ絵筆を染めただけのものなんで」

黙りこんだ重三郎に、歌麿は大汗をかいて弁解に努めた。

「わ、わたしは、これまで若い娘《こ》ばかり手がけて描くという毎日でしたが、こないだのおしのさんを見てからというもの、年増の、いや失礼、その、なんと言えばいいか、つまり、世間の波風にあたってきた女《ひと》を、なんだか無性に写し取りたくなりまして……」

「いいさ、絵師だもの、目に映るもの何を描こうとかまわんさ」

しきりに弁解する歌麿に、重三郎は笑みをつくった。

「描きたいものを描くのが、いちばんだ」

心配顔で重三郎を見上げている歌麿に、もう一度笑みを見せると、重三郎は部屋を出た。

——世間の波風にあたった女……か。

店のほうへ足を運びながら、重三郎はおしの来《こ》し方を思った。

貧しい生い立ち。親ほどの齢をもった冷たい夫に仕える、後妻の日々。姉を助けてもらったために、拒めなかった義理の息子との密事《みそかごと》。夫から金貸しに供えられた雪の日のおしの……世間の波風は、あまりにも高い。

重三郎の胸は痛んだ。

それから三日が経った、雨の夕暮れ。部屋で引札《こうこく》の文句を考えていると、石燕門下の集まりとかで他出していた歌麿が、息せき切って戻ってきた。

「どうしたんだ、その恰好は」

重三郎は上体を反らせて、目を見開いた。歌麿の着物の裾に、ひどく泥はねがついている。よほど、道を急いだらしい。

「どうしたも、こうしたも」

歌麿は、重三郎の真向かいにどかりと坐り、さっと手の甲で額の汗を拭った。

「え、燕十さんが、屋敷に連れ戻されなすったそうなんで」

「なんだって」

「おとついの朝早く、身寄りの者とかいうお侍が三人ばかしきて、嫌がる燕十さんを無理やり引っ立てるようにして連れてっちまったっていうんです」

歌麿は、ずいと重三郎の前に膝を進めて語を継いだ。

「確かな話です。なんせ、今日の集まりに顔を出していた石調が……」

歌麿の話によると、石調という男は燕十と昵懇《じっこん》の間柄で、碁敵でもあった。そのときも、前夜から燕十の家で碁を打って朝を迎え、この事件に出くわしたそうである。

「小普請《こぶしん》でも、二本差しとくりゃ、うるそうございますねえ。当主が家を飛び出しても、子息に後を嗣《つ》がせりゃ安泰かと思いきや、そうじゃないんで」

驚いている重三郎に、歌麿は仕入れたばかりの知識を披露した。

「たとえ無役でも、家を空《あ》けるべからずという、お定めのあること、ご存じで」

「いや……」

「子供が後を嗣げば済むってもんじゃないんだそうで。なにしろ、家族の欠落《かけおち》は大変と申します。悪くすりゃ、絶家になることだってあるとか、恐ろしいことじゃありませんか」

「………」

「だもんで、親戚やら身内やらが血相かえて捜すのは当たりまえ。ま、燕十さん、ご大《たい》身《しん》じゃないから、座敷牢ってのはないでしょうが、厳しく見張られて、もう外へは出られっこありません。そういうことで……」

歌麿は、急に声を潜めた。

「おしのさん、ひとりですよ」

三

昨日からの雨が、持ち越しに今日も降り続いている。こぬか雨というのだろう、霧と見まがう細かい雨が、三囲稲荷《みめぐりいなり》の屋根を音もなく濡らしている。

社《やしろ》を過ぎて、常泉寺脇の細道に折れると、重三郎は傘をすぼめて、足を早めた。

昨夕――。歌麿が、「おしのさん、ひとりですよ」と囁いたときには、「そうかい」と、さりげなく聞き流すふりをしたものだが、気掛かりで床についても眠れなかった。

これでは、おしのに狂って武士を捨てた燕十を蔑《さげす》めたものではない――重三郎は幾度も反側し、頭のなかのおしのを、ふり払おうとつとめた。

しかし、そのたびにおしのの姿が、闇のなかでいっそう鮮やかになっていく。

――やはり、惹《ひ》かれているのだろうか。

重三郎はとうとう床の上に起きあがって、終夜まんじりともしなかった。

朝を迎えて、気がついたときには、雨のなかを、おしののところへ向かっていたのである。

ぬかった田圃道に足駄を取られながら、先を急いでいるのを、歌麿が見たら、どんな顔をするだろう。水たまりを跨ぎながら、重三郎は苦笑した。

おしのは、留守であった。重三郎は、ひどく気落ちした。いつ戻るとも知れないので、出直そうかと思ったが、せっかく雨の中をやってきたのだ。少し待ってみようと気を取り直し、重三郎は傘の雫《しずく》を切って、軒下に身を寄せた。

そんな重三郎を、近所の者らしい蓑笠《みのかさ》の男が、胡散《うさん》臭そうにじろりと見て通り過ぎた。

それから小半刻《こはんとき》もしないうちに、おしのは戻ってきた。

傘が邪魔して表情はわからないが、おしのの足取りは重たげに見えた。そのとぼとぼとした歩みに、重三郎はおしのの孤独を思い知らされた。

おしのが重三郎に気づいたのは、軒先にたどりつく寸前だった。

傘をたたむのも忘れているおしのに、重三郎は喉にからんだ声をかけた。

「燕十さんが、とんだことになったって耳にしたもんだから」

おしのは、それには答えず、

「どうぞ、おはいりになって」

とだけ言った。

四ツ半（午前十一時）には、まだ間のある時分と思うが、家の中は雨のせいか夕暮れ時のように小暗かった。

重三郎はおしのを前にすると、何から喋っていいのかわからず、つい当たり障りのないことを口にした。

「どこへ行ってたんです」

「昨日の夕方から根津まで」

元気のない声である。

「もと働いていたお店に、また働かしてもらえないかって、頼みに行ったんですよ」

「……」

「いつまでも、ここにはいられないし、それに食べてかなくちゃいけないでしょ。さいわい、お店でまた雇ってもらえることになったんで、もう夕べから働いてきたんですよ。二、三日うちに、ここを引き払うつもり……」

そこまで言うと、おしのはお茶うけがあったんだわと、そわそわしく腰をあげた。

その後ろ姿に、重三郎は、

「お里さんと言ったっけ、姉さん。ほら深川の、あそこを頼るわけにはいかないのかい」

と声を投げた。

姉の家は、おしのが義理の息子の房之助に躰をまかせることで、手に入れてやったようなものだと、おしのの口から聞いていた。そんな家に住むのは気に染まぬだろうが、飲み屋に酌婦で住み込むよりもましな気がする。

「ああ、あの家。あれは疾《と》うに、鱗形屋がとり上げましたよ」

おしのは土間先から、乾いた笑いを返した。

「とり上げられたって?」

「ええ、あたしが鱗形屋を出るとすぐさま」

ひどいことをする、と重三郎は思った。房之助のやりそうなことである。

「もともと、鱗形屋のお金で買った家だと言われちゃ、ひと言も返す言葉がなかったって、姉が言ってました」

「姉さんは、いま……」

「貰ってくれるひとがいたんですよ、こぶ付きでもいいからって。金ケ谷の在《ざい》のひとなんで、迷ってたんだけども、いかなきゃね」

仄《ほの》暗い土間に、おしのの下駄が湿っぽく鳴っている。重三郎は、夢中で立ちあがった。

「な、おしのさん。俺のうちへ来てくれないか」

おしのの肩に手を置くと、重三郎は一気に言った。

思わず出た言葉だったが、口にしてみると、重三郎はもうずっと前から、そう考えていたような気がした。

「うちへこないか、ですって？」

肩先に手をかけられて、おしのは躰を震わせていたが、顔をそむけると、早口に言った。

「どういうことですよ。お妾にでもしてくださろうってんですか、こんなおばあちゃんを」

重三郎の手を払いのけようとするおしのに、重三郎は強い語調で言った。

「馬鹿な、そんなんじゃない。俺は、まだ独り者なんだ。あんたを俺の女房にするのさ」

おしのの動きが、止まった。

「よしてください、からかうの」

「からかってるように見えるかい」

「……」

「え、俺がからかってるというのか」

おしのの躰から、すうっと力が抜けていった。

重三郎は、よろけるおしのを受け止めると、上がり框《がまち》に坐らせ、自分もかたわらに腰をおろし、「いいね」と、おしのの顔をのぞきこんだ。

おしのは放心のていであったが、やがて手で顔をおおって泣きじゃくった。

「あたし、だめ、とても、とても……」

「なにが」

「あたし、あたし……」

しゃくり泣きするおしの背に、重三郎はそっと手をそえた。

「思ってもごらん。あんたと俺とは縁《えにし》の糸にでも結ばれてるのか、どうにも離れることができないじゃないか」

十三年前——髪切りにあったおしのを助けたときから、俺たちはこうなる巡り合わせだったのだ、と重三郎は言った。

「あんとき、一夜かぎりの縁かと思ったら、そうじゃなかった。四年たって、今度は鱗形屋の店先でまた逢った。そのあと、あんたは鱗形屋からぷっつりと姿を消したが、こうして九年後にまたしても出逢った」

「……………」

「逢って、別れて、また逢って……繰り返すたびに、あんたへの思いが募ってならない。俺は野暮だから、うまく言えんが、どうやらあんたに惚れてるらしい。気づくのが遅すぎたが、ね」

「よして」

声をしぼって、おしのが遮った。

「あたし、そう言ってもらえるような女じゃない。ご存じでしょ、躰は髄まで汚れ切っているし……。いえ、躰ばかりじゃない、心まで穢《けが》れてんですよ。自分の亭主を密告したような悪い女なんですから」

重三郎は、鳩尾《みぞおち》を突かれたような衝撃を受けた。

鱗形屋孫兵衛を密告したのは、このおしのだったのか……。

「そんな女なの。だから、もうこのお話は」

きっぱりした声音《こわね》で言うと、袂《たもと》をつまんで涙をぬぐい、おしのは立ちあがろうとした。

重三郎はそれを乱暴に引き据えた。

なるほど、おしのが密告したことで孫兵衛は江戸払いになり、とうとう江戸に戻れぬまま死んだ。鱗形屋も大きく傾いてしまった。

しかし、おしのの受けたひどい仕打ちを知る重三郎は、それも仕方のないことだと思う。卑劣にも、妻の躰を金貸しに弄《もてあそ》ばせて、店を持ち堪《こた》えようとした孫兵衛は、自業自得、いわば自分で墓穴を掘ったようなものである。そうではないか、と重三郎はおしのに言い聞かせた。

「忘れるんだ。あんたもこれまで、とことん苦しんできたはずだろ。ここらで楽になっても、罰はあたるまいさ。それとも、あんた、俺のこと嫌いか？」

おしのは頑是《がんぜ》ない子がよくするように、必死で首を横に振った。

そして重三郎の胸に取りすがり、声をあげて泣きだした。

「あたし、あなたが深川で、おっかさんのこと打ち明けてくれたときから、ずっと、ずっと、あなたのことを……」

重三郎は、おしのを胸に抱いて静かに立ちあがった。

外はいつのまにか雨が止んで、雲の裂け目から洩れた幾条かの弱い光が、田の面を力なく照らしていた。

四

おしのを女房にする、という重三郎に、周囲の者はさまざまな反応をみせた。

真っ先に反対するであろうと思っていた母が、「お前がいいんなら」と、いともあっさり頷いて、重三郎を拍子ぬけさせた。

母は、養父の理兵衛が死んだのちもひとりで引手茶屋を切り盛りしている。これは、松本屋に嫁いだ理兵衛の実の娘、お孝のたっての頼みだった。いずれ、お孝の二男が長じてこの茶屋を継ぐという。お孝は、理兵衛と重三郎の母との不義を知らないために、母に全幅の信頼をおいていた。

「あとで文句を言ったり、嫁いびりなんかしたら承知しないぜ」

母と話すとき、重三郎はいつも冷淡な口調になる。それは、母の不義を知ってからの

ことだ。母の津与は、息子の冷たい口ぶりを怒るでもなく、

「文句なんか言うもんかね。一日も早く孫の顔みせてくれりゃ、あたしゃそれで満足さ」

と穏やかに言葉を返すのであった。

津与は、理兵衛が亡くなってから、めっきりと老けこんだものの、若い時分に評判だったという美貌を、まだとどめている。重三郎に縫ったという袷《あわせ》を、そっと押してよこし、

「これからは、おしのさんてひとが縫ってくれるんだねえ」

と、感慨深げに声を落とした。重三郎は黙っていた。

「あたしゃねえ、旦那が亡くなったとき、おまえが涙も見せないで、冷たい素振りをしてたんで……気づいたんだけど」

「………」

「おまえ、旦那とあたしのこと知ってんだね。いまさら、言い訳がましいこと話したって、はじまらないけどさ。これには……」

「聞きたかないよ」

言ったときには、重三郎は立ちあがっていた。

「聞いたところで、どっかへ行っちまった親父が戻ってくるわけでもなし」

吐き捨てて、重三郎は母の部屋を出た。その話はそれきり、母子の間から消えた。

気まずさは残ったものの、津与はそれ以来、足繁く重三郎の店に顔を見せるようになっ

た。

着のみ着のままで、重三郎のもとに身を寄せてきたおしのに、自分の昔の着物や簪《かんざし》を持ってきては、ゆっくりと話しこんでいく。おしのは恐縮しながらも、嬉しがっていた。

仲蔵も大層な喜びようで、まだ祝言の日取りも決まっていないのに、早ばやと豪華な祝いの品を寄越してきた。

その礼に、豊島町へ行ったときのことである。次郎吉が座をはずした隙に、仲蔵はしんみりした顔で、

「おまえも、やっと理兵衛とっつぁんとおっかさんのことから吹っ切れたわけだ。ま、そりゃ許せないだろうが、おまえはおまえだ。嫁をもらう気になってくれて、俺は嬉しいぜ」

と言ってくれた。

仲蔵には、金輪際、嫁なんかもらわないと言っていたてまえ、冷やかされるのではないかと思っていたが、親身に喜ばれて、重三郎は感激したものである。

歌麿は、自分がふたりの橋渡しをしたようなものだと思っているらしく、重三郎を見るたびにニタリと笑う。おしのにもニタリと笑うのか尋ねてみると、おしのは「いえ」と微笑《ほほえ》み、そのかわり、絵に描かせてくれとせがまれて……と、頬を染めた。幸せそうである。

この調子なら万事がうまく行く、重三郎は胸を撫でおろした。

ところが、思わぬところから火の手があがった。仲人を頼んだ春町が、息まいて反対したのである。春町は、小柄な躰を震わせて、かんかんに怒った。

鱗形屋から本を出していた春町は、その頃のおしのの行状を知っている。むろん、房之助との密通や、孫兵衛を密告したことなど知るはずもないが、役者買いや、派手な遊びの噂を耳にしているのだ。

「あんな女を選《よ》りによって、まあ。頭を冷やせ、蔦屋。しかも、おぬしより二つも年嵩《としかさ》というではないか。わしはご免だぞ、仲人などするものか」

近頃、二度目の妻、それも二十も年下の若い女を娶《めと》った春町は、年上の出戻り女を女房にする重三郎の気が知れなかった。

「悪いことは言わん、考え直せ、な、蔦屋。そりゃあ、あの女は別嬪《べっぴん》じゃったから、おぬしの目が眩《くら》むのも無理はない。しかし、だ。おぬしとて、それほどの男前ではないか。嫁のきては、掃いて捨てるほどあろうさ。なんなら、わしが誰ぞ世話してもよいぞ」

重三郎と春町の話し合いは、堂々めぐり。

はては春町、役者買いしたような出戻りを女房にする男とは、向後つきあいたくない、とまで言う。

「それでは、いたしかたありませんな。仲人はぜひ、春町先生にと思っていたのですが」

重三郎は悪押しせずに、辞去の挨拶をのべた。春町も、事情を知れば何とか承知してくれようが、明かせば、おしのの恥をさらすことになる。

——そんなことができるもんか。

重三郎は、蔦屋《ここ》にきて初めて幸せを味わった、と涙ぐんだおしのを思い浮かべて、唇を嚙んだ。


ところが——。

ほどなく、春町が折れてきた。むっつりした顔で、蔦屋に何度か足を運び、おしのの暮らしざまを子細に見極めたうえで、やっと折れたのである。

おしのは、鱗形屋にいた時分とは別人のように、地味なものを着、立ち居振る舞いも、うって変わって控えめだ。

「変われば変わるものじゃ」

春町は苦虫を嚙みつぶしたような顔で、しょうことなく、仲人役を承諾した。

いったん引き受けたとなると、現金なもので、春町は「高砂やぁ～」と声をはりあげて、毎日稽古に余念がないとか——おしのを見がてら、祝いを持ってきてくれた喜三二が、笑って暴露した。

祝言の日取りも、十月の五日と決めて、おしのの姉に知らせる手紙をしたためたり、祝言に招く顔ぶれを考えたりしていた九月初めの昼下がりのこと。

仲蔵のもとから、使いが来た。

使いの小僧の口上に、重三郎はおしのが驚いたほど狂喜した。

「例の、奇妙な役者絵を描く男のことがわかった。すぐ、初邑《はつむら》に来てくれ」

仲蔵は、そう言伝《ことづて》したのだった。

五

初邑に着いて、仲蔵の名を言うと、呑みこみ顔の女中が、すぐに重三郎を部屋へ案内した。

部屋に入ると、

「おう、来たか。さ、こっちへこい」

仲蔵は腰を浮かして、重三郎を手招いた。仲蔵のそばに坐っていた中村里好《りこう》も、にっこり笑って重三郎を迎えた。

里好は、ことしの正月に出た役者評判記で、若女形の巻頭に選ばれた人気役者である。

里好が、まだ松江と名乗っていたひと昔前に、重三郎は一度会っていた。

そのとき里好は、重三郎をつかまえて、

「ちょいと、あんた。まだ、女を知らないね、図星《ずぼし》だろ。紛《まが》いもんだけどさ、このあたしでよけりゃ、いつでも筆おろししたげるよ」

と、なりゆきに悪態をついたのだが、それを覚えてもいないようであった。

ともかく、重三郎が「お久しぶりで」と挨拶すると、仲蔵が横合いから、せっかちに口をはさんで、

「挨拶はぬきにしな。それより、これを見ねえ」

と、一枚の役者絵を懐から引っ張り出した。

絵は、勝川春章の筆になる『助六』の芝居絵だった。

まだ板下絵だったが、助六に扮した団十郎、意休の仲蔵、揚巻の里好《りこう》らが、それぞれ見事に描かれている。

「これが、例の役者絵とどういう関わりがあるんだい」

「それよ」

仲蔵は、胸を張って言った。

「この絵は、な。昨日、春章先生から届いたんだが、ちょうど、そんとき、この堺屋がいっしょだったのよ。そしたら、おめぇ、おったまげるじゃねぇか。堺屋が妙なこと言ってな」

そばの里好を見て、済まねぇが、もう一度言ってくれ、と仲蔵が頼んだ。

里好は頷いて、指先で襟元をつくろうと、滔々《とうとう》と喋りだした。

「いえね。あたし、この絵を見てさぁ、役者絵はこうでなくちゃと言ったの。それというのも……」

紫の野郎帽子をふりふり、里好の長い話がはじまった。

里好は大坂の生まれで、桐野の秀松座、浜芝居の石井座などの舞台を踏んで、江戸の森田座へ下ってきた女形である。

奇妙な絵を描く男に会ったのは、安永元年（一七七二）の冬、久しぶりに大坂へ戻ったときのことだ、と里好は言った。

「安永元年、安永元年ですね」

重三郎は、思わず念を押した。

平賀源内から聞いた話と、年がぴったりと合う。

「そうだよぉ、間違いないってば」

「で、どこでその男と」

「石井座さ、浜芝居の」

浜芝居とは、大坂道頓堀の河岸《かし》に掛かった、小芝居のことだ。

里好は、そこの帳元が昔の色子仲間なので、訪ねていったと言う。

「あたしがさぁ、あんましお江戸自慢したり、おえらい先生《せんせ》に描いてもらった絵を見せびらかしたりしたんでね、蝶松、いえね、これは帳元の昔の名だけど、蝶松がさ、この小屋にも役者絵の巧みな男がいるって威張るのよ」

「で、その男ってのは、呼び込みをしてはいませんでしたか」

重三郎は身をのり出して、尋ねた。

「そうさ、よく知ってるねぇ。あたしゃ、呼び込みなんぞが、役者絵描くのかえって笑ったもんだよ。そしたら蝶松、えらく怒って、試しに描いてもらえって、きかないんだよぉ」

「描いてもらったんですか」

「ああ」

と頷いたものの、里好はぷっと膨れっ面になった。

「けど、あたしゃ破いちまった」

「破った……」

残念そうな重三郎の声に、里好はますます膨れっ面になった。

「あたりまえさ、何日も宿屋に通ってきて、熱心に絵筆を動かすんで、こっちもすっかりその気になってさ、ひょろ高いそいつの前で膝も崩さず、温和《おとな》しく描いてもらってたんだよ。なのに、出来上がってみると……」

「どうだったんで？」

「たはは。まるで、狐が白粉ぬって着物きてるみてぇだったとさ」

仲蔵が、里好のかわりに答えた。笑いごとじゃないよ、と里好は仲蔵を睨んだ。

重三郎は、里好の話を聞いて、その男がまさしく、源内の言った「奇妙な役者絵を描く男」に間違いないと思った。

里好は、心もち顎細《あごぼそ》で、目が吊り気味である。その男ならば、なるほど白粉をぬった狐みたいに描くだろう。

「それで、その男はいまも石井座に？」

「と思うよ。身寄りもないようなこと言ってたから。だいたい、いちど小屋に住みついたら、ああいう男は動かないもんさ。自慢じゃないけど、あたしのおとっつぁんもしがない火縄売りでね、ずうっと、死ぬまでひとつ小屋で働いてたよ」

重三郎は、里好を拝みたい気分だった。

それにしても仲蔵は、三年前、重三郎がちらりと話しただけの、その男のことをよく覚えていてくれたものだ。重三郎がそう言って頭を下げると、仲蔵は「いいってことよ」と照れた。

今度こそ、その男を江戸に引っぱってくるのだ。重三郎は里好に、その蝶松とかいう帳元宛て、一筆書いてくれるよう頼んだ。里好の添え状があれば、帳元も快くその男に会わせてくれるだろう。

「一筆って、おめえ、大坂に上《のぼ》ろうってのかい？」

里好が軽く「ああ、いいよ」と頷くそばで、仲蔵は驚いたように言った。

「そのつもりだよ」

「いつ？」

「うん、往来手形が取れ次第に」

「だって、おめぇ、祝言はどうするんだい」

大坂まで行くのに、半月はかかる。往復、ひと月、大坂に滞在する日数も勘定に入れると、どうしても祝言には間に合わない。

「延ばすよ。おしのも、商いのことだ。承知してくれるさ」

「こいつ、もう惚気《のろけ》てやがる。へえ、へえ、それじゃ大坂土産を待つことにするぜ」

三人は、笑って酒を酌み交わした。

重三郎が仲蔵に言ったとおり、帰宅後、おしのに大坂行きの件を話すと、案の定、おしのは商いが先だと、祝言の日延べに賛成してくれた。

だけでなく、さっそく旅の支度をしなくては、とあれこれ心をくばる女房ぶりを見せる。

おしのを連れてきてから、重三郎は一度も抱いてはいない。祝言までは、という気持がふたりのどちらにもあった。

その夜半――。

店の者が寝静まって、重三郎はおしのの部屋にあてている座敷に行った。襖のすき間から、まだ灯が漏れている。

「俺だ、入ってもいいかい」

寝間着に半纏《はんてん》をはおった姿のおしのは、重三郎が徳利と盃を手にしているのを見て、目を丸くした。

「その……あんたと、祝言をあげようと思って」

重三郎は、のべられた夜具の脇に、きちんと膝を揃えた。おしのは重三郎の言葉に、頬を赤らめたが、黙って重三郎の前に坐った。

「俺たちで、先にふたりだけの祝言を挙げちまおうじゃないか。いやかい」

「いいえ」

おしのは小さく呟いた。おしのの顫《ふる》える手に盃を持たせると、重三郎はゆっくりと徳利を傾けた。おしのは流れる涙をぬぐいもせず、盃をいただくと、唇にそえていった。

仲人も、雄蝶《おちょう》も雌蝶《めちょう》もいない祝言が、ひっそりと終わった。

重三郎は、おしのの手を取った。

燃えていくふたりの動きに、行燈の灯がまたたいた……。

通油町

一

「蔦屋さんが大坂に着くの、ちょうど顔見世まえになるんじゃなくて。その時分の道頓堀界隈《かいわい》ったら、そりゃあ賑《にぎ》やかなものよ」

石井座の帳元、蝶松あてにしたためてやった手紙を重三郎に手渡したあと、一瞬、里心がよぎったのか、里好《りこう》は瞼《まぶた》をとじた。

「どの小屋の前も、ご贔屓《ひいき》からの米俵や炭俵を、これ見よがしに山と積みあげるし、役者衆の舟乗り込みちかくなると、舟入り場には、ずらりと高張り提燈が立つし、お茶屋さんはお茶屋さんで……なんせね、こちらの渋な江戸前とは、打って変わって仰々しい芝居町なの」

来てみれば、道頓堀の南——戎橋《えびすばし》から日本《にっぽん》橋のあいだが、まさしくそうであった。

広い間口をもち、絵入りの一枚看板を派手はでしく櫓下《やぐらした》にかかげた、いわゆる道頓堀五座。それに向かいあって庇《ひさし》をつらねる、いろは四十八茶屋。これらが醸《かも》しだす活気には、江戸芝居町の殷賑《いんしん》にもまれた重三郎でさえ、気圧《けお》されるものがある。

だが、浜側に立ち並んだ子供芝居や操り芝居は、かかげた招き看板からして粗末だ。小屋口には、俵ひとつ積まれていない。それでも、この浜芝居は浜芝居なりに、けっこう人気があるとみえ、重三郎のめざす石井座の前にも、人は集《たか》っていた。

奇妙な役者絵を描く男に、やっと会える。旅の疲れも吹っ飛んで、重三郎は足取りも軽く、鼠木戸に近づいていった。

ところが、演《だ》し物を貼《は》った羽目板の前で、呼び込みの声を嗄《か》らしている男は年若だ。里好の話してくれた男とは、あきらかに別人である。

重三郎は落胆し、竹矢来にそって裏口へ回った。そして、楽屋口にぶら下がっている蓆《むしろ》を、そっとくぐった途端、

「だれや、断わりもなしに入ったらあかん」

じめついたとば口の右手から、険しい声が飛んできた。

見ると、えらのはった強情そうな顔の男が、板敷きに胡坐《あぐら》をかいて煙管《きせる》をくわえ、重三郎を睨《にら》んでいる。年のころは五十なかばの、楽屋番らしい。

――この男だ！

重三郎は直感した。痩《や》せた躰《からだ》つきといい、年恰好《かっこう》といい、偏屈そうな面《つら》がまえといい、すべてが里好の話と符合する。

——上坂してきた甲斐があった。

男と差しているいま、重三郎は、すぐにでも役者絵の話がしたかった。が、帳元ぬきで話に入っては、せっかく蝶松あてに一筆したためてくれた里好の好意を、踏みにじることになる。重三郎は逸《はや》る心を抑えて、当の男に、帳元への取り次ぎを頼んだ。

奥の板敷きの部屋で、帳面を手に、筆尻を噛んでいた蝶松は、見知らぬ男の挨拶《あいさつ》に慌てふためき、机がわりの衣装つづらの前から向きなおった。

「ひゃあ、お江戸からわざわざ。そらまあ、お疲れでっしゃろ。女中《おなごし》でも寄越してもろたら、わてがお宿のほうに参じましたんにな」

福耳の、筋骨たくましい蝶松が、やれ茶だ、座布団だと、男衆にがなりたてるさまは、とても色子あがりには見えない。

土産を添え、里好からの手紙を差し出しながら、重三郎は、なよなよした里好の挙措《きよそ》と比べて、内心おかしかった。

蝶松は、懐かしそうな目で里好の手紙を開いた。しかし目を走らせるうち、なぜか眉をひそめて、むずかしい顔になった。

「あの、何か不都合なことでも」

読み終えても、口を利こうとしない蝶松に、重三郎は不審をおぼえた。

「いえ、べつに不都合なことはおまへん。おまへんけど……」

蝶松は言いよどみ、拇指《おやゆび》の腹で鼻の下をこすっていたが、やがて気の毒そうに、声を落として言った。

「治助は……いや、その役者絵のうまい男、治助いいますのやけど、もう、ここには居てしまへんのだすわ」

「いないって……でも、あの」

重三郎はせきこんで、あの楽屋番がそうではないのか、と質《ただ》した。

「ああ、あれは、ほんのひと月まえ雇うた、新入りだんねん」

「……」

「治助が小屋を出ていったんは、この春でおました」

「どこへいったのか、心当たりは」

「江戸へいきよりましてん」

治助は、この小屋に出ていた千弥《せんや》という若女形に、血道をあげていたのだという。その千弥が、この春、江戸芝居に買われていくと、治助もあとを追った。蝶松は、そう明かした。

「治助ちゅうんは女嫌いだしてな。小屋の男どもは、給金でたら白首《おんな》買いに走りまっけど、治助はちゃいま。せっせと小金ためては、千弥に貢ぎまんのや。ま、貢ぐいうたかて、カスみたいな金やさかい、千弥はべつに有難いとも思わんと、治助にええ目みせてやらなんだそうでっけど」

江戸の芝居に買われていっただけに、千弥は浜芝居には勿体《もったい》ないほどの見目《みめ》かたちをしていた。しかし性根《しょうね》が悪おました、と蝶松は言う。

「千弥に金しぼり取られとったんは、なんも治助だけやのうて、ほかにも仰山いてるんですわ、スカスカになったんが。そやさかい治助にも、千弥はあきらめえ言うたんでっけど、聞かしまへんのだす。とうとう去《い》んでしもて」

「それじゃ、千弥さんの買われていった小屋さえわかれば……」

重三郎は、蝶松の話のなかに手掛りを見つけて、やや愁眉《しゅうび》を開いた。

「いや、それが……千弥、死にましてん」

「死んだ」

「へえ。江戸の水があわなんだのか、江戸へいって間なしに。寿命でしたんやろな」

千弥の死んだあと、治助が大坂に舞い戻ったという話も聞かないところをみると、治助はまだ江戸かも知れないが……そう言いさして、蝶松が首をかしげる。

「そやけど、どうだっしゃろ。治助はもともと江戸者《えどもん》でんねんけど」

「江戸の？」

「へえ、江戸者だす。間違いおへん、言葉でわかりま。さ、そやから、わての思うには、もう江戸にはおらんのやないかと」

「……」

「もともと江戸におられへんようになって、大坂へ流れてきたんやと、わては睨んどりますのや。こないな小屋に他国《よそ》から流れてくる者《もん》は、たいがいそうだす。そやさかいに、千弥のおらへん江戸に、居ついとるとも思えまへんな」

蝶松の言うことには一理ある。

手掛かりを失ってしまった重三郎の全身に、長旅の疲れがどっと押し寄せてきた。

——つくづく、縁がないらしい。

重三郎は沈む気持をとり直し、しばらく蝶松に、里好の近況や江戸の芝居話などして腰をあげた。

重三郎の気落ちを見てとった蝶松が、なぐさめ顔で、

「今晩、島の内か曽根崎新地で一杯どないだっしゃろ」

と誘ってくれたが、蝶松に気を使わせる筋合いのものではない。重三郎は丁寧に断わって、小屋を出た。

さて、治助がいないとなると、長居は無用である。江戸では、おしのが待っている。陽は高い。その足で、重三郎は土産物を見立てがてら、市中を見て歩くことにした。

戎橋の南詰めに出て、そこから心斎橋筋に足を向けると、わずか六町ばかりのあいだに、なんと四、五十軒もの書林がひしめきあっていた。

江戸には見られない本屋街である。

重三郎は商売柄、何軒もの暖簾をくぐっては、合羽《かっぱ》摺《ず》りという古い手法で摺られた役者絵や、松屋耳鳥斎の鳥羽絵風役者絵を、買い漁《あさ》った。

買い物のあいだ、店の造りや書籍の具合、手代の応対などにも目を配っている自分に気づいて、重三郎は微苦笑した。

おしのには、新町のちかくで簪《かんざし》をもとめた。

「おかみはんのでっか」

と声をかけられて、重三郎は照れたが、それでも強く頷《うなず》き返し、銀づくりの、鼓《つづみ》を細工した向かい差しを取りあげた。

──おしのに、似合いそうだ。

桐箱を懐にしまいながら、重三郎はおしのを思った。

二

その、おしの──。

歌麿のたっての頼みに、とうとう根負けしてしまい、昨日から時をさいては、画紙の前に坐っている。

「寒くはありませんか」

焼筆《やきふで》をさかんに動かしていた歌麿が、手をとめて顔をあげた。

縁先に持ち出された文机《ふづくえ》に、頰《ほお》づえついた恰好《かっこう》のおしのは、いいえ、という表情でゆっくりとかぶりを振る。

そういえば、かたわらの火鉢に一度も手をかざしていない。歌麿の筆がまた動きだす。

十月はじめの、めずらしく風のない、陽のあふれた昼さがりであった。

陽を満面に浴びて、ただまぶしい。この恰好をとらされたとき、はじめにそう言ったら、歌麿は、あなたの目を細めたところが描きたいのだと、耳をかしてはくれなかった。

それで、おしのはまぶしさを堪《こら》えて、庭先に目を投げているのであった。陽をうけて、おしのの顔が白く光っている。その顔に目を据えて、歌麿は画紙のなかに、せっせとおしのを写しとっていく。

切れ長の目、蕾《つぼみ》に見まがう唇、すっと通った鼻梁《びりょう》、それに長い襟《えり》あし……歌麿の筆が、画紙にもうひとりのおしのを現わしていた。

——あのひと、いま頃どうしてるかしら。

おしのが、重三郎に想いをはせたとき、表情を読んだのか、歌麿もことりと筆をおいて口を開いた。

「奇妙な役者絵を描くっていう男に会えたかな、蔦屋さん」

「そうねえ」

「ま、わたしにとっちゃ蔦屋さんをその男に取られちまうようで、あんまり面白くもありませんがね。でも、あんなに懸命なんだもの、会えたらいいですよね」

「ほんとに」

おしのは心から頷いた。

それを見て、歌麿がまた筆をとりあげる。おしのも、庭先に目を投げた。

それから半刻《はんとき》も経たぬうち、ふたりがぎょっとしたほど、店のほうが喧騒《けんそう》になった。床を踏み鳴らす音に混じって、「なんだ、あんたは」と叫ぶ声がする。

「どうしたのかしら」

おしのが気づかわしげに、頬づえを解いた。

歌麿も筆をおさめて、腰を浮かせた。だが、物音はぱたりと止んで、やけに静かになった。

「おおかた、酔っぱらいなんぞが、店先に入りこんできたのでしょ」

歌麿は、不安を残すおしのに笑いかけた。

吉原がえりの酔客が店に入りこんできて、たまさか暴れることがある。いまのも多分それだろうと、歌麿は筆を取りあげた。

「大丈夫ですよ、店には腕っ節のつよい徳さんがいるじゃありませんか。あのひとにかかっちゃ、酔っぱらいなんぞ、河童の屁《へ》だ、あはは」

ところが、落ちつきかけたふたりの気持を掻《か》き乱すように、また大きな音がした。それをきっかけに、部屋部屋の襖《ふすま》が荒あらしく開け放たれていくのが耳にとどいてくる。やがて、足音が近づき、歌麿のいる部屋の襖が乱暴に開けられた。

「あ、あんたは！」

歌麿が棒立ちになり、おしのは声を呑《の》んで身をすくめた。

燕十がニタリと笑いながら、ぬっと現われたのである。

月代《さかやき》はのび放題で、頬《ほお》の肉はいっそう落ちこみ、三白の眼には狂気が宿っていた。おまけに、右手には抜き身をひっさげている。

歌麿は身震いしながらも勇を鼓《こ》して、後手におしのをかばい、うわずった声をあげた。

「な、なにしにきたんですよ」

「なにしにもねぇもんだ。俺のお喜和を取り戻しにきただけよ、わかってるじゃねぇか」

燕十はせせら笑い、歌麿の後ろに身をすくませているおしのに向かって、喚《わめ》いた。

「おう、お喜和。てめぇ、よくも俺を踏みつけにしてくれたな、どうしてくれるんだえ。どうもあんとき、蔦屋とおまえの素振りが妙ちきだと思っていたところが、案の定だ」

「お屋敷を抜け出したりして、いいんですか。ばれたら、えらいことになるって言うじゃありませんか」

歌麿が、ここを先途《せんど》と言いたてる。

「ふん、家なんかせんに捨ててるぜ。潰《つぶ》れたって、かまわねえのさ」

「そんな……」

「そうだろ、お喜和。三囲《みめぐり》で、俺はいつもそう言ってたはずだな、え？」

歌麿の背後で震えているおしのは、口も利けない。

だが、燕十はおかまいなしに喋《しゃべ》りまくり、石調を嚇《おど》かして、おしのの居所を吐かせたのだと、高笑いした。

石調に、おしのと重三郎とのいきさつを喋った歌麿は、臍《ほぞ》を嚙んだ。

「わかったかい、俺がここへ乗り込んできたわけが。わかったら、さっさとお喜和を渡してもらおうか」

燕十がひとあし踏み出したとき、おしのが金切り声をあげて叫んだ。

「いやです、あたしは、あたしはもう蔦屋の女房です。ちゃんと盃もしました。あんたとなんか出てくもんですか」

「ほう」

と燕十は、削《そ》げた頬に薄笑いを浮かべた。その無気味な表情に負けるものかと、歌麿が顔をこわばらせて声を張った。

「そうとも。このひとは、じき蔦屋さんと祝言を挙げるんだ。春町先生が仲人でね」

「祝言だ、仲人だと勝手な御託ならべやがって、喧《やかま》しいやい」

燕十が、形相も凄く喚いた。

「つべこべ言うと、右手叩き斬って、二度と絵筆の持てない躰にしてやるぜ、いいのか」

「ひえっ」

怯えた歌麿を突き飛ばし、燕十はおしのの手首をぐいと摑んだ。

「いや、死んだっていいや」

おしのは必死に身をよじって、燕十から逃れようとした。

突き飛ばされたはずみに、火鉢の角にぶつかり、額を切って顔じゅう血だらけになった歌麿が、大声で助けをもとめた。

「徳さん、勇さん、早く、早く来とくれ」

「徒労《むだ》さ。誰も来やしねぇよ、うふふ」

「え？」

目に滴る血に顔をしかめて、歌麿が首をもたげた。

「店の者は皆残らず、縛りあげているのさ、客のいない間に抜き身を振りまわして、小僧に縛らせたのよ。戸も下ろさせたんで、誰にもわかるこっちゃねえ」

「ちきしょう」

「ふふ、俺の言うことを聞いてくれた小僧は、当て身をくらって、土間でおねんねしてるぜ。さ、お喜和、もう観念しな」

燕十に手首を摑まれて、ぐいぐいと引っ張られるおしのは、必死に抵抗した。

「舌を、舌を嚙んでやる。本気よ、あんたに連れてかれるくらいなら、あたし死んじまう」

ふり絞るおしのの声に怯《ひる》んだのか、燕十はおしのの手首を離した。

そして何を思ったのか、さっと身をひるがえして、部屋から走り去った。

「いまだっ」

歌麿は跳ね起きて、その場に呆然《ぼうぜん》と坐り崩れているおしのの手を取った。

「庭づたいに、早く」

ふたりが手を取りあって庭先に飛び降り、庭木戸へ向かったとき、燕十が戻ってきた。

「待ちな、お喜和。この店が燃えてもいいのか」

ぎょっとして振り返ると、燕十が胸元に油壺《あぶらつぼ》を抱えて、縁先に立っている。さっき家《や》捜《さが》ししているうち、台所の油壺に気づいていたのだろう。

おしのも歌麿も、その場に凍りついてしまった。

「この紙に油をたっぷり染ませて、火鉢の火をつけ、障子や襖を燃やしたら、店じゅう火の海だぜ」

「やめて！」

「板木は、いい燠《おき》になろうよ、ふふふ」

燕十は、歌麿の散らかした反古《ほご》に、油を染ませはじめた。

「そうなりゃ、蔦屋はおしまいさ。それでもいいのか、え、お喜和」

「……」

「この店を灰にするもしないも、おまえの料簡《りょうけん》次第なんだぜ。おまえが俺と一緒に来てくれるんなら、何もしやしねえ。ほんとだ、約束するよ」

三

それから十三日経った、十月十七日の八ツ（午後二時）すぎ。

すっかり道中焼けした重三郎が、高輪の大木戸にさしかかっていた。入れば、御府内。ひと月ぶりの江戸である。

――おしの、帰ってきたよ。

肩に食いこむ振り分けの重さも、もう気にならない。重三郎は、草鞋《わらじ》ずれの痛みも忘れて、大木戸をめざした。

大木戸から金杉橋を渡り、日本橋へ出、そこから吉原までの一里半は、それこそ韋駄《いだ》天《てん》ばしり。

衣紋坂をおりたのが七ツ半（午後五時）まえ、みじかい冬の日は暮れかけており、五十間道の外茶屋は、どこも軒燈を点《とも》して、遊客を誘っていた。ところが、外茶屋のはざまに店を構えた蔦屋だけは、ひっそりと大戸を閉めている。

――こんな早くに店を閉めて、いったい……。

重三郎は首をかしげながら、潜《くぐ》り戸を叩いた。

「戻ったよ。わたしだ」

声を聞きつけた手代の徳三郎が、慌ててさるをはずし、重三郎を土間に迎え入れた。

怪訝《けげん》な顔で土間に立つ重三郎を、歌麿や店の者たちが、さっと囲んできた。

「だ、旦那さまあ、旦那さまあ」

皆、半泣きだった。歌麿など、怪我でもしたのか、額に布《きれ》を巻いていたが、目に涙が盛りあがっている。

「大仰な。唐天竺《からてんじく》から戻ったんじゃあるまいし」

重三郎は苦笑まじりで、上がり框《がまち》に振り分けを置いた。そのときになっても、おしのが姿を見せない。

「おしのはどうした？」

重三郎は、誰にともなく尋ねた。その途端、歌麿が悲痛な声で言った。

「わたしのせいです、わたしが悪いんだ」

「どうしたというんだ、え」

重三郎は、がっくりと首を折った歌麿から、徳三郎のほうへ目を移した。

「実は……」

徳三郎は蒼ざめて、一部始終を話した。話し終えると、徳三郎も歌麿同様にうなだれた。

「手前どもが腑甲斐ないばっかりに……なんとも、申し訳ございません」

だが、重三郎にその言葉が聞こえたか、どうか。重三郎は、縛りつけられたもののように凝然と土間に立ちつくしている。

燕十が、おしのを連れ去った。燕十が、おしのを……。

きつく閉じた瞼の闇に、おしのの白い顔が浮かんで消えた。

「この、この店を灰にしてやる、そう言われて、おしのさんは逃げるのを思いとどまったんです。庭木戸まで、あと一歩というところだったのに……この店のために、おしのさんは」

嗚咽《おえつ》をおさえた歌麿の言葉が、重三郎の怒りを呼び覚ました。

——燕十め、卑劣な！

重三郎は怒気の走った凄まじい顔を、徳三郎に向けた。

「今戸の辰平親分には頼んだか」

辰平は、懇意の岡っ引だ。地回りの嫌がらせを受けたとき、丸く収めてもらって以来の交際《つきあい》である。

「はい」

激怒する重三郎におののきながらも、徳三郎はきっぱりと頷いた。

あのとき、燕十がおしのを連れ去ったあと、歌麿に縄を解いてもらうや、徳三郎は足袋はだしで今戸へ駆けた。

「それで」

「いまのとこ、まだ何も。毎日、足を運んで、様子を聞いてるんですが……」

「よし、いまから今戸へ行ってみる」

重三郎は血相かえて、旅装束のまま、表へ走り出た。歌麿と徳三郎があとを追う。

今戸の辰平は、飛び込んできた重三郎に、

「なあに、心配《しんぺい》するこっちゃねえ。いまに、お内儀を連れ去った野郎とっ捕まえてやらぁな」

と、胸を叩いた。腕っこきで評判の岡っ引の言葉は、重三郎をいくらか安堵《あんど》させた。

が、その年の暮れになっても、燕十は見つからなかった。

「おかしい。ひょっとすると、お内儀はこの江戸にゃいねぇのかも知れねぇぜ」

とうとう、辰平はさじを投げた。

そのあとも、重三郎だけは足を棒にして、燕十の立ち回りそうな所を捜し歩いたが、おしのと燕十の消息は、杳《よう》としてわからなかった。

以来、重三郎は人が変わったように無口になり、商い一途に励んだ。

考えついて、重三郎は吉原細見を、これまでの横本から縦本に型を変え、組みにも工夫を凝らした。めくりやすいし見やすくもある。

これだけのことで、売れ行きがいっきに伸びた。

そして刊行を春秋二回と決め、巻尾には蔵板目録と、戯作本の次刊予告を刷って、興味をひいた。

「頭は使いよう。あんたを見てると、つくづくそう思いますよ。手前どもも、うかうかできませんな」

春の住吉講で、鶴屋喜右衛門が笑いながら重三郎の肩を叩いて、わずか半年後。

天明三年（一七八三）の九月九日。

重陽《ちょうよう》の日に、重三郎は、江戸地本問屋の中心地と目される通油町《とおりあぶらちょう》に新店《しんみせ》を開いた。

左前となった丸屋小兵衛の店舗、板株の一切、それに錦絵地本問屋の仲間株まで買い取り、富士山形《ふじやまがた》に鬼蔦《おにづた》の暖簾をあげたのである。これまでの吉原五十間道の店は、徳三郎にまかせて、細見だけを扱わせた。

「こんな、りっぱな新店……おしのさんに見せてやりたかった」

店を出した翌日、祝いを持ってやってきた歌麿が、ぽつりと呟《つぶや》いた。

歌麿はこの夏、大門口の酒屋、奥田屋の娘おりをを射落として祝言を挙げた。いまは蔦屋を出て、神田弁慶橋に新所帯《あらじょたい》をもっている。

「よせ、よせ、蒸しかえしては、蔦屋が気の毒というものだ」

狼狽《ろうばい》して歌麿の袖をひくのは、連れ立って祝いに来た春町だ。

高砂や、をうなりそこねた仲人の春町は春町で、重三郎の気持を思いやり、おしののことには触れぬよう気をつかっている。

ここで顔を曇らせれば、せっかく祝いに駆けつけてくれたふたりに悪い。重三郎はさあらぬ体《てい》で、茶菓をすすめた。

春町も何気ない風をよそおい、餅菓子に手をのばし、ひょいと話題をかえた。

四

「ときにの、東作《とうさく》が蝦夷《えぞ》に旅立ったぞ」

「えっ、蝦夷へ？　また、なんで」

驚く重三郎の真向かいで、歌麿も目を見開いた。

蝦夷は、江戸から北へ四百里。江戸の住人にとっては、まさしく蛮地である。重三郎は東作の、五十八という齢《とし》を思った。

平秩《へづつ》東作――通称を稲毛屋《いなげや》金右衛門《きんえもん》といい、内藤新宿で煙草屋を営んでいる。儒者、狂歌師として名がとおり、さきの勘定奉行石谷備後守の子息に、漢学を教えていたとも聞く。

重三郎も、南畝《なんぽ》の催す狂歌の会などで、顔をあわせているが、目つきの鋭い、油断ならぬ男と見受けていた。しかし、なにぶんにも齢が齢である。

「いつのことでございます」

「八月は五日じゃ。例の、ほれ土山宗次郎な、あやつに蝦夷の絵図を借りて、旅の手ほどきを受けたそうだ。土山から路銀まで貰ったというぞ。それも、五百両じゃ、五百両」

「すると、蝦夷へは幕府《おかみ》の御用で?」

口をはさんだのは、歌麿だ。

春町はじろりと歌麿を見、口の端についた餅菓子の粉を懐紙で拭ってから、おもむろに言った。

「馬鹿をいってはいかん。幕府の御用を、煙草屋の老爺《おやじ》ごときがつとめるものか、あん」

春町は、老中田沼の懐刀のひとり、勘定組頭の土山宗次郎に、悪感情を抱いている。

その土山の屋敷に、御神酒徳利《おみきどくり》よろしく、しげしげと足を運んでいる南畝と東作にも、そうであった。春町の声に、不快さが滲んでいた。

「東作は、な。土山の、いや御老中の、と言ったほうがよかろう。御老中の内輪の命を受けて、蝦夷へ出立したのよ」

ぽかんとした顔の重三郎と歌麿に、

「他言は無用にいたせ」

と念を押し、春町は声を潜めて続けた。

その内輪の命とは、蝦夷に人々を移り住まわせるための下検分だ、と春町は言う。

「が、それは表向きのこと。実は裏がある」

東作に下った裏の命とは、魯国《ロシア》との抜け荷だ、と春町は声をいちだんと潜めた。

浅間の噴火からこのかた、打ち続く大飢饉が田沼に仇《あだ》した。印旛沼《いんばぬま》の干拓も、新貨の鋳造も、運上金の新設も、さんざん悪評をかった。

そこへ出自《しゅつじ》のいい松平定信が、譜代門閥の輿望《よぼう》を担《にな》い、一大政敵として登場してきた。

田沼は焦慮した。

老中の座を渡してなるものか——延命工作に腐心する田沼は、大奥や当路の権力者に金品をばらまく。そこで抜け荷だ。

「御老中、いずれ魯国とは官交易も考えているらしいがな」

春町は、そう、つけ足した。

「それじゃ、東作さんは源内先生と同じ役目を課せられたというわけで」

重三郎の脳裡に、四年まえ秋田屋の倅を殺《あや》めて、伝馬町で獄死した平賀源内の顔が、浮かんだ。

「そうさ、東作は源内と仲がよかったからの。そこで御老中も、東作を使ったわけだ」

「あの本は、ほんとだったんで……」

昨年の春、どこからか出まわった『風来紅葉金唐革《ふうらいもみじきんのからかわ》』のことである。

その蒟蒻本《こんにゃくぼん》には、源内が田沼老中と松前侯の仲に立って、抜け荷をしていたとあった。

秋田屋の倅を殺めたのは、抜け荷の書き付けを見られたから——だと。

「なんだ、おぬし、まだ疑っておったのか。あのおり、わしが事実だと申したであろう」

「ではございますが」

意外きわまることだったので、と重三郎が言うと、歌麿も毒気を抜かれた顔で頷いた。

「ふん。東作を蝦夷へ遣《つか》わしたことでも、わかろうというものだ。内輪の命どおりであれば、煙草屋ふぜいごときが出る幕ではないわ」

春町は小柄な躰をふんぞり返らせた。

あくる日——。

店の者を指図して、蔵の片づけを終えた重三郎は、昼餉《ひるげ》のあと店を出た。いまは元鳥越町に店を構えている平吉のところへ、彫りの進み具合を見に行くのだ。

秋の陽ざしを浴びて、重三郎はゆっくりと緑橋を渡った。横山町を過ぎ、浅草御門ちかくまで来たとき、横合いから不意に声をかけられた。声の主は、山東京伝であった。

「お出かけですか」

「彫吉《ほりきち》まで……先生の『新美人合自筆鏡』が、そろそろ彫りあがる時分なんでね」

京伝は、ほぼひとまわりも年上の重三郎から先生と呼ばれて、顔を赤らめたが、悪びれはしない。きちんとした、けじめの好きな男なのである。

「先生は、こんなところでまた……」

重三郎は、両国広小路のほうから姿を見せた京伝に言った。

「なに、ちょいと見世物小屋を覗《のぞ》いてきたんですよ。吉原参りにゃ、ちとお天道さま高うござんしょう」

「このところ、吉原へお百度をお踏みなんだそうで」

「はは、もうお耳とは悪事千里ですな。それはそうと、よろしければ、ちょっといかが」

京伝が、盃を空ける手ぶりをする。

重三郎も、いいですな、と気さくに応じた。昨今、めきめきと戯作の腕をあげた京伝に、何か筆をとらせる好機である。

ふたりは肩をならべて、柳橋そばの小料理屋に入った。

　ひととおり喉《のど》をうるおしてから、重三郎が商いの話を切りだすと、京伝はあっさり承諾を与え、

「それより、ご存知ですか。東作さん、蝦夷へ行きましたよ」

　と唇をなめて、ひと膝のりだした。

「らしいですね」

「なんだ、蔦屋さん早耳だなあ」

　出鼻をくじかれた京伝は、自分の盃にこぽこぽと酒を注いだ。

「先生こそ、その話、どっからお仕入れなんです」

「わたし？　わたしは、南畝先生に連れられて」

　京伝は少しも酔いの出ない顔で、土山邸の東作を送る宴に行ったのだ、と話した。

「庭に四阿《あずまや》まである豪勢なお屋敷で、魂消《たまげ》ましたよ。部屋数も、ざっと……」

　ひとしきり土山邸の様子を喋ったあと、京伝はちょっと口を噤《つぐ》んだ。言おうか、言うまいかと、迷っているようで、口もとが微《かす》かに動いている。

「なにか？」

「え、ええ……。ま、言っちまおう。あの……燕十さんの家、お取り潰《つぶ》しと決まったそうですよ」

「だれから、それを」

重三郎は、身をのりだした。

すると京伝は目を伏せて、東作を送る宴席で、これも呼ばれていた小普請組の男が話すのを耳にした、と答えた。

「ご親戚も、燕十さんを捜し出せなかったんですねえ……」

五

通油町に進出して、三年。

蔦屋は、鶴屋、村田屋といった大手の老舗《しにせ》が幅を利かす町で、すっかり根をおろした。

昨年、山東京伝の『江戸生艶気樺焼《えどうまれうわきのかばやき》』を出してからは、
鶴に蔦こたつの上に二三冊
と、どうどう鶴屋に伍して、川柳にまで詠まれるようになったのである。

「俺も鼻が高いよ」

板木から小刀を離して、ぷうっと木屑《きくず》を吹き飛ばしながら、平吉が言った。

「蔦屋の仕事をもらってるってんで、俺も仲間うちじゃ一目置かれてんだぜ」

「よせよ、ちゃかすの」

重三郎は膝元に飛んできた木屑を払いもせず、それよりあれどうなった、と尋ねた。

「おっと、それそれ。忘れるとこだった」

平吉は彫り台の前から躰をねじって、「留、あれ持ってきな」と、弟子に声を投げた。

弟子が、仕事場の隅から大事そうに持ってきたのは、歌麿の錦絵の板木である。

重三郎は錦絵に雲母摺《きらずり》を使うことを思いつき、平吉と摺師の常八の知恵をかりて、この正月から苦心していた。

雲母摺とは、地潰しに雲母《うんも》の粉を用いたもので、古くは光悦本に見られる手法だ。

「ま、このあいだ試したのよりは、いい手立てを考えついたよ。この板木《はんぎ》に、な」

平吉は節くれだった手に板木を受けとり、重三郎に見せた。

「膠《にかわ》を塗ってさ、雲母の粉ふりかけるんだ」

常八と話しあったことを重三郎に伝え、とにかく、いろいろとやってみるよ、と平吉は結んだ。

そこへ平吉の女房のお寿美が、茶を運んできた。

「仕事場でお茶だしたりしちゃ悪いけど、ふたりとも奥にきそうにないから」

「や。すまないな、お寿美ちゃん」

平吉もお寿美も、重三郎の幼馴染み。よく、いっしょに遊んだものだ。

三十年前――父が姿を消した冬の日も、七つだった重三郎は、この平吉やお寿美たちと子取ろ遊びをしていた。

「重ちゃん、あれ、あんたのちゃんよ」

編笠茶屋の前を、俯《うつむ》きかげんにとぼとぼと歩いてくる父の重助を、お寿美が見つけてくれなかったら……。

父の、あの痩《や》せた後ろ姿を胸底に刻むことなく、年を重ねただろう。あのとき父は、駆けつけた重三郎をきつく抱きしめると、重三郎の持っていた独楽《こま》をあずかって、そのまま黙って消えた。

――三十年か、もう……。

重三郎は、そうした想いを紛らわすのに、急いで湯呑みを口に運んだ。

「なんだ、この煎餅《せんべ》しけってるぜ」

茶うけの煎餅を齧《かじ》った平吉が、重三郎のてまえ、お寿美に文句を言った。

「何かもちっと、ましなのはねえのかい」

「きょうび、何もかも高直《こうじき》なんだから、ぜいたく言わないどくれよ」

太りじしのお寿美が、膝に盆をたてたまま、亭主の言葉をいなした。

「重ちゃんには恥ずかしいけど、うちみたいな大所帯は、締めてかからないと」

子供が三人に、弟子二人、それに平吉の母親、平吉とお寿美までいれると八人。お寿美も、やりくりが大変だ。

「なんせね、いまは銭百文でお米がたったの五合五勺よ。ついせんには一升も買えてたのに」

お寿美は笄《こうがい》で頭の地を掻き、溜息をついた。

まったく、このところ諸色《しょしき》は天井知らずである。米につられて、野菜、味噌、醤油、はては紙、燈油にいたるまで、恐ろしいほど値が上がった。

「田沼さまが御老中おやめになって、ちっとはましになるかと喜んでたら、なんのこたあない、前よかひどくなっちまった」

と、お寿美は息まいた。

田沼意次は、この天明六年八月二十七日に、十四年余にわたる老中職を免ぜられた。八月二十五日に死去した将軍家治に、毒を盛ったためだと、専《もっぱ》らの噂であった。

「あら、やだ。どうしたというんだろ」

奥で子供の泣き声がし、お寿美が「じゃ、ごゆっくりね」と、そちらへ行ったのをしおに、重三郎も彫吉を出た。

師走はじめの七ツ（午後四時）ちかく――灰色の、いまにも冷たいものが舞いおりてきそうな空の下を、重三郎は懐手して帰りを急いだ。

店に戻ると、番頭の勇助が帳場格子の中からすばやく立ちあがってきて、

「南畝先生がお出でです」

と告げた。

「ずいぶんとお待ちいただいたのか」

「かれこれ、小半刻ほどですが……あの、どことなく、ご様子がおかしゅうございます」

「……？」

「蒼い顔なすって、手前どもには口も利こうとなさいませんので」

「ふむ、とにかく会おう」

重三郎が奥座敷にいくと、南畝は火鉢を抱くようにして、灰を掻きならしていた。出された茶菓に、手もつけていない。

「これは、これは。お待たせしまして、申しわけありません」

どことなく悄然とした南畝の前に、重三郎は手をつかえた。

「おお、戻ったか」

あげた南畝の顔を見て、重三郎は驚いた。

半年前、吉原は松葉屋の新造、三保崎《みほさき》を身請けして、ヤニさがっていた頃とは、別人のように面やつれしている。

春町は、南畝が松葉屋の新造を身請けしたのを知り、

「ふん、身請けの金は土山から出たに決まっとる。徒士《かち》の分際で、七百両もの大金、どこをおせば出るというのだ、え？」

と、やっかみ混じりに憤慨していたが、いまの南畝の顔を見たら、その舌鋒《ぜっぽう》も鈍ろう

というものだ。

それほど今日の南畝は、しょぼたれている。

「蔦屋」

しばらくして、南畝が力のない声を出した。

「土山さまが、勘定組頭から御宝蔵番頭に降格させられたのは、知っておろう」

「はい」

土山宗次郎は、田沼が老中を罷免されて、わずか三月《み》後に勘定組頭を解かれた。

土山だけでなく、親分の勘定奉行松本伊豆守も、小普請に落とされ、逼塞《ひっそく》を命じられたと聞く。

「大変なことでございますな」

あたりさわりのない返事をする重三郎に、南畝は、やがて悲痛な声で切りだした。

「実は……今日は頼みごとをもって参った。ぜひとも聞きとどけてもらわねばならん。さもないと、わしも、わしも、とんでもないことになる」

大当たり

一

それは、意外な頼みごとであった。

南畝は、年明け早々に蔦屋から出す『狂歌才蔵集《きようかさいぞうしゆう》』の、ある箇所を削ってくれという。

「頼む、このとおりじゃ」

敷物をすべりおりて、南畝が頭をさげた。

「わしを助けると思って、な、蔦屋。なに、東作が蝦夷で詠んだやつだけを、さっと削ってくれればよいのじゃ」

「……………」

解《げ》せない申し入れに、重三郎は渋面をつくった。

今日は師走の四日である。板木はすでに彫りあがって、もう摺りにかかっていた。

それを、たとい数首であっても、いまから板木に入れ木して、改めて摺り直すとなれば、残る日数で上梓《じょうし》に間に合うかどうか。

「不承知か」

はいつくばっていた南畝が、やおら上体を起こすと、血走った目で重三郎を睨んだ。憔悴《しょうすい》して蒼白んでいる頬のあたりが引きつり、唇がふるえている。

「まず、無理でございましょう。なんせ、もう日にちが……」

重三郎の言うのを遮るように、南畝はつと立ちあがった。左手に脇差《わきざし》を摑《つか》んでいる。

「聞きとどけてくれんというのなら、わしはこの場をかりて腹かっさばく」

南畝は、床柱を背に座をとりなおし、作法どおり、膝前に脇差を置いた。

芝居にしては、真に迫るものがあり、真にしては、間がありすぎる。

重三郎は呆気にとられて、南畝の所作を目で追うばかりであった。

血走った目を宙にすえた南畝は、肩脱ぎして、下着の懐を左右にくつろげ、腹をさらした。その腹をおもむろに撫でさすり、脇差を摑んだ。

仰天した重三郎は、身を躍らせて南畝の膝元に飛びこみ、くんずほぐれつのすえ、鞘《さや》走る寸前の脇差をもぎ取った。

「事情《わけ》をお聞かせくださいませ。だしぬけに、板木を削ってくれ、不承知ならば腹を切る。これでは、いかにも理不尽きわまる所業に思いますが」

弾《はず》む息の下から、重三郎は憤《いきどお》った声を南畝に投げつけた。

腹をみせて、なんともぶざまな恰好の南畝が、こくりと頷いた。脇差を取りあげられたいま、憑《つ》き物が落ちたように温和《おとな》しい。

大きなくしゃみをひとつ、部屋に響かせて、南畝はもぞもぞと袖に腕をとおした。

「実は、昨日、お調べを受けての」

「お調べ」

目をむいて驚く重三郎に、南畝が鼻水をすすりながら、顚末《てんまつ》を明かした。

この八月、田沼が老中の座を追われると、時を移さず、反田沼派は東作の蝦夷行きを洗い立てて、吟味した。

ついで、さきの勘定組頭土山宗次郎も召喚され、東作の蝦夷行きに力をかしたという廉《かど》で、きびしい詮議を受けた。

累は南畝にも及び、昨日のこと、急に呼び出しがあり、土山のもとへ、東作ともども足繁く通っていたわけあいを、執拗に問い質《ただ》されたという。

「ここで、東作の詠んだ蝦夷の歌が世間に広まれば、ことが再燃する。東作の歌を乗せた撰者のわしは、ただでは済むまい」

どうか窮地に陥ったわしを助けてくれ、と南畝は肩を落として、重三郎に訴えた。

日ごろは、ひどく尊大な南畝だが、いまのさまは、ひとの憐《あわ》れをさそう。

「御老中を葬り去っただけでは飽き足らず、田沼一党とおぼしき人物は、根こそぎ引っ立てて、捏《こ》ねあげた罪を被せる。卑劣な奴ばらじゃ。東作の蝦夷行きなど、昔のことではないか、それをいまさら」

東作は天明三年（一七八三）の八月に江戸を発《た》ち、蝦夷地で越冬し、翌四年五月に戻ってきた。

三年も前のことをほじくりだしおって、と南畝はさかんに愚痴をこぼす。

「のう蔦屋、板木を削ってくれ。南畝、後生一生の頼みだ。このとおり、拝む」

畳に頭をこすりつける南畝に、困《こう》じ果てた重三郎は、ひとしきり唸《うな》っていたが、やがて折れた。

その晩から、大騒動になった。

まず、手代を久松町の摺師常八のところへ走らせ、東作の狂歌を彫った板木を取ってこさせた。夜が明けると、こんどは重三郎みずから板木を抱え込んで、元鳥越町の彫吉へ出向いた。

「えーっ。こいつに入れ木しろってかい」

寝ぼけ眼《まなこ》をこすりながら、平吉が頓狂な声をあげた。

「ああ、驚きはもっともだ。厄介を背負わせて済まないが、何も聞かずに、大急ぎでやってもらえないかな。正月の売り出しなんでね」

「そりゃ、ほかならん重ちゃんの頼みだ。都合はなんとでもつけようさ。でも、こいつに入れ木すりゃ、えらく空《す》き間ができるぜ。ま、一丁ちかくは真っ白だ。みっともないよ」

それは重三郎も、先刻承知だ。だが、南畝に約諾した以上、いたしかたないことである。

「重ちゃんとこの暖簾《のれん》が泣くぜ、そんなもん出しちゃ。狂歌集は蔦屋、と評判とってるのによ」

平吉は、我がことのように残念がった。

この天明年間は狂歌が大流行《おおはやり》して、書林は競って狂歌集を出している。蔦屋も遅れじとばかり、狂歌集に手をそめた。

このとき、重三郎は他に倣《なら》うだけでなく、工夫をこらした。狂歌に美しい挿絵を添えたのである。

絵は、女描きの歌麿が、めずらしく草木や虫などに筆をふるい、その道の大家が顔まけするほどの出来栄えだった。この、いわば狂歌絵本――当たりに当たって、出だしから他店《よそ》を大きく引き離した。

それなのに、と平吉は言うのだ。

「ま、いいさ。次で挽回するよ」

逆に平吉をなぐさめ、「きっと、間に合わせてくれ」と念を押し、重三郎はひきあげた。

平吉と常八の、ねじり鉢巻きのおかげで、板木の手直しはどうやら間に合い、予告どおり、正月は二日に売り出すことができた。

ほっと息をついた七種《ななくさ》の日。

昨年の十一月、二年間の約束で大坂の芝居に買われていった仲蔵から、飛脚便が届いた。

手紙は、伴《つ》れてきた次郎吉と水いらずで楽しんでいる、と冒頭にのろけ、続いて、二階つきの屋根舟で、盛大に舟乗り込みをしたときの様子が、こと細やかに書かれてあった。

仲蔵らしいと笑いがこみあげてきたのは、

「待っていた、十年このかた待っていたいた、いい男」

河岸から、そんな声も飛んできて、大向こう受けしたと、子供のように得々と綴っていたからである。

が、先を読み進むうちに、重三郎は顔を曇らせた。

浜芝居の石井座を覗いてみたが、奇妙な役者絵を描く治助という男は、舞い戻ってはいなかった、とある。

あれきり、治助の行方は知れないわけだ。しかし重三郎の顔を曇らせたのは、この治助のことではなかった。石井座という文字が、重三郎におしのを想起させ、表情を暗くさせたのである。

おしのは、重三郎がはるばると石井座に治助をたずねて行った隙《すき》に、燕十に連れ去られた。五年たった今も、その行方はわからない。

重三郎は手紙を巻きもどすと、餅飾りをした床の間脇の用箪笥の前に足を運び、引き出しを開けた。引き出しのなかには、そのおり、大坂でおしのに買いもとめた簪《かんざし》が、眠りつづけている。

取り出すと、簪に細工された銀の鼓《つづみ》が、眠りからさめて、かすかに鳴った。

二

諏訪町の川端にある『卯《う》の花』は、朋誠堂喜三二お気に入りの料理茶屋である。

重三郎が「どこぞで一席もうけましょう」と声をかけるたびに、喜三二はすかさず「おお、そうか。ならば、卯の花がよい」と答える。

喜三二の知友、恋川春町に言わせると、喜三二は『卯の花』の女将《おかみ》に岡惚《おかぼ》れしているのだそうだ。

その真偽はどうでもよいが、ともかく今日も、重三郎は『卯の花』を使った。来春に出す戯作の趣向を、喜三二と春町に練りなおしてもらう談合にである。

開け放った二階の座敷を、川風が吹き渡って、汗ばんだ肌を心地よく冷やしてくれる。

三人は蘇生した表情で、盃をとりあげた。しばらくして、当の女将が顔をみせた。俗にいう渋皮のむけた色白の中年増で、涼しい目許からは色気がこぼれている。

「おいでなさいまし。いつも、ご贔屓にしていただいて」

女将は、愛嬌をふりまいて挨拶し、喜三二ににじり寄って、「おひとつ」と、銚子を取りあげた。

いつもの喜三二なら、これで鼻の下をのばすところだが、今日は女将に一瞥もくれず、

「うむ」と横手に盃を差し出しただけで、話に余念がない。

その顔は、戯作者朋誠堂喜三二のものではなく、出羽久保田藩江戸留守居役のものであった。

話柄は、つい四日まえの天明七年六月十九日、老中職に就いた松平定信のことである。

察しのいい女将は、春町と重三郎に形ばかりの酌をすると、脂粉の香を残して、そっと座を立った。

「新老中は、えらく質素な身なりで、初の登城に及んだそうだの」

女将が消えたあと、春町が喜三二の話に口をはさんだ。春町も、駿河小島藩江戸詰用人の面体に返っている。

「うむ。弁当の菜は胡麻《ごま》味噌というから、おそれいる」

「張り切っておるのさ、やっと老中になれたのだからな」

春町は、ぞんざいな手つきで箸をとると、鱸《すずき》のかば焼きを口に放りこんだ。

松平定信は、昨年の暮に老中に推挙されたものの、田沼派であった大老井伊をはじめとして、残存の老中、大奥の強硬な阻止にあい、就任できずにいた。

ところが、この五月。

江戸に起こった打ちこわしが、定信に味方したのである。深川森下町に発した打ちこわしは、たちまち江戸市中に拡がり、瞬く間に、市中の米屋九百八十軒を倒した。南北両奉行所は鎮圧にのり出したが、逆に追い払われてしまうていたらくであった。

幕府は、米欲しさに蜂起した民衆の破壊力の凄まじさを、まざまざと見せつけられて慌てふためき、面目もあらばこそ、先に阻止した定信を、いそぎ老中首座に据えた。

定信は、打ちこわしのおかげで老中になれた、といわれる所以《ゆえん》である。

「白河藩主時代の実績が、ものを言ったわけだ」

喜三二の言葉に、春町がふんと鼻を鳴らした。

「あの四年前の大飢饉に、領内で一人の餓死者も出さなかったというやつだろう」

「そうじゃ。その白河の伝でいけば、天下もうまく治まり、米の値も下がろうというんじゃな。だが、みちのく白河の治政を軌範に天下を律しようとしても、そうやすやすと治国平天下ができるものか。うまくはいかんさ」

「まったくもって、そのとおり」

喜三二と春町は、互いに頷きあって盃を干した。

重三郎の見るところ、この両人、三十歳の老中に、少なからぬやっかみを感じているらしい。喜三二、五十三歳。春町は四十四歳である。

「その、越中守様のことですが」

もっぱら聞き役にまわっていた重三郎が、ようやく口を開いた。

「どうでしょう、戯作の素材《ねた》になりませんかね」

「ん？」

ふたりは同時に、ぽかんと重三郎を見た。

「その、つまり」

重三郎は盃を置くと、いま世間で注視の的の定信を戯作に取りこんだら、さぞかし売れるにちがいないと説いた。

「なるほど。そいつはいい考えだの」

春町が、胡坐《あぐら》を組みなおした。喜三二も、興味をそそられたのか、箸を止めた。ふたりとも、すっかり戯作者の顔になっている。

「面白いぞ、蔦屋。だが、そうなるといま書いておるやつはどうする」

「それは次に上梓させていただきます」

重三郎は、喜三二を見て笑った。定信を戯作にいただくならば、なるべく世間の眼の熱いうちがいい。

「さっそく筆を執ってもらいましょう。じゅうぶん間に合います。なにぶん、おふたりとも筆が早いですからな」

「こいつ、ちょちょらを言いおって」

喜三二は重三郎を睨む真似をしたが、満更《まんざら》でもないらしく、春町に「やるか」と声をかけた。春町は、にたりと頷いた。

「これで、決まりました」

では、あらためて一献《いっこん》、と重三郎は手を叩いて仲居を呼んだ。

熱燗《あつかん》と皿物が運ばれ、座持ちに女将が出てきて、大いに賑わった。

三人は、暮六ツ（午後六時）の鐘を聞いてようやく腰をあげた。これから、吉原《なか》へくりこむことになっている。

「ときに、このところ南畝の顔を見ぬが、おぬしの店に姿は現わさんか」

危なげな足どりで階段を降りながら、喜三二が重三郎を振り返った。肉《しし》つきの豊かな大黒顔が、酔いで赤く染まっている。

「いいえ」

重三郎は、首を振った。板木削りを頼みに来てこのかた、南畝はとんと姿を見せない。耳にした春町が、横合いから酒臭い息を吐き散らして憤慨した。

「なに。おぬしにあのようなこと無理じいさせおって、礼にもこんというのか」

「まったく怪しからんの、それは」

喜三二も、ふらつく足を止めて口を尖《とが》らせた。

このふたり、『狂歌才蔵集』に名を連ねていたせいで、そのおりのいきさつを知っているのだ。

「ぶざまな本を出させおったくせに、身を保てたとなると知らん顔か。成らぬうちが頼み、とはよくぞ言ったものだ、忘恩の徒め」

春町が、いまいましそうに言った。

三

五年前――。

喜三二の肝煎《きもい》りで、春町が娶《めと》った後妻は、出羽久保田藩の書役の娘だった。

が、それは表向き。実は橘町の乾物問屋、大坂屋庄蔵の娘である。ちせ、という。

ちせは、大坂屋が久保田藩に乾物を納めている縁で、上屋敷に行儀見習いにあがっていた。たまたま春町の後添いを探していた喜三二が、ちせに白羽の矢を立てたのだ。喜三二は、春町にちせを引きあわせて、ふたりの配合よろしとみるや労を執り、大坂屋に話をつけ、ついで書役の養女とする段取りをし、めでたく祝言に漕《こ》ぎつけたのである。

その、ちせの実父、庄蔵が病床についた。胃の腑を、病んでいるという。

春町は、ちせを同道して庄蔵を見舞った。

「わしは屋敷を空けるわけには参らんが、おまえは二、三日泊って、親父殿を看取ってやるがよい」

ちせには、久しぶりの里帰りでもある。年のいった夫の春町は、ここで寛大なところをみせぬわけにはいかない。

春町は、ひとり大坂屋を出た。天明七年も残り十日となった日の、八ツ半（午後三時すぎのことである。

――蔦屋にでも寄るか。

重三郎が店をかまえる通油町《とおりあぶらちょう》は、目と鼻の先だ。春町はそう思いつくと、あわただしい師走の往還を、西へ向かって歩きだした。

橘町の家並みがつき、行く手に汐見橋が見えたときだった。春町は思わず、「おっ」と声をあげた。

目の前をゆっくりした足取りで、南畝が横切っていったからである。春町は手をあげて南畝を呼び止めると、小走りに近づいていった。

「いちべつ以来だの」

「うむ」

南畝は、睫毛《まつげ》をいそがしく動かした。思いもかけないところで春町と出あい、驚いているようだ。

「意外なところで会うたが、何をしておる」

春町は、やや意地わるく訊《たず》ねた。

「三保崎をこの辺りに囲っておるのか」

「これは心外な」

南畝は、かっとなった。

「刀を見てきたのだ」

「刀？」

「さよう。村松町に、掘り出し物を揃えておる刀屋があると聞いたでな」

南畝が言い終わらぬうち、春町は人目もはばからずに、からからと笑いだした。貧相な躰の、どこからそんな声が出るかと思うほどの哄笑《こうしょう》である。

「無礼な。なにがおかしい」

「や、済まぬ、済まぬ」

眼尻にたまった涙を拭いながら、春町はなおも肩を揺すっている。なにしろ、南畝ときたら、からきしやっとうの駄目な男なのだ。それがしかつめ顔をして、刀などとほざくのは片腹いたい。

「刀をどうする」

「どうする、とは」

「おぬしが佩《は》くのかね」

「当たりまえだ」

「ほう、どうした風の吹きまわしだ。追い腹でも切るのか、土山の」

土山の腰巾着だった南畝は、露骨に嫌な顔をした。

もと勘定組頭の土山宗次郎は、反田沼派に旧悪を暴かれそうになると、大文字屋から千二百両で身請けした誰袖《たがそで》を伴れて、出奔《しゅっぽん》した。九月十六日の夜のことだった。手引きをしたのは、平秩東作らしいというので、幕府は東作を捕らえ、拷問《ごうもん》にかけて土山の潜伏先をつきとめた。

青梅の山口観音で補縛された土山は、この十二月十五日、斬首された。越後米の買付金を、御用商人と結託して着服した科《とが》、幕府貸付金を流用した科などによる。

「刀は」

南畝がうっぷんを晴らすような勢いで、応じてきた。

「武士の魂だ。上作を探しまわるは武士たるものの心得であろう。おぬしにどうこう言われる筋合いはないわ」

「なるほど」

「それに、文武奨励令も七月に出された」

「ははあ、それでか」

春町は、じろじろと南畝をみた。

変わり身の早い男だ。

文武奨励令は、老中松平定信が武門に向けて、学問と武芸を励むよう布令したものである。それを、いかに下っ端であったとはいえ、かつては田沼一党につらなっていた南畝が、遵守《じゅんしゅ》しようという。

――わしなら。

と、春町は思った。わしが南畝ならば、意地でも守ることをせぬ。文武奨励令など糞《くそ》くらえとばかり、よけいのらくらしてやる。そのほうが、よっぽど潔いではないか。

――時勢に媚《こ》びる変節漢め。

春町は、じつに苦い顔をした。

すると、怜悧《れいり》な南畝は春町の心情を読みとったとみえ、「先を急ぐによって」と、そそくさと歩みだした。

「まあ、待て」

春町は二、三歩あと追いして、南畝の袖を摑んだ。南畝は、仏頂面《ぶっちょうづら》で立ち止まった。

「なんだ。急ぐと申したであろうが」

「いや、手間は取らさん。おぬしにかねがね申したいことがあったのじゃ。いま、それを思いだしての」

「……………」

「おぬし、蔦屋に礼にも出向かんそうだな」

「……………」

「さんざっぱら無理をさせおって、礼ぐらい申したらどうだ、ん？」

「蔦屋が、おぬしにそう言ってくれと頼んだのか」

南畝は、あらぬほうに目をやりながら、あざ笑った。

「なんの」

春町も負けじと、せせら笑った。

「あれは、そんな料簡の狭い男ではないわ。このわしが、わしの料簡で申すことよ。文武奨励にとびつくのも結構じゃが、忘恩の徒になり下がらぬよう気をつけるがよい」

「なにっ」

気色ばむ南畝を尻目にかけて、春町は澄まし顔で汐見橋を渡った。

翌日の昼すぎ。

春町の毒舌が利いたのか、南畝がふらりと蔦屋に現われた。手に、角樽《つのだる》をさげている。

南畝と別れて蔦屋に立ち寄った春町から、一部始終を聞かされている重三郎は、内心おかしくなったが、何くわぬ顔で南畝を迎えた。

「その、なんだ、礼に参上するのが、はなはだ遅くなったが、あれからいろいろとあっての」

座敷に通されるや、南畝はせかせかと言いつくろい、重三郎の面前に角樽を差しだした。

「とっておいてくれ」

「そんな、お気をおつかいくださいますな」

「いや、これは是非とも納めてくれ、詫《わ》びということもあるが、実はこの酒、別れのつもりで提げて参ったのじゃ」

「別れ？」

重三郎は、首をかしげた。

「うむ」

南畝は具合わるそうに、口ごもった。が、やがてきっぱりした口調で言ってのけた。

「筆を折る」

「ご冗談を」

「冗談なものか。狂歌、戯作、黄表紙評判記、一切やめる。よって、蔦屋《ここ》とのつきあいも、これまでと思うてくれ。いかい世話になった」

南畝は、口数の少ない男である。

一年前、板木削りを頼みにきたときもそうだったが、いまも手短に結びだけを口にする。

「事情《わけ》をお聞かせくださいませ」

いきおい重三郎も、去年と同じ台詞《せりふ》を吐く仕儀になる。

事情か――南畝は、目をしばたたいた。

「おぬし、知らんか。近ごろ、わしの作だと偽った狂歌が、世間に流れておる」

「ああ」

重三郎は、思い当たった。

世の中にか（蚊）ほどうるさきものはなしぶんぶ（文武）というて夜もねられず
これである。

庶民は新老中を、「文武両道左衛門世直《ぶんぶりょうどうざえもんよなおし》」とたたえ、初めのうち熱い期待を寄せていた。

だが、いまでは定信のこうるさい倹約令に、すっかり嫌気をおぼえている。

そこへ、南畝の作という、文武奨励を茶にした狂歌の出現である。流行らぬはずがない。江戸の市民は、こぞって口ずさんだ。

「御徒士《おかち》頭から呼び出されての。去年、東作の事件でお取り調べを受けた身だ。観念して出頭したが、どうやら濡れ衣とわかり、叱責《しっせき》で済んだ。まったく冷や汗ものだった」

南畝は、膝元の茶碗をわし摑みすると、いっきに飲み干した。

「それで、筆をお折りになる……」

「いかにも」

「それはなんとも、惜しゅうございますな」

重三郎は、人柄は別として、南畝の才能を高く買っている。しんそこ残念がった。

「筆を折るなどとおっしゃらずに、ここでひとつ、どうでございましょう。そのような狂歌の流行る越中守様のご政道を、やんわりと皮肉ってお書きなさいましては」

重三郎は、春町、喜三二、京伝の三人に定信や意次を素材にしたものを頼み、それがもう出来あがって、正月の売り出しを待っている、と言った。

春町は『悦《よろこんぶ》贔屓《ひいき》の蝦夷《えぞ》押領《おうりょう》』と題して、土山や東作らしい人物を登場させ、蝦夷地抜け荷の一件を匂わせている。

京伝は、佐野善左衛門の刃傷《にんじょう》事件を当てこんで『時代《じだい》世話《せわ》二挺鼓《にちょうつづみ》』を、ものしている。

『文武《ぶんぶ》二道《にどう》万石通《まんごくとおし》』と銘うった喜三二は、文字どおり、定信の文武奨励令を諷刺している。

「先生も、ひとつ」

三人の戯作のさわりを披露して、重三郎は南畝に執筆をうながした。

すると、どうだ。南畝は顔を真っ青にして、喚《わめ》きたてた。

「ま、まっぴらじゃ。わしは、ご免こうむる。二度も呼び出しを受けた身で、そのようなものを書けば、どうなると思う。三度目は大事《おおごと》というではないか。わしは書かん、書かんぞ」

書かん、書かんを連発して腰をあげた南畝は、重三郎の制止もきかずに、転げるような足取りで帰ってしまった。座敷に、角樽だけがぽつんと残った。

四

それから、三月《みつき》。

重三郎は『卯の花』の二階から、陽をはじいて煌《きら》めく大川の川面を眺め下ろしている。川面を、舟がのんびりと往き来していく。

「春じゃのう」

重三郎の横で、詠嘆の声をもらすのは、春町だ。

「おぬしも、来て見ぬか」

春町が振り返って、喜三二を呼んだ。呼ばれても、喜三二は顔も向けず「見飽きたわ、大川なぞ」とうそぶき、酢の物を口に運ぶ。そばに、例の女将がはべっている。

「ねえ、お花見に連れてってくださいな」

甘えられて、喜三二は相好《そうごう》をくずした。

「よし、よし。隅田の堤か、飛鳥山《あすかやま》へでも連れていこう」

言う口のしたから、さっと女将の手を握った。

あら——女将は、喜三二に流し目を送って、そっと手を引き、話を変えた。

「殿さま」

女将は羽振りのいい喜三二を、こう呼ぶ。

「殿さまのご本、ずいぶんと評判ですこと」

「ふふ、まあな。それで蔦屋が褒美に、ここへ連れてきてくれたのさ」

「なにが、ふふ、まあな、だ」

喜三二と女将のべたつくさまを、面白くもなさそうに窓ぎわで見ていた春町が、膳のまえに戻って、どかりと胡坐をかいた。

「売れたのは、おぬしのやつだけではないぞ。わしのだって、のう蔦屋」

「ええ、そうですとも」

「みろ、女将。わかったか」

重三郎の言葉で、春町はふんぞり返った。

「お見それをして、申しわけございません」

膝をにじって、女将が春町に酌をした。すると、春町の機嫌はあっけなく直り、

「はは、実を申すと、喜三二《あやっ》の本のほうが売れたのよ」

と、屈託なく笑いだした。

春町の認めたとおりである。

同時に出した春町と京伝のものも、これまでにない売れ行きをみせたが、喜三二のものには、及ばなかった。

田沼派のもと勘定奉行松本伊豆守、赤井豊前守、組頭の土山宗次郎とおぼしい人物を躍らせ、それとなく定信の文武奨励令を揶揄《やゆ》した趣向が、世間の喝采《かっさい》を博したのである。

正月二日に売り出したものが、七種には売り切れた。

摺師の常八は、弟子に「いいか、これが摺り上がったら休みをやるからな」と謝りながら、自分も正月休みをとらず、昼夜ばれんを動かし、増刷に精だす始末であった。

この『文武二道万石通』によって、重三郎は地本問屋界に、不動の地位を占めたのである。

「しかし、次は負けんぞ。この春町、練りに練ってだな、『文武二道万石通』を吹っ飛

ばすような傑作をものしてくれるわ」

春町は威勢をつけて、盃を干した。

「よろしく頼みます」

重三郎は手元の銚子を取りあげて、春町の盃になみなみと注《つ》いでやった。

「おう、もうひとつ蔵を建ててやるわ」

ふざける春町に、座が沸いた。

喜三二の成功に刺激された男が、もうひとりいる。

唐来参和《とうらいさんな》だ。

参和は、その二日後、才槌《さいづち》頭を振りふり、蔦屋にやってきた。

「久しぶりだねえ」

重三郎は、去年の夏まで居候だった参和を、懐かしそうに迎えた。

参和は、重三郎が通油町に店をかまえて間なし、蔦屋に転がりこんできた。もとは長崎奉行の配下だという噂だが、当の参和が昔を語りたがらないので、経歴はわからない。侍の出にしては気さくな男で、居候になってからは、毎日蔦屋の職人に交じり、紙に礬水《どうさ》を引いていた。

筆才があって、片手間に書いた『和唐珍解《ほうとんちんけい》』、『莫切自根金生木《きるなのねからかねのなるき》』などの、風変わりな戯作が重三郎のめがねにかない、上梓してもらったことがある。

重三郎は、参和の居候を便宜に思っていたが、参和は三年にわたる居候を恥じて、自分から入り婿先を見つけ、蔦屋を出ていった。その入り婿先というのが、本所は松井町の娼家なのだから、変わった男だ。

「どうかね、入り婿の気分は」

冷やかし気味に重三郎が聞くと、参和は丸い目をぎょろつかせて、

「たいして、面白くもないな」

と言った。

「そんなことより、兄貴、頼みがある」

参和は、六歳も年下の重三郎を兄貴と呼んで、慕っている。初めのうち、重三郎は閉口したが、いまでは慣れてしまい、参和を弟のように思っていた。

「なんだい」

と、重三郎がひと膝のり出した。

「うむ、他でもない。俺の戯作を、もういっぺん出してはくれないか。これを読んで、俺、無性に書きたくなった」

参和は懐から、『文武二道万石通』を取り出すと、へへっと笑った。

五

猫や猫や　いまに寒さがくるから
　夜着や布団や　畳んでおおきゃれ
和泉町にある仲蔵の本宅の前で、七つばかりの女の子がひとり、唄にあわせて毬《まり》をついている。

　畳んだなかから　ぼろが出えた
後ろ手にぱっと毬を受けて背をのばしたとき、女の子はそこに重三郎が立っているのに気づいたらしく、頰を染めて左隣の家に駆けこんだ。

重三郎は笑いながら、格子戸に手をかけて訪《おとな》いをいれた。

出てきたのは、仲蔵の本妻さなである。無口な女で、重三郎の挨拶にも、一言お義理に返してくるだけだ。

「どうぞ」

愛想笑いひとつ浮かべるでなく、さなは重三郎を離れに連れて行った。

離れに、仲蔵が臥《ふ》せっている。

仲蔵は昨年――重三郎の店が『文武二道万石通』を出して、大評判をとった天明八年の十一月十一日に、江戸へ戻ってきた。

戻ってからというもの、躰の不調を訴えることが多くなって、寛政と改まった今年、とうとう中村座の正月芝居を休んでしまった。

「おう、ありがてぇ。見舞《みめえ》にきてくれたのかい」

薬湯《やくとう》の匂いのこもる離れに、仲蔵はひとりぽつんと寝ていたが、重三郎が顔を出すと、ひどく嬉しげに躰を起こした。

「寝てなよ」

重三郎は慌てて枕元に坐り、仲蔵を臥させ、搔巻《かいまき》を掛けてやった。さなは、茶でも淹《い》れにいったのか、姿を消している。

「けっ、病人あつかいするんじゃねえ。もう、なんともねぇよ」

威勢だけは昔のままだが、横たえさせるとき触れた仲蔵の躰は、驚くほど肉が落ちている。往年の貫禄は、どこにもなかった。

「なんでぇ、べそかいたような面《つら》しやがって。ところで、次郎吉《あいつ》は変わりねぇかい。俺さまがこのざまで、ずっとご無沙汰なもんだから、あいつ浮気のかば焼き、お茶づけさらさらってんじゃあるめえな」

重三郎の気を引きたてるように、仲蔵が冗談をとばした。

「あの姐《ねえ》さんだぜ、まさか」

重三郎は、無理に笑顔をつくって言った。

そこへ、さなが茶を運んできたので、重三郎は咳《せき》払いをして話を変えた。

「蔦屋刊《うちの》だね、読んでくれてるのかい」

薬湯の土瓶をのせた盆の脇に、この正月に出した本が二冊、無造作に置いてあった。春町の『鸚鵡返文武二道《おうむがえしぶんぶのふたみち》』と、参和の『天下一面鏡梅鉢《てんかいちめんかがみのうめばち》』である。

「ああ。おもしれえからな。退屈しのぎにゃ、いっちいい」

春町は題からして、定信の経世論『鸚鵡言《おうむのことば》』を当てこすり、中身でこれまた、彼の出した文武奨励令を散々に茶化しまくった。

参和も、定信の家紋「梅鉢」をちゃっかりと拝借した題をつけ、その治政を痛烈に皮肉っている。

「とくに、こいつにゃ俺さまもお出ましだし、何べん読んでも笑えてくらぁ」

仲蔵は、参和のものに手をのばした。

そのなかには、なんと仲蔵が孔子の役で顔を出し、花道から儒学問答をしながら舞台にさしかかる、というくだりがある。

参和は、芝居の心中事《しんじゅうごと》や世話事《せわごと》を禁じた定信に当てつけて、聖人君子の芝居場面をもりこんだのだが、当の仲蔵は自分の登場に気をよくして、無邪気に喜んでいるようだ。

「しかし、そっちのおうむも、いい。なんせ、お侍が陰間《かげま》を馬に見たてて、お馬の稽古をするってんだからな。さぞ、乗り心地がよかろう」

仲蔵にかかると、春町の諷刺もかたなしである。どぎつい冗談に、さながそっと座を立った。

「ほら、去年おめぇんとこで出した、ええと……」

「『文武二道万石通』かい」

「そう、そう。こりゃあ、それより、もっと売れたっていうじゃねぇか」

仲蔵は、春町の本を振った。

「そうなんだよ」

『卯の花』での高言どおり、春町は傑作をものして、重三郎を儲《もう》けさせてくれた。

蔦屋では、このたびも常八を急《せ》かして増刷し、増刷ができ次第、店じゅう総掛かりで綴《と》じ合わせ、店先に並べるのだが、並べる片はしから売り切れた。

しまいには、綴じ合わせる暇《いとま》もなくなり、中身に表紙と綴じ糸を添えて売ったが、それでも客は喜んで買っていった。

「そんなに売れるもんを、お上《かみ》はどうして出しちゃいけねぇなんて、いいなさる」

好調の売れ行きを示した春町と参和の本は、二月に入るとすぐ、お上から絶板を言い渡された。

政道《まつりごと》に明るくない仲蔵は、それが不思議でならないらしい。重三郎は、苦笑した。

「売れるから、いけないのさ。お上をおわらいぐさにした本が、売れれば売れるだけ、お上の威信は地に墜《お》ちる。そこで差し止めってことだろう」

「へん、尻《けつ》の穴のちいせえことを言いやがる。たかがおめえ、戯作《ほん》じゃねえか。目くじら立てるほどのもんでもあるめえに、なあ」

「うむ」

重三郎は相槌を打ちながら、春町のことを思っていた。

二月。

『鸚鵡返文武二道』、『天下一面鏡梅鉢』、それに去年出した喜三二の『文武二道万石通』が、絶板の憂き目をみることになった。このとき、板元の蔦屋、作者の参和や喜三二には、何のお咎めもなかったが、どうしてか春町だけが、お上の呼び出しを受けた。

参和は町人、喜三二は、すでに筆を折っていたからであろうか。喜三二は昨年、『文武二道万石通』が評判になりすぎたとき、藩主から筆を絶つよう命じられ、戯号を捨てていたのだ。

「悪くすりゃ、これもんだぜ」

春町召喚の知らせが蔦屋に届いたとき、たまたま店に来ていた参和が、腹を切る真似をした。参和は、春町が見せしめのために腹を切らされるのではないか、と言っている。が、春町は病気と称して、二月が過ぎ、三月が過ぎ、四月になったいまも召喚に応じないでいた。

——なんとか、会いたい。

重三郎は、春町のことが心配でたまらず、喜三二に、春町と会う手段はないものか、と手紙で訴えた。すると喜三二から、わしも春町の身の上が案じられて、夜も眠れずにいるのだが、外出がままならずどうしようもないでいる、と返事がきた。

重三郎が春町のことを話すと、仲蔵は鼻孔をふくらませて怒り、

「お上も、あこぎなことをしやがる。そんなことで腹切らせるなんて、世も末だあな」

と言った。

「よしてくれよ、まだ、そうと決まったわけじゃなし。縁起でもない」

重三郎は、眉をしかめた。

「おっと、ちげえねえ。けどよ、もし、切腹なんてことになったら、おめえの責任《せい》でもあるじゃねえか」

そうなのだ。そう思えばこそ重三郎も、春町に会いたいと、八方手をつくしている。

重三郎は憂鬱な顔で仲蔵のもとを辞した。

五月になり、六月が往っても、春町は出頭せず、重三郎もまた、春町に会えぬまま日が流れて、七月となった。

明日は、七夕という日の昼さがり——。

喜三二の門人が、お忍びで蔦屋を訪ねてきて、『卯の花』で喜三二が待っていると告げた。春町に会わせる手だてが、みつかったというのだ。

重三郎は、七夕の竹売りが「竹や竹や」と声を張って歩く、夏の白く乾いた道を、『卯の花』へ急いだ。

出会い

一

小石川春日町に住む倉田豊庵は、風《ふう》つきの無愛嬌な、六十を過ぎた町医者である。しかし見立てはなかなか上手《うま》く、技倆もあると評判されて、患者は引きもきらない。

七夕《たなばた》の朝、その豊庵が薬箱もちの供を連れて、家を出た。

すぐ近くの富坂下にある、小島藩一万石松平丹後守の上屋敷へ、往診に行くのだ。豊庵は町医者だが、縁あって、長らく小島藩から出入り扶持を受けている。

患者は、恋川春町こと倉橋寿平。

春町はこの二月以来、病と称して公儀の召喚をこばみ続けている。困り果てた藩は公儀の手前、一計を案じ出し、三日にあげず豊庵に往診をもとめ、うわべを取り繕《つくろ》っていた。

行く手に、上屋敷の表御門が見えた。

豊庵は立ち止まって、薬箱もちをさし招き、そっと耳打ちをした。

「御門を通るときは、顔を伏せてもらいたい。よろしいですな、小腰をこごめての」

「はい」

頷いたのは、薬箱もちに化けた重三郎である。

やがて、門前に着いた。門番は豊庵を認めると、いつもの気安い口調で、通らっしゃれと声をかけた。薬箱もちが変わっていることに気づかなかったらしい。

門を潜った途端に緊張が緩《ゆる》んで、重三郎の背に、冷や汗がどっと吹き出た。前を歩く豊庵も、肩を上下させて大きく息を吐いた。

正面が、式台である。豊庵はそれを横目に右へ折れ、重三郎を続き御長屋の一番端に連れて行った。

公儀から召喚があるや、春町は即座に用人の職を解かれて、御長屋に押し込め同然になっている。

「ここですぞ」

粗末な作りの木戸口で、豊庵が囁いた。

見張りとも思えないが、近くの米搗《こめつ》き場の軒先に、藩士が二、三人たむろしている。

豊庵は先に立って、格子戸を開けた。

御長屋のなかは、これといった世帯道具もなく、がらんとしている。豊庵が訪いの声をかけると、二階から春町がゆっくりと下りてきた。しばらく見ぬ間に、ただでさえ貧相な春町の躰が、いっそう痩せこけていた。

「春町先生……」

喉をつまらせた重三郎の声に、春町は驚いて目を瞠《みは》った。

「つ、蔦屋ではないか。おぬし、どうしてここへ。豊庵先生、一体、これは……」

春町は急《せ》きこんで、重三郎と豊庵の顔を、かわるがわる見くらべた。

「実は、おとつい」

くわいに結った白髪頭を掻いて、豊庵が事訳《ことわけ》を話しはじめた。

「拙宅に、ちせどのがござってな」

「ちせが？」

春町の顔色が変わった。

ちせには、三月のなかばに去り状を渡している。泣いて拒むちせを、累が及ばぬよう、春町が無理やりに離別したのだ。

「ちせが、なにゆえ先生宅へ」

「なに、おとついが初めてではありませんでな、ちょくちょく、いらっしゃる」

豊庵は、澄まし顔で言った。

ちせは春町の身を案ずるあまり、足繁く豊庵のもとを訪ねては、綿々と様子を聞くそうである。

「未練な」

眉を寄せたものの、春町の語気は弱い。

「おとついは」

豊庵は、淡々と続ける。

「お連れがお出でてしてな」

「連れというのが、この蔦屋というわけで」

「いえ、いえ」

首を振ってから、豊庵が声を落とした。

「佐竹様の御留守居役」

一昨日――。

やっと禁足の解けた喜三二は、橘町の実家に戻っているちせのところへ飛んでいった。門人から、春町とちせの離別話を聞かされていたからである。

「喜三二先生は、そのときの奥さまの話で、豊庵先生のことをお知りになり、その場から奥さまともども、豊庵先生のもとに……」

重三郎が言葉をつけ足した。

このとき、喜三二は豊庵に、重三郎をなんとか春町に会わせてやって欲しい、と手を突いて頼んだという。

「ふん。薬箱もちに化けさせるとは、喜三二《あやつ》の考えつきそうなことじゃ。しかし、おぬしも肝のふとい男だの。薬箱もちが蔦屋と露見したらば、ただでは済むまいものを。また、先生も先生だ。有難さはいたく身に沁《し》みるが」

春町は、重三郎から豊庵に目を移して、

「このような無茶を、どうしてお引き受けなされた」

と、咎めた。

すると、豊庵はにんまりと口角をほころばせた。幾度となく顔を合わせるうち、豊庵はいつしか春町の人となりに親しみをおぼえ、ひそかに同情を抱くようになっていた。そこへ、喜三二の切なる頼みである。

なるほど無茶な話で、露見すれば我が身も危うい。が、豊庵は承知した。老いの身の残り火が、そうさせたのだ。

「そんなことよりも」

表を窺《うかが》う素振りを見せて、豊庵が言った。

「早く、蔦屋さんと話をなさるがいい。長居は出来ませぬでな。わしがここで様子を見ておりまする。さ、人目につかぬよう二階へでも」

春町と重三郎は、狭い階段をきしませて上がって行った。

階段脇の六畳の間に、足を踏み入れるなり、重三郎は茫然と立ちつくした。

部屋のなかは綺麗に片づけられ、隅には麻縄でくくられた書籍が、山積みされている。

それにどうしたことか、炉に伏せ籠《ご》を置いて香がたかれており、上には真新しい下着がかけてあった。

思わず春町を見ると、春町はきまり悪そうに重三郎から目を逸《そ》らせ、伏せ籠の上を見やった。

「今日、腹を切るんじゃよ」

「………」

「なんだ、その顔。驚くことでもあるまい。人は遅かれ早かれ、死なねばならん。な、そうであろうが。わしは、その日を今日と決めた。それだけのことではないか、蔦屋」

「………」

「それにこの一件、どうせ腹を切らねば収まらんのだ。政道《まつりごと》には、見せしめというものがあるではないか。それがわかっておっても、昨日までは、腹を切る気になれなかった。仮病をつかって召喚に応じなかったのは、召喚これ詰め腹とわかっていたからでな」

春町の声に、乱れはなかった。重三郎は、うなだれたままである。

「たかが一冊の戯作《ほん》で、士《さむらい》たる者が腹を切れるか。士の腹は、それほど安うはないわい、と、こう思うていたのじゃ。つい昨日まではな。ところが、だ……」

　昨晩、つれづれに『鸚鵡返文武二道《おうむがえしぶんぶのふたみち》』を読んでみた、と春町が言った。

「するとどうだ、独りでに笑いがこみあげてきたではないか。自作を読んで笑いこけるとは笑止の沙汰だが、とにかく笑うた。読んでは笑うて、笑うては読んで、ぱたりと戯作を閉じたときじゃった、頭のなかが、さっと霽《は》れわたったようでの。思い至ったのは、そのときよ」

　春町はちょっと言葉を切った。

「陣屋しかもたぬ小藩の用人ふぜいが、衆人環視のなかで老中を前に、その秕政《ひせい》を散々こきおろして、腹かっさばく。これは華々しい死にざまだわい、と思うたのじゃ。また、こうも思うた。わしは『鸚鵡返文武二道』という刀で、老中と渡り合い、見ん事これに一太刀あびせた、ともな。とすれば、士たる者、いさぎよく腹を切るべきであろうが」

　赤茶けた畳に重三郎は突っ伏した。

「手前が、あのような戯作さえ頼まなければ……」

「なんの、おぬしが気に病むことはないぞ。書いたのは、このわしじゃ。案ずるな」

　春町は、突っ伏している重三郎の肩に手をかけて、そっとひき起こした。

「来てくれて嬉しかった」

　涙している重三郎の肩をぽんと叩いて、春町は立ちあがり、机の前に行った。

片づけられた机の上に、まだ筆が一本ころがっていた。その筆から『鸚鵡返文武二道』は生まれたのだ。

春町は、棄てるにしのびなかった筆をとりあげて、重三郎の前に戻った。

「形見じゃ」

微笑《わら》って、重三郎の掌《てのひら》に筆を握らせたときである。階下《した》で、戸のあく音がした。誰か来たようだ。

「お、これは、これは。いま帰るところでしてな」

豊庵が慌てて、「清造、早くしないか」と階下から呼んだ。

清造、という薬箱もちに化けた重三郎は、春町に急《せ》かされて、筆を懐によろよろと立ちあがった。

「先生、手前もこのさき……」

先生のように気骨をもって、商いをいたしますと言いたかったが、声にならなかった。

春町は沁みいるような笑顔を見せて、立ち去りかねている重三郎の背を、押した。

二

吉原は重三《じゅうざ》茂兵衛は丸の内

という川柳がある。

蔦屋重三郎は『吉原細見』を、須原屋茂兵衛は『武鑑』を扱って、ともに世に聞こえた男という意味だ。

その須原屋茂兵衛が、駿河町の料理屋を借り切っての書物問屋の寄り合いで、唾《つば》をとばして喋《しゃべ》くっている。ちかぢか、老中松平定信が板元に向けて酷《きび》しい触れを出す、という噂《うわさ》をどこからか仕入れてきて、皆に広めているのだ。

「いや、はや」

重三郎の隣に座をしめた鶴屋喜右衛門が、長い首を振って嘆息した。

「高直《こうじき》の菓子を食べてはいけないの、煙管に金銀を使っちゃいけないの、絹物を着ちゃいけないのと、息が詰まりそうな町触れも出たというのに、此度《こたび》は手前どもへ何のお触れでしょう。お手柔らかに願いたいものですな」

「まったくで」

頷く重三郎の脳裡に、春町の顔が浮かんだ。春町が自裁して、九カ月。春町を死に追いやった定信が、今度はどのような手で板元を痛めつけるのだろうか。

「たまりませんなあ」

鶴屋は、また首を振った。

そこへ仲居がやってきて、重三郎に「お店《たな》のかたがいらしってます」と耳打ちした。

店先に、番頭の勇助が足踏みして待っていた。勇助は血相を変えている。

「どうしたというんだ」

「い、和泉町のご容態が」

和泉町とは、仲蔵のことである。去年あたりから臥《ふ》せることの多かった仲蔵だが、この頃はまったく寝たきりで、重三郎は胸を痛めていた。

「悪いのか」

「はい。いましがたお使いがみえまして」

しまいまで聞かず、重三郎は下足番に自分の雪駄《せった》を出させると、夕焼けの町を逸散に駆けた。息を切らせて、勇助もあとに続く。

瀬戸物町、伊勢町を抜けて、米河岸に出た。河岸は、俵物を積んだ荷車の行き交いが繁しい。重三郎はそのなかを掻きわけるようにして、やっと中の橋を渡った。

——死なないでくれ。

血こそ繋《つな》がっていないが、仲蔵は重三郎にとって、かけがえのない身内なのだ。

義父と母の不義を知って家を飛び出し、絵草紙屋を開いた重三郎に、生計《たつき》のいくよう面倒をみてくれたのが仲蔵だった。仲蔵が助《す》けてくれなかったら、いまの重三郎はない。

稲荷新道まで来たとき、陽が落ちたとみえて、杉森《すぎのもり》稲荷の屋根が急に黒ずんだ。

仲蔵の家に駆け込もうとした重三郎に、いきなり横合いから、誰かがすがりついてきた。仲蔵の妾、次郎吉である。

「姐さん」

どうしたんだ、重三郎は怒ったような声をあげた。

「こんなところに、突っ立ってる場合じゃないだろう、早く家内《うち》へ」

「入れてくれないんだよ、おさなさんが」

次郎吉は涙で顔をくしゃくしゃにして、嗚咽《おえつ》まじりに訴えた。

仲蔵の弟子のひとりが気を利かせて、次郎吉のもとへ知らせに走った。次郎吉は裾《すそ》を乱して、和泉町へ駆けつけた。が、本妻のさなは次郎吉に敷居をまたがせない。四十なかばの次郎吉が、子供のように泣きじゃくる。

「かまうもんか」

重三郎は次郎吉の手をぐいと摑んで、敷居をまたいだ。上がり框《がまち》にいた数人の弟子が、次郎吉を見て一様に「あっ」と言った。だが重三郎にひと睨みされて、押しとどめる者はいなかった。

「俺だぜ。姐さんもいる」

次郎吉を連れて離れに急いだ重三郎は、仲蔵の枕元で大きな声を出した。次郎吉を見て、さなが露骨に嫌な顔をしている。

「わかるかい、え、俺だよ」

重三郎の声がわかったとみえて、仲蔵が力なく目を開けた。

「重三郎か」

仲蔵は白く乾いた唇をなめて、微かに笑った。骨と皮になった仲蔵に、次郎吉が肩を震わせて泣き崩れた。

病床を、さなや中村座の金主、帳元、それに幸四郎や菊之丞といった大物役者が、取り巻いている。次郎吉は、重三郎のそばで小さくなっていた。そんな次郎吉に、仲蔵が土気色《つちけ》した顔を向けた。

「次郎吉よ、あとのこたあ心配《しんぺい》ねえぜ。この重三郎が暮らしの立つよう、ちゃんと取り計らってくれらぁ」

「おまえさん……」

「ふん、いい年をしてみっともねえ。人さまの前で泣くやつがあるかよ。鳴く蟬《せみ》よりもなかなかに鳴かぬ蛍が身を焦がす、おめぇの十八番《おはこ》じゃあねぇのか、ほれ、ツン、テン、シャン……」

口だけは相変わらずだが、仲蔵はたったこれだけのやりとりに、胸を波うたせて喘《あえ》いだ。その喘ぎのしたから、とぎれとぎれに重三郎を呼んだ。

「なんだい」

すり寄った重三郎の手を、仲蔵が思いもよらない力をこめて、ぐっと握った。

「俺さまも、どうやら幕切れらしい」

「馬鹿なこと言うなよ」

「いや、わかってるのさ。なあに、あの世にゃ志ん吉もいる。行ったらまた、せいぜい甘えらぁ」

仲蔵に親身で仕えた志ん吉は、五年まえに世を去っている。

「なあ、重三郎。おめぇ、日本一の本屋になるんだぜ」

重三郎の涙が、枯木のような仲蔵の手の上に、ぼたぼたとこぼれた。

「いいか……日本一だ……ぜ……」

仲蔵の手が、布団に落ちた。

寛政二年（一七九〇）四月二十三日——七両取りの下っ端役者から叩き上げて、仲蔵ぶりを世にしめし、千両取りの座頭《ざがしら》役者にまで立身した中村仲蔵が死んだ。

三

「仲蔵さんの定九郎、小さい時分よく真似たものですよ。手近の小物を財布に見立てて、ぱっと銜《くわ》えましてね」

大川に面した東両国の貸座敷で、夜空を破る花火の音を聞きながら、京伝がしんみりと言った。

今日は両国の川開き。「玉屋ぁ、鍵屋ぁ」の声が、ここまで届く。

「ほんに、花のある役者さんでした」

「ええ」

仲蔵の死から、まだひと月である。相槌《あいづち》をうつのも辛い重三郎は、それとなく話題を変えた。

「ところで先刻の話、いかがでしょう」

「ああ、洒落本を書けという話ね」

うーん、と京伝は顎《あご》を撫でた。

「ま、わたしとしちゃ書いてもよござんすが……しかし、大丈夫ですかなあ」

「お達しのことで？」

「ええ。お触れが出たばかりでしょう」

仲蔵が亡くなった日、駿河町の料理屋で須原屋が喋っていた、板元に向けての酷《きび》しい触れが、ついに出たのである。

「異学の禁」と時を同じくして出された、この五月の町触れは、板元たちに大打撃を与えた。

好色本は絶板。ご政道を諷刺した草紙絵本、異説を唱える新板は、板行を差し止める。

作者、板元の実名はかならず奥書する……などなど、細かいことを言い立てて、板元たちを泣かせている。

「ですが、あのなかには洒落本はいけないなんてことは、書いてありませんでしたよ」

「あっはは、蔦屋さんにはまいるな。そりゃそうだが……」

京伝がためらうのには、わけがある。

去年、京伝は『黒白水鏡《こくびゃくみずかがみ》』という黄表紙の挿絵を描いて、過料の刑に処せられたのだ。

『黒白水鏡』は蔦屋から出されたものではないが、春町や喜三二、参和の本と同じく絶板の憂き目にあった。

作者の石部琴好《いしべきんこう》は手鎖のうえ、江戸払いになった。

京伝は盃をもったまま、思案のていである。

「京伝先生、もしお書きいただければ潤筆料をお払いいたします」

「潤筆料?」

京伝は怪訝な顔をした。

これまでの慣習に、潤筆料などというものはない。たとえ、自分の書いた本が大当たりしても、作者は別に金など貰わなかった。

板元から一晩、吉原あたりへ連れて行ってもらうか、料理屋で飲み食いさせてもらうかが、高々である。ごくまれに、絹一疋《ぴき》でも贈られてくると、作者は目をまるくした。

「お金で、釣ろうってんですか」

いささか、むっとした顔の京伝に、重三郎は言葉を尽くした。

潤筆料のことは、重三郎が以前より考えていたことである。これまでのやりかたは、作者を蔑《ないがし》ろにしていると思うのだ。作者をさし置いて、板元ばかりが儲けるのはおかしい。

一枚につき幾らと金を払うようにすれば、戯作を余技とこころえ、他の商売で暮らしを立てている者も、おのずと戯作に身を入れてくるだろう。

重三郎は、鶴屋にこの案をもちかけた。すると鶴屋は「またしても新手《あらて》ですな」と、笑いながら賛同してくれた。天下の蔦屋と鶴屋とが、潤筆料を払うとなれば、いきおい他の板元も倣《なら》わざるを得ない。作者の暮らしも、多少は楽になるだろう。

「なるほど、そういうわけですか」

京伝の顔つきは、すっかり柔らいでいる。どこで誰と飲んでも、きちんと割勘定にする京伝は、潤筆料のことが気に入ったようだ。

「よろしい。引き受けましょう。潤筆料を受けるのが、このわたしをもって嚆矢《こうし》とするとは、まんざらでもありません。洒落本、三部でしたね」

「ご承引、ありがとうございます」

「で、一枚いくらですかな」

「一枚、銀一匁でいかがでしょう。三部で、金二両三分銀十一匁」

重三郎はきっちりと勘定して、懐から財布を出し、一両と銀五匁を懐紙に包んだ。

「これは、内金でございます」

「用意がいいですな」

京伝は笑いながら、悪びれるところもなく金を受け取った。

四

北町奉行所のまえに、一軒の茶屋がある。奉行所のなかに設けられた公事人《くじにん》溜りが狭いので、ここで順を待つ者が多い。

よしずで囲った小さな茶屋は、今日も繁昌していた。縁台を占めているどの客も皆、退屈まぎれに茶をすったり、餅を食ったりしている。

が、入口近くの縁台に腰を下ろしているふたりの男だけは、手もとの茶菓に手もつけていない。どちらも顔に濃い緊張を浮かべ、じっと奉行所の門に目を注いでいる。

ひとりは蔦屋の番頭勇助、もうひとりは大門口の店を委《まか》されている徳三郎であった。

「遅いな」

苛立《いらだ》たしげに、勇助が呟いた。

「うむ。かれこれ、もう一刻になる」

徳三郎も低い声で応じた。ふたりは、主人を待っている。

昨日――寛政三年三月四日。

重三郎のもとに、北町奉行所から、「明日、四ツ半（午前十一時）に出頭せよ」と差し紙がきた。お触れをあなどり、放埒《ほうらつ》な読本《よみほん》を出したという咎、である。放埒の読本とは、この正月に出した京伝の洒落本をさしていた。

「なあ、勇さん」

門から勇助に目を移した徳三郎が、あたりを憚《はばか》って身を寄せてきた。

「こりゃ見せしめだよ」

「わたしも、そう睨んでる。春町先生や喜三二先生のならいざ知らず、京伝先生のがお上の逆鱗《げきりん》にふれるはずないからな」

京伝の『娼妓絹籭《しょうぎきぬぶるい》』『仕懸文庫《しかけぶんこ》』『錦之裏《にしきのうら》』は、いずれも他愛のない遊里話である。諷刺や皮肉など、どこを探しても見当たらない。

「旦那さまを引っぱる口実さ。蔦屋を懲らしめりゃ、あとの板元は怖《おそ》れをなしてお触れにしたがう。汚いよ、やりかたが」

勇助が吐き棄てるように言ったとき、脇門から重三郎と差添人の名主が出てきた。

ふたりは、茶屋を飛び出した。「もうし、お代を」と、婆さんが慌ててあと追いする。

払いは、後ろの徳三郎にまかせて、勇助は重三郎に駆け寄った。

「いかがでございました」

「ふむ」

重三郎はひと呼吸おいて、言った。

「やられたよ」

「え」

「身上《しんしよう》半減だよ、あんた」

白洲に控えて、北町奉行初鹿《はじか》の河内守信興の申し渡しを聞いていた名主が、横から口をはさんだ。

「身上半減」

勇助は信じられないと言った顔で、名主の言葉を繰り返した。それを聞きつけた徳三郎が、目をひきつらせて名主に詰め寄っていった。

「そんな馬鹿な。春町先生や喜三二先生のを出したときでさえ、絶板で済んでるのに」

「あたしに言ったって」

名主は頬を膨らませて、重三郎を見やった。

「よさないか。店に戻るぞ。今日はどうも、とんだご迷惑をおかけいたしまして」

取り乱した徳三郎を叱ったあと、重三郎は名主に丁寧な礼を述べて、歩きだした。あとを、勇助と徳三郎がしょげ返って、のろのろと随《つ》いていく。

身上半減とは、全財産の半分を没収されることである。

申し渡しの三日後。その執行に、与力が配下をつれてやってきた。母屋や蔵の中に配下が散り、またたく間に資産の半分を取り上げると、与力はさっと引き揚げた。その日から、勇助は寝ついてしまった。

が、当の重三郎は寝こむどころではない。手鎖五十日の刑に処せられた京伝への詫びや、見舞いがある。五間の間口を二間半に減らす、大工仕事の打ち合わせもある。

そんな用件をやすむ間なしにこなしてから、重三郎は大門口の徳三郎を呼んだ。徳三郎は、通油町の本店《おもだな》にすっ飛んでやってきた。鋸《のこ》びきの音、のみを打つ音、手斧《ちょうな》なぐりの音……それらが混じり合って、ここ奥座敷にも容赦なく飛びこんでくる。

「鋸で柱を引いてる奴の首根っこ、絞めつけてやりたくなりました」

坐るなり、徳三郎は物騒なことを言う。

徳三郎にしてみれば、主人の店の間口がみるみる半分に狭まっていくのに耐えられないのだろう。重三郎は苦笑いして、話にはいった。

「これはな、昨晩勇助にも言ったことだが、大間口の店を売ろうと思う」

徳三郎は仰天して、口も利けない。

「急に、まとまった金が要るんだ」

新板を出すときは、行事の改め（検閲）を受けなければならない。行事は、同業からふたりが出て当たり、月毎に交代した。

蔦屋の出した京伝の洒落本を改めたのは、馬喰町の笹屋吉兵衛と、芝神明町の近江屋新右衛門であった。ふたりは、板行を了承した。ために、お役目不行き届きで、軽追放にあう羽目となった。

「捨ておけんだろう」

追放される笹屋と近江屋に、金を届けるのだと、重三郎は言った。

「それで大門口の店を」

事情を呑みこんだ徳三郎は、主人の心根にいたく感じ入った。

「うむ、おまえには悪いがな。おまえはここに戻って、大番頭をやってくれないか」

「手前のことは」

気をお使いくださいますな、と手を振って、徳三郎はさも言いにくそうに尋ねた。

「しかし、あんなに流行っております大門口の店を、手放して大丈夫でございますか」

身上半減にあい、蔦屋は苦しいときなのである。

「なあに、売るのは土地家屋だけさ。細見の株まで手放すわけじゃないから、おまえは案じなくともいい」

「はあ」

「それにな、うちにはまだ目玉が残っている」

重三郎は、笑って言った。

歌麿のことである。

海のものとも山のものともつかない時分から、世話をしてきた歌麿が、いまや花開こうとしていた。

平吉や常八の知恵を借りて工夫していた雲母摺《きらずり》も、ついに完成をみている。この雲母摺の地に歌麿の筆になる大首絵を浮かせたら、いままでにない、華麗な女絵が出来るであろう。

――洒落本が駄目なら、この大首絵でいく。

重三郎の頭の切り替えは、すばやい。

「一枚絵の類は、画《え》のみに候わば、大概は苦しからず候」

という触れを、今度はとことん守って、世間があっと驚くような商いをしてやる。重三郎はそう思った。

秋になった。

通油町を、さわやかな風が吹きぬけていくたびに、どの店の水引暖簾《のれん》もはためいた。

ところが、蔦屋だけは風にはためくはずの水引暖簾が、ない。今朝、重三郎が小僧どもに言いつけて、取り除けさせたのである。長暖簾までも、店先から消えている。

おかげで、店のなかに澄明《ちょうめい》な秋の光があふれた。通りすがる人は、暖簾のない店の内を不審そうに覗きこんだ。そして、あっと声をあげた。

二間半に狭まった店のなかに、細引きが張り渡され、そこに歌麿の大首絵がずらりと吊《つる》されていたのである。

ポッピンを吹く女、指を折る女、ふみ読む女、煙草を吸う女……。

色とりどりの衣装をまとった女たちが、あるいは初々しい姿で、あるいは艶めかしい姿で、はたまた、しどけない姿で、通りをゆく人を誘っていた。

「旦那さま、うまくいきましたね」

惹きつけられて、ふらふらと店に入ってくる客を迎えながら、勇助が目を輝かせて囁いた。重三郎のねらいは、的中したのである。

「いいねえ、弁天さまも顔まけすらぁ」

「目移りしちゃうぜ、ええい、揃いでくんな」

店に入ってきた客は、ひとり残らず財布の紐をゆるめた。

白雲母でつぶした背景が、女たちの肌をいよいよ白く、なめらかに見せることも手伝って、歌麿の大首絵はたちまち市中の評判になった。歌麿にとっては目の上の瘤《こぶ》だった清長が、この大首絵に圧倒されて、しばらく絵筆を取らなかったほどである。

愛妻おりをを去年の八月に亡くした歌麿は、その悲しみを忘れようとするかのごとく、がむしゃらに彩管をふるった。

それから二年――。

歌麿は、浮世絵師の頂点に立った。歌麿の絵の独占板元である蔦屋も、大首絵の成功で、身上半減の打撃からようやく立ち直ろうとしていた。

「先生、歌麿がよくやってくれますよ」

重三郎は線香を供え、春町の墓前で手を合せた。春町は、四ツ谷新宿の成覚寺に眠っている。

今日は、七月七日。春町の四度目の命日だ。重三郎はどんなに多忙でも、命日の墓参を欠かさない。

「歌麿を引き合わせてくださった先生のおかげで、店もどうやら持ちなおせそうです」

ひとしきり墓に語りかけてから、重三郎は立ちあがった。「また、まいります」と頭を下げて立ち去る重三郎のあとを、線香の煙が一条、追うようにして流れた。

店に戻ると、鶴屋が来ているという。

重三郎は洗足を済ませ、奥座敷に行った。

「お留守にお邪魔していますよ」

縁先に立って庭を眺めていた鶴屋は、重三郎を見ると座に戻り、律儀に挨拶をした。

重三郎も、丁重に挨拶を返した。

「今日お邪魔しましたのはな、ちょいと蔦屋さんの耳に入れておきたいことがあったものだから」

「は」

「実はですなあ」

と言ったものの、鶴屋はあとが続かない。よほど切り出しにくいことと見える。

「歌麿さん、ね」

やっと、鶴屋が喉から声を押しだした。

「鶴屋《うち》で、いただきますよ」

「……?」

「つまり、その、歌麿さんの大首絵を鶴屋でも出させていただくと」

「馬鹿な」

重三郎は、思わず鋭くさえぎった。

歌麿の絵は、蔦屋が独占して出している。それでこそ、目玉なのだ。他店《よそ》からも歌麿の絵が出れば、もはや目玉ではなくなる。

「いや、お腹立ちはごもっとも。歌麿さんは蔦屋さんが、ここまでになされたのですからな」

そのとおりだ。

歌麿を育てたのは、重三郎なのである。歌麿にも、それは痛いほどわかっているはずだ。それなのに、重三郎を裏切るとは。

「しかしですな、うちも商売。歌麿さんの絵が欲しい。そこで、歌麿さんに是が非でも描いてくれるよう頼んだのです。ここのところは、蔦屋さんにもおわかりいただけましょう」

「ええ」

重三郎は頷いた。これは商いの手だ。重三郎が鶴屋の立場であれば、歌麿を引き抜きにかかるだろう。歌麿を子飼いだ、と思っていた甘さを重三郎は悔やんだ。

「それで、歌麿は引き受けたんですな」

「はい」

と言ったものの、鶴屋はぼやいた。

「ですがね、うちだけに色よい返事をくれたわけじゃなかったんで。伊勢屋にも、泉市にも、若狭屋にも……」

つぎつぎと指を折る鶴屋の声が、重三郎の耳に無慈悲に響いた。

五

歌麿の家は、藍染川に架かった弁慶橋の北詰めちかくにあった。

鶴屋が帰ったあと、重三郎はすぐに店を出て、歌麿の家に向かった。何かひとこと言わなければ、胸が収まらなかったからである。

だが弁慶橋を渡り切るまえで、重三郎の足は止まった。歌麿をなじったところで、どうなるものでもない。自分が惨めな思いをするだけなのだ。

重三郎は溜息をついて欄干に身を寄せ、川面を見おろした。

春町が逝き、仲蔵が逝き、いままた歌麿が去っていった。こんなときおしのがいてくれたら……。川面に、行方の知れないおしの顔が、ゆらゆらと浮かんだ。

と……。

「旦那さま」

振り向くと、手代の佐七が立っていた。

「こんなところで、どうなすったので」

「おまえこそ、何をしている」

「手前は、歌麿先生のところへ下絵を頂きに行っての帰りでございます」

佐七は、歌麿の離反を知らない。懐から、大事そうに下絵を取り出して、重三郎に見せた。

これは嬌艶きわまりない、みごとな芸者絵であった。じきに……こういった歌麿の大首絵が、あちこちの板元から出はじめるのだ。

「ふむ」

とだけ言って、重三郎はすぐに下絵から目をそらせた。

「ところで、もうすぐだな。おまえの祝言」

「は」

突然、祝言の話になって佐七は慌てた。武骨な躰の置きどころもない、といった風情であった。

佐七は、京伝の世話で蔦屋の手代になった男である。武家の出、という自尊をもっていて、店の者とは打ち解けようともしないが、仕事は真面目にやっていた。

もともと、京伝の家に角樽ひとつ提げて押しかけ、弟子入りを願ったほどの男だ。働くかたわら、戯作も書いていた。この正月、蔦屋で出してやった『御茶漬十二因縁《おんちゃづけじゅうにいんねん》』では、筆名も曲亭馬琴と改め、やる気を見せた。

十八日、飯田町中坂下の下駄商、伊勢屋に入り婿するのも、やる気の現われである。下駄屋の主人におさまれば、飯の心配はなく、戯作に没頭できるというのが、佐七のはじいた算盤《そろばん》だった。

「待ち遠しいだろう」

「はい、いえ」

下絵を仕舞うと、佐七は額の汗を手で拭った。重三郎は少し顔をほころばせて、

「戻ろうか」

と言った。

佐七の祝言の日がきた。

入り婿先で、夕刻からはじまった祝言には、重三郎はむろんのこと、京伝も招かれて上座に坐らされた。宴たけなわになると懇望されて、京伝が存外にいい喉を披露した。賑わう座のなかで重三郎は、仲人も雄蝶も雌蝶もいなかった、おしのとのふたりだけの祝言を思い出していた。おしのが不憫《ふびん》でならなかった。

その帰途。

酒臭い息を重三郎に吐きかけてきて、京伝が、意外なことを言った。

「蔦屋さんに言おうか言うまいかと、昨日からずいぶんと迷っていたんですがね。黙っておくのもなんだし、言ってしまいましょう」

「一体なんのことで」

重三郎が、聞き咎めた。

「出会ったんですよ燕十さんに」

「なんですって」

「昨日……家内を連れて、蓮飯を食べに行ったんですな。その帰りしな」

仁王門前町でばったり出くわした、と京伝が告げた。

「お、おしのも一緒でしたか」

おしのが燕十に連れ去られたのは、十一年も前のことだが、重三郎はかたときもおしのを忘れたことがない。

急《せ》きこんで尋ねる重三郎に、京伝が首を横に振って、「いいえ」と言った。

「燕十さん、夜鷹《よたか》の妓夫《ぎゆう》に落ちぶれちまったって笑ってましたよ。住まいは明かしませんでしたが、柳原か向こう両国あたりを探せば、会えるかもしれませんね。しかし、あのご仁のことだ。会えてもおしのさんのこと、喋りますかね」

そこまで聞くと、重三郎は駆け出した。

「ど、どうしたというんです」

重三郎の袖を、京伝が追い縋《すが》って摑んだ。

「柳原土手へ」

「行くんですか。蔦屋さんも、なんと気の早い。いま時分に行っても、わかりゃしませんよ。明日になさい。明日に」

翌日。

薄暮の迫ってきた町を、柳原土手めざして重三郎が急ぐ。

まだ暮れがたのことで、土手に夜鷹の姿はない。じっくりと待つつもりの重三郎は、新《あたら》シ橋《ばし》たもとの柳の下に陣取った。

ものの小半刻も経たないうち、どこからともなく若い女が姿を現わした。町娘のような恰好《なり》をしているが、大胆にすり寄ってきて、

「旦那、遊ばない」

と囁いた。

四十、五十の女はざらの夜鷹にも、まれだが若くて見場《みば》のいい女がいる。そんな者は夕刻に客を引き、わが家に伴ってきて躰を売るという。目の前の女が、そうらしかった。

「いや、わたしは」

と断わったが、女は重三郎にしつこくまとわりつく。

仕方なく重三郎は、女に「妓夫を探してるんだよ」と打ち明けた。

女は「チッ」と舌打ちしたが、それでも、

「りゃんこ崩れで、四十なかばねえ」

と小首をかしげてくれた。

「ここにゃ、そんな奴いないよ」

嘘をついているような目ではない。重三郎は落胆して、柳の下を離れた。

「どこ行くのさ」

「ほかをあたってみる」

「ほかったって、旦那。あたいたちの朋輩《ほうばい》、ここや向こう両国だけじゃあないよ。深川や本所にも出るんだからさ、とうしろうが探せるもんか」

「しかし、探し出さなきゃならんのだ」

「なにか、わけありだね」

女は、がっかりした重三郎の顔を見て、ひどく親身に言った。

「よし、あたいにまかせな。元締めの姐さんに頼んで、聞いたげる」

「ほんとか」

喜んだ重三郎は、たんまりと心づけをはずんだ。

「うわあ、いいの、こんなに」

小粒三つを握りしめて、女が歓声をあげた。

「わかり次第、知らせに走るよ。でも夜鷹が訪ねて行っちゃ、悪かないかい？」

「そんなことがあるものか」

重三郎は笑って、住まいを教えた。

「蔦屋」

女は素っ頓狂な声をあげた。

「知ってるのかい」

「うん。一度、行ったことがある」

「ほう」

「もっとも、店の前までだけどね。あたいの客がさ、蔦屋に凄《すげ》ぇ女絵がずらりと飾ってあるって、話してくれたもんだから」

女は、歌麿の絵を売り出した頃に来たものらしい。

「絵が、好きか」

「ううん、そんなでもない。ただね、うちにも絵を描く爺ちゃんがいるんで、なんとなく行ってみただけ」

「ずいぶんと洒落た爺ちゃんだな、女絵を描くなんて」

「ちがうってば、爺ちゃんのは女絵じゃないの。役者の絵なんだ」

「役者？」

「そう、うまいもんだよ。そっくりなんだ。あたい魂消《たまげ》ちまう」

重三郎は、はっと心に閃《ひらめ》いてくるものがあった。

――もしかしたら……。

重三郎は固唾《かたず》をのんで、女に尋ねた。

「その爺ちゃんな、おまえさんの本当の爺ちゃんかい」

「ううん。土手に行き倒れてたの、あたいが助けたんだ。元気になったけど居ついてさ」

「素性は」

「そんなもん、知らないよ。ただ、大坂の芝居小屋で呼び込みしてたってのは聞いたよ」

——治助だ！

重三郎は、女の手を取った。

「頼む、爺さんに会わせてくれ」

女はきょとんとしたが、重三郎の真顔に気圧《けお》されて、わけもわからないまま承知した。

女の住まいは、浅草広小路の南角にある、みすぼらしい裏長屋だった。軒は傾き、表障子も穴だらけの家が殆どで、後架《こうか》の臭いが鼻をつく。

「びっくりしただろ、あんまり汚いんで」

女は恥ずかしそうに言うと、どぶ板を踏み鳴らして、井戸脇の家の障子戸を軋《きし》ませた。

「爺ちゃん。爺ちゃんにお客さんだよ」

女の声に、寝ころんでいた治助が痩せ細った躰を、ひょろりと起こした。

「おあがりよ」

貧乏徳利や、欠け茶碗を押し片づけて、女が重三郎を手招いた。

重三郎は、訝《いぶか》しげな顔をする治助に頭をさげた。この男を、どれほど探したことだろう。

「手前、蔦屋と申します」

「蔦屋？　蔦屋って……」

口ごもる治助に、

「通油町の、大きな本屋さんだよ」

女が弾んだ声で、口を添えた。道すがら、重三郎に話を聞かされている女は、わがことのように昂ぶって、治助の躰を揺さぶった。

「蔦さん、爺ちゃんをずっと探しててね、大坂にも行ったことがあるんだって」

「……？」

「爺ちゃんの絵、出したいからだと」

まだ呑みこめずにいる治助にかまわず、女は押し入れから、数枚の絵を取り出してきた。

「これが一等あたらしい絵さ。爺ちゃんが芝居見てぇなあって洩らしたもんだから、行きなよって、あたい有り金はたいちゃったの」

五月のことだ、と女は言った。

「市村座で『仮名手本忠臣蔵』見たんだって。大向こうだけどさ。戻ってくるなり、すぐこれ描いたんだ」

女が渡した絵には、二代目瀬川富三郎が描かれている。

重三郎は、ぞくっとした。

「いや富」「にく富」と言われる富三郎が、粗末な紙のなかに活きいきと写しこまれていた。顎骨の突き出たところといい、吊った目許《めもと》といい、馬面《うまづら》といい、富三郎そのままではないか。

「治助さん」

重三郎は、目を輝かせて治助を見た。

「蔦屋《うち》から出させて下さいよ、役者絵」

「爺ちゃん、描くよね。描くだろ」

意気ごむ重三郎と女を前に、治助は押し黙っている。

「爺ちゃんったら、もう」

女が、治助をつついた。

「蔦屋さんとやら」

ようやく治助が口を開いた。

「俺の腕でよかったら……あんたの頼み、きこうぜ」

ほっとした重三郎のそばで、女も「よかった」と胸を撫でおろした。

「ありがとうございます。で、名まえのほう何となさいます」

「治助じゃいけねえのかい」

「え、ええ」

「もっともらしい名まえがいるんだよ、爺ちゃん。ほら、爺ちゃんの持っている絵にあるだろ、雪圭斎だの耳鳥斎だの、あれさ」

女が、いっぱしの助け舟を出した。

「しゃらくせぇこといいやがって」

治助が言ったときである。重三郎が、ぽんと膝を打った。

「それでいきましょう、治助さん。地口《じぐち》で写楽斎といきたいが、大坂風じゃ芸がない。斎をとって写楽。いかがです」

絆

一

二十三夜の月が、のぼった。

深川材木町の広い空き地のあちこちに積まれた板材が、白い月光に照らしだされている。

手にした提燈に、たよることもない月明かりだ。重三郎は長い影をとめて、材木くさい空き地をひとわたり見まわした。このあたりで、燕十が夜鷹《よたか》の妓夫《ぎゆう》をしているはずである。写楽を養っている夜鷹のお袖が、元締めから聞きだしてくれたのだ。

こおろぎのすだく草むらに足を踏みいれて、井桁《いげた》に積んである材木のひと山に近づいていくと、見当たがわず、そこから男と女のせわしい息づかいが聞こえてきた。

「あんた、こんな明るい晩に提燈ともしてなにしてんだよ。まさか、ひとさまの法悦を拝もうってんじゃあるまいね。こっちへおいでな、あたいと遊ぼう」

立ち止まって燕十の姿を探す重三郎の背に、しわがれ声が飛んできた。ぎょっとして振り向くと、手拭いかぶりの女が、すぐ後ろに立っている。一瞥をくれただけで、また背をみせると、

「なんだい、月夜に提燈さげて、このおたんちん。ゆんべ落とした金玉でも探してんのかい」

女は重三郎の足もとに唾《つばき》を飛ばして、ついと踵《きびす》を返した。

すると今度は、小肥りの男が地から湧いたように姿を現わした。

「提燈の旦那、とっときの玉の口開けなんですがね。その灯りでひとつ見てやっておくんなさい」

下卑《げび》た追従《ついしょう》笑いを浮かべて客引きする妓夫に、重三郎は燕十の特徴を教えて、そういう男がここいらにいないか、と訊ねた。

妓夫は、うんともすんとも言わずに、探るような目で重三郎を見ていたが、金を握らせると、いともあっさり頷いた。

「こっちですぜ」

妓夫は先に立って材木の山を縫い、丸太橋の見える場所に重三郎を導いた。

「ほら、あすこ。河岸《かし》ぎわの一本松のそばに、でかい材木の置き場がござんしょう。あ

の陰に小屋を掛けてまさぁ」

妓夫の指した松の大木の根方に、ひとりの男が腕組みして立っている。

「あれか」

重三郎は、妓夫に囁いた。

「そうなんで」

妓夫も重三郎に囁き返すと、そそくさと姿を消した。

重三郎は、ゆっくりと一本松に向かった。提燈を持った重三郎を客と判じかねたのか、男は誘い込みもせず、松の根方に突っ立ったまま微動だもしない。歩をつめていった重三郎は、

「客引きさんかい」

と言って、男の面前に提燈を突き出した。灯りに浮かんだ瘦《こ》けた頰と三白《さんぱく》の眼は、老けてはいるものの、まさしく燕十である。

「燕十……」

忿《いか》りに震えて、重三郎は絶句した。

呼び捨てにされた燕十は、不審顔でじろじろと重三郎を見ていたが、やがて、ふんと鼻先でせせら嗤《わら》った。

「なんだ、蔦屋じゃねえか」

「おしのを、何処へやった」

「……………」

「何処へやったと、聞いているのだ」

重三郎が上体を突きだして迫ると、燕十は飛びすさった。

「おしの、おしのって、まだ血迷ってんのかい。おめえ、よっぽど初心《うぶ》な男だぜ。そのおしのはな」

燕十が言いかけたとき、筵囲《むしろがこ》いの掛け小屋から、のそのそと客が這い出てきた。遊び馴れした客なのか、重三郎と燕十を尻目に、まくっていた裾をおろして、ゆっくりと帯を締め直し、あばよ、と背を向けた。

「またのご贔屓《ひいき》を」

猫なで声で客を送ると、燕十は小屋のほうを顎でしゃくった。

「あすこにいるぜ」

「……………」

「はは。そう仰天しなさんなって」

立ち竦《すく》んでいる重三郎の手から提燈を引ったくると、燕十はつかつかと小屋の前に行き、垂れ筵をはねあげて、ぐいと提燈をさし入れた。

「おい。お喜和、いやさ、おしのさんよ。蔦屋の旦那が、おめぇに会いてぇ一心で、ここにお出ましだぜ」

小屋のなかで身繕《みづくろい》をしていたおしのは、蔦屋と聞いた途端、顔から血の気が失せて、顫《ふる》えだした。

「おしの」

駆け寄る重三郎に、おしのが、

「こないで！」

と夜気を切り裂くような声を浴びせかけた。重三郎の足が、その場に凍りついた。燕十は小屋口で、にやにや笑っている。

「とんだ愁嘆場だの」

「ちっきしょうめ」

重三郎は身を躍らせて、燕十に摑みかかっていった。不意をつかれた燕十は、あっけなく重三郎に組み敷かれてしまい、さんざん打ちのめされていく。

「よくも、おしのをこんな目に」

燕十の手から吹っ飛んだ提燈が、地面で勢いよく燃えあがった。

「く、苦しい。手を離せ」

喉頸《のどくび》を押さえられて、燕十は掠《かす》れ声をあげ、手足をばたつかせた。重三郎は容赦なく、指先に力をこめていく。本気で殺すつもりだった。おしのを地獄に落とした燕十は、殺しても飽き足りない。重三郎は燕十の首をぎゅうぎゅう絞めあげる。

「助けて、くれぇ。俺を、殺す気か」

真っ赤になった燕十の顔が、みにくく歪んだ。このとき、重三郎の背後を風がさっと吹き渡っていった。風の流れを目で追うと、冴えた月明かりのなかを、相生橋のほうへ逸散に駆け去っていくおしのの、細い後ろ姿が見えた。

「おしの」

重三郎は燕十の首から思わず手を離し、おしのの後を追おうとした。

「待ってく……」

その声の終わらぬうち、隙をとらえた燕十が重三郎の鳩尾《みぞおち》に、下から鋭い当て身をくわせた。

躰を海老《えび》なりに曲げて、地面に崩れた重三郎に、燕十は「ざまぁみろい」と悪態ついて起きあがった。うっぷん晴らしに重三郎の脇腹を足蹴《あしげ》にして、泥のついた手を払い、ひりつく喉頸をさすりさすりしながら、後も見ずに立ち去った。

二

本所石原町は磧雲寺《せきうんじ》裏にある古長屋の木戸をくぐると、右手二軒目が燕十の栖《すみか》である。

帰ってみると栖は真っ暗で、おしのの戻っている気配はない。

「あいつめ、どこへ行きやがった」

ぶつくさ言いながら、障子戸を鳴らして内に入った燕十は、そこで「おっ」と声をあげた。おしのが竈《へっつい》置き場にうずくまり、無双窓から射しこむ月の光のなかで、すすり泣いていたからである。

「なんでぇ。戻ってたんなら、灯ぐらいいれたらどうだ」

重三郎に出遭って泣いているおしのが、燕十には面白くない。

「うっとうしいあまだぜ、まったく」

燕十は手荒く火打ちを使った。行燈《あんどん》に灯がはいると、おしのは厚化粧の顔を板張りに突っ伏して、肩を震わせた。

「けっ。蔦屋に引っ張りやってるとこ見られたのが、そんなに悲しいのかよ。やっぱし、おめぇ、まだ蔦屋に惚れてやがるんだな」

仕事の出しなに飲みさしていた徳利を、長火鉢の上から取りあげると、燕十はひと息にあおりつけ、泣き伏すおしのに悪たれた。

「惚れてるんなら、遠慮はいらねぇ。いますぐ蔦屋んとこへ戻ったらどうだ。俺は止《と》めやしねぇぜ。もっとも蔦屋が喜んで迎えてくれるかどうか、そいつぁ請け合えねぇけどよ。なにしろ、引っ張り稼業を見られちまったんだからな、へへへ」

口の端から垂れた酒を手の甲でぬぐい、燕十は嘲笑した。

嗤いながら、横目でおしのを窺ったが、突っ伏しているので、おしのの表情はわからない。燕十は、不安になってきた。重三郎のもとへ戻るとは思えないが、もう夜鷹は嫌だとばかり、どこかに姿を隠されては一大事だ。

燕十は尻をすべらせて、おしのの手を探った。

「な、悪いこたぁ言わねぇ。蔦屋なんざ、きれぇさっぱり忘れちまいな。俺たちゃ、そりゃあ悪縁も悪縁さ。なりゃこそ悪縁契り深しで、ほうぼうを流れ歩いても今日が日まで切れねぇできたんじゃねぇか。な、そうだろ。頼むから、俺のそば離れないでくれ」

燕十はおしのの手をにぎって、抱き寄せようとした。ところが、おしのは握られた手を邪慳《じゃけん》に振りほどいた。

「痛っ。何しゃがる。そうかい。そうも蔦屋が忘られねぇんだな。ふん、齢《とし》を考えろ、齢を。もう四十六だろうが。婆あのくせして、いつまで小娘みてぇな夢みてやがる」

喚きたてると、燕十は草履をつっかけて、ぷいと外に出て行った。

ひとりになると、おしのは板張りに両手をついて嘆息をもらした。行燈の火影《ほかげ》が、おしのの顔を無残に照らす。塗りこめた白粉が涙に溶けて、荒れたはだえを覗かせていた。

——もう、四十六……か。

いまのあたしは、みにくく老けた夜鷹でしかない。重三郎とふたりだけで挙げた祝言の夜は、なんと遥かにあることだろう。

「おしの」

と呼んだ重三郎の声が、耳もとを離れない。耳をふさいで、烈しくいやいやをすると、おしのは立ちあがった。

――あたしなんか、忘れちまってくださいよ……おまえさん。

こみあげてくる嗚咽《おえつ》を噛みしめながら、おしのはゆっくりと押し入れを開けて、腰紐《こしひも》を引っぱり出した。それから、長火鉢を梁《はり》の真下まで動かし、それを踏み台にして、梁に腰紐を掛けた。

おしのの動作は緩やかだったが、段取りに狂いはなく、どこか物馴れたところさえあった。これまで幾度も思い立ち、そのたびに死にきれず、今日まで生き長らえてきたのである。

――もっと、早く、こうしておけば……。

垂れた腰紐の両端を結わえながら、おしのは思った。そうすれば、夜鷹に落ちた浅ましい姿を、重三郎に見られることもなかったのに。

燕十を怨《うら》みながらも、その燕十と離れずに、ずるずると今日まで暮らしてきた自分を愧《は》じて、おしのは腰紐の環にゆっくりと頭を通した。

瞼をとじると、闇のなかに重三郎と暮らした、短い幸福《しあわせ》な日々が鮮やかに甦ってきた。

重三郎と手代たちが、店先で活きいきと立ち働いている。「描かせてくださいよ」と、おしのを追いまわす歌麿がいる……。

その幸福だったころへ帰ろうと、おしのはひと思いに長火鉢を蹴った。

それからものの半刻も経たないで、燕十が長屋の木戸をくぐった。石原橋のたもとに出ている煮売り屋台でおだをあげているうち、猛《たけ》っていた気も収まって、燕十は鼻唄まじりで障子戸を開けた。

瞬間、燕十の鼻唄がぷつりと切れた。梁からぶら下がって息絶えたおしのが、苦悶の形相すさまじく、こちらを見おろしていたからである。

「わっ」

燕十は腰を抜かし、大きくよろめいて、障子戸に摑まった。はずみで、立て付けの悪い障子戸が倒れ、しんとした長屋に派手な音が響いた。

「静かにしとくれよ。この子がまた目を覚ますじゃないか」

夜泣きを寝かしつけていた隣の女房が、赤子を抱いて文句を言いにきたが、内を覗いて、自分のほうがけたたましい悲鳴をあげた。同時に、胸のなかの赤子も火がついたように泣きだし、長屋じゅうが時ならぬ大騒動になった。

店子《たなこ》のなかに、おしののご同業がいたから、事件《こと》はもう明くる日には仲間うちに広まった。

ここ深川材木町の空き地でも、女たちが商売そっちのけで、おしのの首つりを話題にしている。

「こら。とぐろを巻かねぇで、さっさと客を銜《くわ》えてこねぇか。さもねぇと、おめぇたちも首縊《くびく》りしなきゃあなんねぇぞ」

手駒の夜鷹を、空き地に散らせた妓夫は、材木の山に腰をおろして、自分も客引きの網をはった。その視野のなかを、重三郎が横切っていく。

――おしのを、あのまま放ってはおけない。

重三郎は先夜の場所へ急いだ。

妓夫が材木の山を降りて、後を追った。

「旦那」

昨晩、重三郎に金をもらっている妓夫は、揉み手をしながら近づいていった。

「ゆうべはどうも」

「ああ、あんたか」

「へえ。旦那はあれですかい、今夜も燕十《あいつ》んとこにみえたんで?」

「うむ」

重三郎が頷くと、妓夫はやっぱり、というような顔をした。

「そうじゃないかと思ったんでさぁ。でも旦那、とんだ無駄足でしたよ。やつぁ今夜は来ませんぜ」

「……」

「かみさんが、ね。首縊っちまったんでさ」

「なんだって」

重三郎は、地面がぐらりと傾いていくような気がした。

「か、かみさんって、組んでた夜鷹のことなのか」

そう言うのが、やっとであった。

「へえ」

妓夫の言葉が、残酷に返ってきた。

——おしの、なぜ死んだんだ。

妓夫に金を掴ませて、燕十の住まいを聞きだすと、重三郎は直走《ひたはし》った。教えられた本所石原町は、ここからそう遠くない。

磧雲寺裏の長屋に駆けつけると、燕十の家はすぐわかった。線香の薫りが、開け放たれた入口にたちこめていたのだ。重三郎は気息もととのえず、足を踏み入れた。

破れ畳にじかに置いた骨壺を前に、膝を抱いて黙然と坐っていた燕十が、顔をあげた。

「なんだ、蔦屋か。もう嗅ぎつけてきやがったのか」

重三郎は土間に立ちつくして、骨壺に見入っている。

「あいつめ、死んじまいやがった。おめぇに引っ張りしてるところ見られちまったのが、よっぽど応えたんだな」

燕十は、骨壺に目を移して、抑揚のない声で言った。

「もってけ、この骨壺。おめえに惚れこんでた奴の骨、俺がもっててもしょうがねぇや」

小さな素焼きの骨壺を胸に抱いて、重三郎は店に戻った。

――おしの、着いたよ。

変わり果てた姿になったおしのは、十一年ぶりでやっと蔦屋に帰った。

三

平吉と常八を連れた重三郎が、『卯の花』の門口に姿をみせると、仲居の知らせで飛んできた女将が、手を取らんばかりに迎えてくれた。重三郎が『卯の花』を使うのは、四年ぶりのことなのである。

以前は、戯作《ほん》づくりの打ち合わせや当たり祝いに、よくここを使ったものだ。しかし春町が死に、喜三二も筆を折ってからというもの、すっかり足が遠のいていた。

女将が、久しく顔を見せなかった上客の重三郎に、媚びた視線をむけて、

「すっかりお見限りでしたのね」

と言った。

大川に面した二階の座敷に重三郎たちを通すと、女将はお酌そっちのけで春町の思い出話をしたり、喜三二の近況をたずねたりして、ひどく懐かしんだ。

しばらくして女将が席を立つと、それまで固くなっていた平吉と常八が、ほっと息をついた。こんな上等の料理屋にあがるのは、ふたりともはじめてである。

「おいら、いつも縄暖簾《のれん》なもんで……」

盃をあげると、常八は俄《にわ》かにくつろぎをみせ、座敷じゅうを見まわして言った。平吉も頷いて、重三郎のほうに向きなおり、

「安いとこで、よかったのに」

と囁いた。

重三郎は笑って、平吉と常八に酌をする。

「なぁに、気にすることはない。どんどんやってくれ。今日はふたりに頼みがあって、招いたんだから」

頼みと聞いた平吉と常八が、顔を見合わせてそろりと盃を置いた。

「いや、やりながら聞いてくれよ。実は、ね」

今度、蔦屋から新顔の絵師を売り出すことにした。ついては、その彫りと摺りを平吉と常八に頼む、と重三郎は言った。

「そんなことなら、おいらたちのほうで頭をさげなきゃなんねぇのに」

と言う平吉のあとを受けて、常八も「まったくだ」と続けた。

「まだ、後があるんだよ。ふたりとも、せっかちだな。それで、その新顔のことなんだが、ぜひとも内緒にしといてもらいたいんだ。他店《よそ》には無論のことだが、店《たな》の者にもね」

「店の者って、重ちゃんとこの？」

平吉が解《げ》せない顔をした。

「ああ、そうだ」

治助の絵が当たれば、またぞろ他の板元が目をつけて、引き抜きにかかるだろう。なにしろ歌麿の例《ためし》がある。重三郎はあの一件に、すっかり懲《こ》りていた。

「そりゃあ蔦屋《うち》で絵を出すことだ、店の者にまったくの内緒というわけにはいかんさ。でも、新顔の素性はとことん伏せて、絵だけを店の者に扱わせるようにしたいんだ」

店の者が治助のことを他店へ漏らすはずはないが、治助をどこまでも蔦屋の秘蔵にするには、念には念を入れるしかない。

「だけども、平ちゃんと常さんは別口だ」

絵師、彫師、摺師の三者が一体になってこそ、いい絵は生れるものだ。平吉と常八にだけは、治助を引き会わせるつもりの重三郎である。そう言うと、常八がぽんと膝を打って、感きわまった声をあげた。

「おいら嬉しいぜ。な、平さん。彫師や摺師を絵師並みに思ってくれてるの、旦那だけだよ。だいたい絵師って奴は、自力《ひとり》で偉くなったような顔してやがるけどよ、こちとらの助《すけ》あってこそのものじゃねぇか」

歌麿にしてからがそうだ、と常八は鼻の穴をふくらませて憤慨する。

「歌麿の名をひろめたのは、雲母摺《きらずり》のせいでもあるんだぜ。その雲母摺はよ、旦那と平さんとおいらとが、長ぇことかかって編み出したもんだ。それに、世間を唸らせた歌麿のあや毛（生えぎわの細かい毛描き）だって、平さんの毛彫りの冴えがなきぁ、あの線は死んじまわぁ」

常八に持ちあげられて平吉は照れたが、すぐにもとの顔に戻って言った。

「よせよ。常さんの拭きぼかしや、きめ出しが利いてこそ、絵が晴れるってぇもんだ。でも、どっちみち俺たちゃ、名なしの権べえ、縁の下の力持ちさ。そりゃ、いい。でもよ、世過ぎの世話になった重ちゃんを裏切るなんて、歌麿はひどい」

「ひどいってもんじゃねぇ、ありゃ人非人だぜ」

平吉と常八は口をきわめて、歌麿をこきおろした。

噂は走るものだ。歌麿が大恩ある蔦屋から離反したことは、いまや江戸じゅうの板元ばかりでなく、その下で働く彫師や摺師までが知っている。

「ま、その話はよそう。ともかく、平ちゃんと常さんだけが頼りだ。このこと、ほかへの口外は無用に願うよ」

　重三郎は、ふたりに頭をさげた。

「言うに及ばず、さ。おいら口が裂けても喋りゃしねぇ。な、平さんよ」

「うん。安心しとくれ。で、その絵師も女描きなのかい、やっぱし」

「いや、役者を描くんだ。いっぷう変わった筆づかいの男でね」

「そうかい、板下を拝むのが楽しみだ」

「なんという絵師なんで」

　重三郎と平吉のやりとりに、常八が割りこんできた。

「写楽っていうのさ」

　手のひらに字を書いてみせ、重三郎は「しゃらくせえの地口《じぐち》だよ」と明かした。

「そいつぁ変わってて、面白ぇ」

　常八が大口あいて笑うと、平吉も口元をほころばせた。その平吉に、重三郎が「平ちゃんには、もうひとつ頼みがある」と言って、治助を住まわせる家探しを依頼した。

「家って、家まで面倒みるのかい」

「そうなんだ。なにしろ、ひどい長屋住まいだからね」

「へえ」

「その家なんだがね、なるべく平ちゃんとこの近間《ちかま》がいい」

「ああ、板下が出来たら、すかさず平ちゃんに彫ってもらえるようにね。人目を避けたいんだ」

常八が、なるほどというような顔をした。平吉も得心がいって、大急ぎで探すよ、と引き受けてくれた。

「旦那のためなら、ひと肌もふた肌もぬぎまさぁ」

常八の言葉をきっかけに、三人は盃をとった。

四

彫吉の向かいに、小間物屋がある。その小間物屋の右隣はしもた屋で、あいだに細い露地が通っていた。露地は抜け裏で、抜けると鳥越明神のまえに出る。

「とんだ灯台もと暗しさ」

『卯の花』で家探しを頼まれてから、四日のちの昼すぎ。重三郎を案内して、その露地にはいりこみながら平吉は笑った。髪結い床の親爺が教えてくれなかったら、隣町にみつけた貸家に、重三郎から預かった手付けを打つところだった、と言う。

露地にはいって左手五軒目が、借り受けた家だった。この借家は、小家ながら二階が乗っている。

　重三郎はひと目で気に入った。彫吉には近いし、それに、目立たない露地裏でもある。治助を秘匿《ひとく》するのには、恰好の場所だ。平吉に礼を言うと、その足で重三郎はお袖の長屋に向かった。

　長屋には治助だけがいて、机がわりの木箱に向かい、せっせと焼筆《やきふで》を動かしていた。

　重三郎が首をのばして絵を覗くと、

「筆ならしをせんと、あんたに済まんでな」

　と治助が照れた。

　紙には、への字なりに結んだ口や、ぱっと満開させた手の指、ぐっと力をいれた爪先などが脈絡もなしに、びっしりと描きこまれている。重三郎は、その見事な点描に見入った。

「この調子で頼みますよ。なんせ治助さんには、蔦屋の命運がかかってるんでね」

　重三郎が真顔で言うと、治助は「おっかねえ。脅かしっこなしだぜ」と苦笑いして焼筆を放りだし、覚束《おぼつか》ない手つきで茶を淹《い》れてくれた。

「いや、脅かしなんぞであるもんか」

　そのために、あんたの住む家も用意したのだと、重三郎は言った。

「家？」

治助が目をむいた。

「どういうこって」

「落ち着いて、仕事をしてもらうためですよ。こていな二階屋ですがね。そこで、のびのびと絵筆をふるってください」

「よしてくれ、そんな勿体ねぇこと」

喜ぶと思っていたが、意外にも治助はただ勿体ねぇの一点張りである。重三郎が強く押すと治助は、

「わしは狭苦しくて汚いところでしか、描いたことがない」

とまで言い出す始末だ。

重三郎と治助が、「引っ越してくれ」「いや、ここがいい」と言い合っている最中《さなか》に、お袖が戻ってきた。

「どうしたっていうの」

茄子《なす》と枝豆のはいった笊《ざる》を抱えこんだまま、お袖が重三郎と治助のやりとりを気づかわしげに見ている。

重三郎はお袖に事情を話した。すると、お袖はもろ手を挙げて、治助の引っ越しに賛同してくれた。

「爺ちゃんたら、こんないい話を断わるなんてどうかしてる。こないだうちも、暗いな

あってぶつぶつ言いながら、描いてたじゃないさ」

「ちぇっ、口の軽い」

内幕を素っ破ぬかれて、治助は苦虫を嚙みつぶしたような顔になった。

「だって本当のことだもの。悪いこと言わないから、ここは旦那の好意に甘えなよ。そこが嫌になったらさ、また、あたいんとこ戻ってくりゃいいじゃないか。ね、爺ちゃん、そうしな。爺ちゃん、いなくなるのは淋しいけど……」

お袖は、治助ひとりが引っ越すものと決めてかかっている。重三郎は慌てた。

「待ってくれ、お袖さん。引っ越すのは、あんたも一緒だぜ」

「あたいも？」

お袖は、口をぽかんとあけた。

「そうさ。でなきゃ、誰が治助さんの世話をするんだね。それに、あんたにしたって今のままじゃ、先は見えてる。ちゃんと給金を払うから、これを機会に足を洗ったがいい。とんだお節介を言うようだが……」

お袖に、おしのの《しお》ような末路は辿《たど》らせたくない。重三郎はそう思ったのだ。

「ねぇ、爺ちゃん。引っ越そうよ、ああ言ってくれるんだもの、ね、ね」

お袖の涙声に、治助もとうとう首を縦に振った。

引っ越しは三日のちと打ち合わせ、長屋を出ると、もう陽が西に落ちかかっていた。

駒形堂を過ぎたところで、浅草寺の暮れ六ツの鐘が聞こえてきた。道行く人の足取りが、急に早くなってきたようである。

人ごみのする御蔵前を通り抜け、浅草茅町まで来たときだった。歌麿と和泉屋市兵衛が、談笑しながらやって来るのに出くわした。道筋、頃あいからみると、おおかた泉市招きの吉原行きであろう。

素知らぬふりをするのも大人げない。癪《しゃく》ではあるが重三郎は軽く頭をさげ、ばつの悪い顔をしている歌麿とすれ違った。

翌日の昼すぎ――。

歌麿が折り菓子をもって、蔦屋にやってきた。他店《よそ》の注文に応ずるようになってからというもの、ぱったり顔を見せなくなったのに、珍しいことである。昨夕、重三郎に具合の悪いところを見られたせいであろう。

手代たちが、奥に消えていく歌麿の後ろ姿に白い目を投げて、さんざっぱら悪口を囁いた。大番頭の徳三郎は、手代たちをたしなめはしたものの、手代たち以上に面白くない。

――恩知らずが！

自分も、声に出さず毒づいた。

だが、奥の座敷で歌麿と向かい会った重三郎の心は、店の者とは裏腹に、不思議と平静だった。

――いまの俺には、写楽がいる。

この気持が重三郎を支え、離反した歌麿に微笑みかける余裕を生んでいた。

後ろ足で砂をかけた自分をなじりもせず、淡々として向きあう重三郎の心底を計りかねて、歌麿は目を伏せた。重三郎に一言の断わりもしないで、他の板元の注文に応じたことが、歌麿をひどく卑屈にしている。

無沙汰を詫びて、菓子の折りをさし出したあと、歌麿は阿《おもね》るように言った。

「今日お邪魔したのは、ほかでもないんです。この板下を見ていただきたくて」

昨夕の出会いに触れないのが、おかしくもあるし、憎たらしくもある。この大狸め、と思いながら、重三郎は歌麿が懐から取り出した板下絵を、おもむろに受け取った。

それは、もの思いにふける中年増の大首絵であった。まぶしげに目を細め、案じ顔に頰づえをついたさまが、嫋々《じょうじょう》とした女の残《のこ》んの色香を見事に醸《かも》しだしている。

――おしの！

似ている……。重三郎が思ったとき、歌麿が「おしのさんですよ、それ」と、言葉を送ってきた。

じっと板下絵に見入っている重三郎の意を迎えるように、歌麿がぺらぺらと喋りだした。

「ほら、ひと昔まえ、妙ちきりんな役者絵を描くって男を、大坂まで探しに出かけられたことがありましたね」

その留守中、おしのさんを描かせてもらったときの下図が、先日ひょっこり行李《こうり》の底から出てきたんで、と歌麿は言った。

「おしのさんが、大坂に出向いた蔦屋さんに思いを馳せたとこ、とらえたつもりですよ。目利きの蔦屋さんを前にしていうのもなんですが、出来栄えだったもんで、板下にしたんです。お許しがあれば、あたしはこれに『物思恋《ものおもうこい》』と名づけて、いま蔦屋《こちら》で出してもらってる続き物の『歌撰恋之部《かせんこいのぶ》』に組み入れようと思いましてね」

おしのの惨《むご》い死にざまを知らない歌麿は、熱っぽくまくしたてる。十一年まえのおしのの美しさを誉めそやし、そのおしのを連れ去った燕十を痛罵《つうば》し、おしのはきっと戻るだろうと結んだ。

重三郎は、なにも聞いてはいなかった。手にした板下絵に、心を奪われてしまっている。

夜鷹に落ち、あげくには首を縊って死んでしまう自分の終焉《しゅうえん》を知る由もないおしのが、ここに描かれていた。絵のなかのおしのは美しいままで、幸せなままで、ずっと生きていくのだ。

にじむ涙で、板下絵がぼうっと霞んだ。

五

重三郎の借りてくれた家の二階は、六畳ひと間だが、南に肘《ひじ》掛け窓、西に高窓があってしごく明るい。南の窓からは、鳥越明神の社と裏手の松林が見える。

治助はこの眺めが気に入り、重三郎に買ってもらった机を、南窓に面して据えた。開け放った窓に小春の澄んだ空が広がる、静かな昼さがりである。

治助は余念なく絵筆を動かしていた。画紙には、先日河原崎座で観た『姫小松子日遊《ひめこまつねのひのあそび》』で、鶴《つる》の前《まえ》に扮していた岩井半四郎が、あらかた出来あがっている。半四郎のお多福顔をもう一度なぞろうと、筆に墨をふくませたときだった。階下で、格子戸の開く音がした。治助は手を止めて、耳をたてた。

お袖の「いらっしゃい」という声がする。重三郎が来たのだ、と治助は思った。だが、「写楽さんは二階《うえ》かい」とお袖にたずねる声の主は、平吉だった。治助は軽く落胆して、また画紙に向かった。

平吉が、とんとんと上がってきた。

「嬶《かかあ》が、ぶり大根つくってよ。写楽さんに届けな、って言うもんだからさ。いま、お袖さんに渡しといた」

治助とお袖がここへ越してきて、そろそろ二月《ふたつき》になろうとしていた。平吉とお寿美の夫婦は、ふたりにすっかり打ち解け、なにくれとなく世話を焼いてくれる。

「そいつぁ、好物だ」

机から向きなおる治助に、平吉は「やってるね」と声をかけ、脇に坐った。

「おや、半四郎だ」

平吉の目が、机の上に吸いよせられた。

このあいだ、重三郎の頼みで河原崎座に写楽の供をしたのだ。

まったく似ている。平吉は、写楽の特異な画技《うで》に驚嘆した。だが、これまでの役者絵のように、決して美しい出来ではない。世間にもてはやされている役者絵が、醜さをかくす面灯《つらあかり》のもとで描かれたものとすれば、写楽のそれは、醜さをさらけだす白日のもとで役者を描きあげたもの、と言うべきであろう。

勝川派でもなく、鳥居派でもない、いままで見たこともない異様な役者絵に、平吉はただ圧倒された。

「写楽さんよ」

画紙のなかの半四郎から目を離さず、平吉が声をかけた。

「俺ぁ思うんだが、あんたの役者絵はこう、なんてったらいいかな、役者に遠慮会釈もねぇ描きっぷりだね」

「……」

治助は平吉の言いまわしに、きょとんとした。

「この絵だってそうだ。こりゃあ、鶴の前の半四郎じゃねぇ。半四郎の鶴の前だ。役者の顔素地《きじ》が、白粉をもちあげてら……」

平吉は、なおもあれこれと言葉を探し、自分の感想《おもい》を伝えようとしたが、うまい言葉が見当たらず、話を変えた。

「よくも、まあ、こんな生々しい役者絵が描けるもんだねぇ。あんた独りで身につけたもんなんだろ、聞いたよ。凄ぇもんだね」

「なに、あんたは感心してくれるがね、師匠につかなかったこともねぇんだ」

「て、いうと？」

「うむ……」

平吉に気を許している治助は、誘いにのって、ぽつりぽつりと昔を語った。

明和七年（一七七〇）――ほうぼうを渡り歩いて大坂まで来た治助は、四十二になっていた。もう無理のきく齢ではなかった。治助はそれまでの気ままな世渡りと、骰子《さいころ》いじりをきっぱりと止めて、大坂に骨を埋めようと心に決めた。

「と、いっても最初《はな》っから芝居小屋に居着いたわけじゃあねぇ。これでも俺は、帳づけ算盤《そろばん》ができたんでな……」

堀川沿いにある、源蔵町の裏店《うらだな》に落ち着いた治助は、大家に身元引受人の判形をもらい、口入れ屋に出向いた。口入れ屋は治助の帳づけの才を買い、堂島二丁目の「千草屋」という本屋に、世話してくれた。

千草屋の主人は二十四の年若で、治助とは親と子ほどの開きがあったが、りっぱに店の切り盛りをし、かたわら絵まで描いていた。月岡雪鼎《つきおかせってい》の門下だが、雪舟や鳥羽僧正の絵にも傾倒して、独修した人物である。

治助が千草屋に一時雇いの手代として住み込んだときは、蔀関月《しとみかんげつ》と号して、絵本や名所図会《ずえ》などを世に出し、弟子もとっていた。

「その旦那が、江戸者の俺をえらく気に入ってくれてよ。江戸の話きかせぇ、と部屋へ呼んじゃ、ときたま小遣いまでくれたもんさ」

治助の雇い期限は半年で切れたが、関月はそのまま治助を手元にとどめ、身のまわりの世話をさせた。

「俺ぁ嬉しくてなぁ……寄る辺《べ》のねぇ大坂で、親身になって面倒みてくれた千草屋の旦那のことを思うと、いまでもありがた涙がこぼれてきやがる」

皺にうもれたような治助の目から、ぽろぽろと涙がこぼれた。

いつのまに来たのか、お袖が湯呑み二つを載せた盆を持ったまま、話に聞き入っている。

「いっしょうけんめい、旦那の世話をさしてもらったよ」

ある日のことだった。関月が治助に、

「どうや。おまえ、わしの弟子にならへんか」

と言った。治助が仕事の合間に、見よう見まねで描いた役者の似面絵《にづらえ》が、ひょんなことから関月の目にとまったのである。

「いい味が出とるやないか、おまえの似面絵。磨きゃ、ものになること請け合いや。わしが道つけたる」

山水、人物なんでもござれの関月は、治助に絵のいろはを手にとるようにして、叩きこみはじめた。

そうなると、高い束脩《そくしゆう》を払って関月に入門した者たちは、すこぶる面白くない。陰で治助に、さまざまの嫌がらせをするようになった。もともと「渡り者《わたりもん》や」、「他国者《よそもん》や」という意識が、門人たちにはある。

なかでも、慈平という奴の嫌がらせはしつこかった。慈平も役者絵を得意としていたから、治助の存在が目障《めざわ》りでしかたがなかったのである。ことあるごとに、慈平は治助を陥れようとした。

だが、治助は耐えた。そうして黙々と絵を描き、着実に腕をあげていった。

「あのままでいってたら、俺も大坂でいっぱしの絵師になってたろうな。なんせ、その慈平が流光斎如圭《りゅうこうさいじょけい》と名乗って、一派をつくったくれぇだからよ。ところが……」

「ところが？」

平吉とお袖が、同時に身を乗り出した。

「へへ。こともあろうに、その慈平にまずいとこ見られちまったのさ」

治助は慈平に、飛子《とびこ》買いを見られたのである。飛子というのは、旅かせぎの陰間のことだ。

「俺ぁ女に懲りてよ、もともと気《け》があったのか、もっぱら、そっちのほうになっちまってな」

治助は年甲斐もなく照れて、つるりと顔を撫でた。

「それが俺の運の尽きよ」

慈平は関月に、治助の飛子買いを告げたばかりでなく、自分も治助に言い寄られたと言ったのである。そのとき慈平は、十八だった。

「ふん。炭団《たどん》に目鼻のくせして、言い寄られたもねぇもんだ」

しかし、いかに炭団に目鼻であろうと、本人が言い寄られたと頑強に言い張るからには、関月も放ってはおけない。他の門人たちも、このときとばかり、治助の追い出しにかかった。

「あとは……知ってのとおりさ」

関月の門を追放された治助は安住の場を失い、荒れに荒れて、とうとう浜芝居の呼び込みに落ちてしまった。

「いまにして思うとな。知らず知らずのうちに、役者絵に縁のあるとこへ行こうとしてたような気がする……ま、もっとも色子のそばで暮らせるっていう目算も、ありはしたがね」

治助は苦笑したが、平吉とお袖は悲痛な顔をしていた。

「俺は、たったひとりで役者絵を描き続けたよ、役者の巣でな。楽屋裏の役者ってぇもんを、いやというほど知ったのは、そんときさ。さっき平吉つぁんが、俺の役者絵は当の役者に遠慮会釈もねぇ描きっぷりだ、と言いなすったが、こりゃあ、おおかたそのせいだろうよ。いくら顔を化粧《つく》ってても、俺にゃ白粉下の役者の地顔が、髭や皺まで綺麗に見えるんだ」

役者絵の話が治助の老軀に熱気をこもらせ、口ぶりはとても六十六とは思えない。

「だが、描いても描いても、俺の絵が陽の目を見るわけじゃねぇ。ところが流光斎の奴ぁどうだ。日ごとに名をあげていく。俺ぁなにもかも嫌になって……とうとう大坂を離れたのよ、のぼせてた千弥《せんや》っていう若女形《おやま》が、江戸芝居に買われて行ったのを機会《しお》にな」

しかし天明二年（一七八二）の春、江戸に出た千弥は、着くとすぐに死んだ。そのときから、また治助の放浪がはじまったのである。

「いろんな土地で、いろんなことをやって食ってきたのよ。人足、下男、汲み取り車のあと押し、そう……乞食までした。しかし、六十の坂すぎると人間もういけねぇ、とんと尻腰《しっこし》がなくなっちまう。ふらふらと江戸に舞い戻ってきたんだ」

それが去年のことだ、と治助が言った。あとを、お袖がひきとった。

「爺ちゃん、柳原の土手に行き倒れてたんだよね、おなか空《す》かして……」

「そうだったのかい」

平吉が溜息をついた。それから同情のこもった目で治助を見た。

「よしてくれ、そんな目つき。俺ぁやりたいように、やってきただけよ。それより、俺ぁおめえさんに聞きてぇことがあったんだ」

喋りすぎたことを悔やむように、治助は渋い顔になり、話を変えた。

「ここ四、五日蔦屋さんの顔を見ねぇが、病《やまい》じゃあるめぇな」

重三郎は、二日おきにかならず治助の家にやってくるのだ。それが急に途絶えて、治助は気づかっている。

「なぁに、病なんかじゃねぇよ」

冷めてしまった茶を一口すすって、平吉は言った。

「おっかさんの一周忌が間《ま》なしなんで、あれこれいそがしだろ」

「おっかさんの?」

「母ひとり子ひとりだったんで、そりゃあ立派な弔《とむら》いを出してね」

　重三郎の母津与は、昨年の十月八日に亡くなった。

大板元蔦屋の母親が亡くなったというので、葬式には江戸じゅうの板元はおろか、京伝や歌麿をはじめとする、歴々の戯作者や絵師たちも、残らず参列した。

「俺たち彫師や摺師も、大勢駆けつけたし、そんとき、重ちゃんの顔が広いってこと、つくづく思い知らされたよ」

「重ちゃん？」

「あ、悪かった。重三郎っていうんだよ、蔦屋さんは。俺、幼馴染みなんでつい昔の呼びくせが出ちまうんだ」

　ぽりぽりと月代《さかやき》を掻く平吉を、お袖が笑って見ている。だが治助は笑いもせず、ひどく真剣に尋ねた。

「さっき、蔦屋さんは母ひとり子ひとりって言ったけど……おとっつぁんはいねえのかい」

「うん。重ちゃんが七つんとき、どっかへ行っちまって、それっきりさ」

　治助の頰が、ぴくりと動いた。が、平吉もお袖も気づかなかった。

「そうだったの……蔦屋さん」

　お袖が呟くような声で言った。

「そうさ。だもんで、重ちゃん蔦屋って引手茶屋の養子になったのよ。でも、なんせ七つだろ。おっかさんも重ちゃんについてって、住み込んだのさ」

「引手茶屋の養子になったひとが……なんでまた本屋はじめた……」

治助の声が微かに震えたとき、平吉の弟子が格子戸を勢いよく開けて、「親方ぁ」と呼びにきた。

「いけねぇ、いけねぇ、とんだ油売っちまった。写楽さんよ、またくらぁ」

平吉は、だ、だ、だと階段を下りていった。お袖もつられたように、「晩の仕度しなきゃ」と後に続いた。

ひとりになった治助は、ながいこと虚脱していた。

その虚脱を破って、鬼さん、こちら……子供たちの甲高いはしゃいだ声が、露地にわいた。治助はふらりと立ちあがって、西の窓から、声のする露地を見おろした。

日暮れがたの露地で、鬼ごっこをする子供たちの姿に、遠い日、孔雀長屋横の空き地で、子取ろ遊びをしていた重三郎たちの姿が重なった……。

おれの写楽

一

チョン、チョンと二つ、乾いた柝《き》の音が響き渡って、場内のざわめきを切った。

桐座五月狂言の初日。『敵討乗合話《かたきうちのりやいばなし》』の五立目《いつたてめ》、肴屋《さかなや》五郎兵衛宅の場の幕あきである。

上手《かみて》から、立女形《たておやま》の中山富三郎がくねりくねりと登場してきた。富三郎は、父の仇《かたき》を討つ健気《けなげ》な女、宮城野《みやぎの》に扮している。

「よっ、ぐにゃ富。待ってました!!」

切り落としから、すかさず声が飛んだ。ぐにゃ富とは、仕草がくねくねしているところからついた、富三郎の綽名《あだな》である。

そのぐにゃ富が、五郎兵衛宅の格子戸にそっと手をかけた。

「もうし、ごめんなさいまし」

出る声はか細く澄んで、さすが立女形だ。

「どなたさんで」

向こう鉢巻きに、高麗屋格子の尻はしょり。粋な肴屋姿の松本幸四郎が顔をみせると、拍手が沸きおこった。

——肴屋五郎兵衛か……。

西の下桟敷《したさじき》で観ている重三郎の顔が、ふっと翳《かげ》った。重三郎の横で、役者の素描きに没入している治助はむろんのこと、鎌首をもたげて舞台に見入っている平吉と常八が、これに気づくはずもない。

髪切りに襲われたおしのを担ぎ込んだのが、『肴や五郎兵へ』という店だった。朱の太煙管《きせる》をふかしながら、宮城野の身の上話に耳を傾ける幸四郎の五郎兵衛が、あの夜の『肴や五郎兵へ』の主人《あるじ》に重なっていく……。

舞台ではいま、男気を出した五郎兵衛が太煙管をぽんと吐月峰《はいふき》に叩きつけて、仇討ちの助勢を約し、ぐっと見得を切ったところだ。これを合図に柝が鳴って、この場の幕が引かれた。

場内が、またぞろざわめいてくる。用足しに立つ者、連れと役者話に興ずる者、弁当に箸をつける者。そのあいだを中売り達が、「おこし松風まんじゅ、よしかな」と声を嗄《か》らして縫い歩く。ごった返すなかを、平吉と常八が厠《かわや》に立った。

重三郎は茶屋から取り寄せた茶菓を、治助にすすめた。

「酒は閉場《はね》てから、ゆっくりと。いまは茶でこらえてください」

「仕事中に酒なんぞ」

治助は、手を振った。

ここ西の下桟敷は、いわゆる芸裏で、花道の裏側にあたる場所だ。そのために、花道揚げ幕と舞台を往き来する役者連を、まぢかに見ることができる。舞台にちかいことは言うまでもない。

「おかげさんで、ほら」

役者の素描きと、衣装の色模様の覚え書きで埋めつくした帳面を、治助が重三郎に手渡した。

「どれどれ。こりゃあ、いい出来だ」

目に飛びこんできたのは、富三郎だった。きわだった上がり眉、糸のように細い目、太めの隆《たか》い鼻、おつぼ口。富三郎の容貌を、とらえてあますところがない。

繰ると、幸四郎だ。目鼻だちの整った天性の役者顔が、これも難なく写しとられている。役者の顔の特徴を、鋭く見抜いて描く治助の筆に、重三郎は心から満足した。

天下の蔦屋に、いや、我が子に讃《ほ》められた治助は、嬉しさをこらえるのに懸命だった。

この蔦屋を我が子と知ったのは、去年の十月のことである。知った当座、治助は衝撃のあまり、五日も寝こんだ。

父親だと明かし、晴れて我が子の名を呼びたかったが、できることではなかった。どのような事情があったにせよ、子を棄てた親に釈明の許される道理はない。冷たい掻巻《かいまき》にくるまって、写楽はくる日もくる日も苦しんだ。

二十八の冬、重助は江戸から消えた。重助の働く引手茶屋の主人理兵衛と、自分の女房津与との仲を、知らされたからである。

津与は重助と連れ添うまで、蔦屋の上女中をしていた。理兵衛とは、その頃からのわりない仲であった。それを家つきの女房に感づかれそうになり、慌てた理兵衛は、津与を通い番頭の重助に押しつけた。

いきさつを知らない重助は、別嬪《べっぴん》の津与を女房にできて有頂天になった。有頂天のなか、年余にして重三郎が生まれた。

ところが――。

重三郎が七歳になったとき、理兵衛の女房が死んだ。

独り者となった理兵衛は、津与とよりを戻そうと、重助の留守を狙ってやってきた。

重三郎を蔦屋の跡継ぎにする、とまで言って迫る理兵衛に、津与は傾いた。理兵衛を忘れかねていた津与は、とつおいつ思案をめぐらしたすえ、重助にすべてを打ち明けて、別れてくれと懇願した。

「なんだと」

重助は、忿怒《ふんぬ》を爆発させた。

「女房に感づかれそうになると、おまえを俺に押しつけ、その女房が死ぬと、今度は別れさせて、おまえを自分のものにしようとする。そんな没義道《もぎどう》が許されるもんか」

津与の髷をひっ摑んで、重助は気ちがいのように折檻《せっかん》した。

だが津与の心は、もう理兵衛のもとに飛んでいる。

「旦那さまのことが忘れられないんです」

津与は打擲《ちょうちゃく》されながらも、こう言ってはばからない。蔦屋の女房におさまり、重三郎を店の跡継ぎにできるということが、津与を強くしていた。

「それに、あんたが育てるより、蔦屋の跡継ぎになったほうが、重三郎《あのこ》には幸せです」

こうまで言われると、重助には返す言葉がなかった。

家のなかは地獄、密夫《のろ》理兵衛の蔦屋に奉公はできない。男の矜《ほこ》りをずたずたにされた重助は、津与と理兵衛を呪って、忌まわしい江戸から姿を晦《くら》ました。

去り状をしたためなかったのは、せめてもの腹いせであった。去り状がないために、津与は蔦屋へ養子にやる重三郎の後見、ということで付いていったものとみえる。

身を切られる思いで重三郎を置き去りにしたのは、引手茶屋の跡継ぎに納まったほうが行くすえ幸せかも知れないと、重助も思ったからである。

——そういうわけなんだよ、重三郎。

帳面に見入っている重三郎に、重助の名を捨てた治助は胸のなかで語りかけた。父親とは名のらないが、お前のために、俺はとことん尽くしてやるぜ……。

重三郎を見る治助のまなざしは、慈愛に満ちていた。

二

平吉と常八が、戻ってきた。厠もごった返していたとかで、ふたりともげんなりしている。

「お疲れのところ、悪いがね」

重三郎は笑いながら、仕事の話を切り出した。売り出しまでの進みを計りたい。重三郎に問われると、平吉が口を開いた。

「写楽さんの板下のあがり次第だけど……。あがりゃあ、どんどん彫りあげていくよ。写楽さんの絵はこう、線と線のあいだが広いだろ。だから、大鑿《おおのみ》で楽に彫れる。つまり早く彫れるってわけだ。ま、この彫吉にまかしとくれ、重ちゃん」

「こっちのほうも、安心してくだせえ、摺常一家あげて腕をふるいまさあ」

常八も胸を叩いた。

「線と線のあいだが広いってこたぁ、こりゃあ色の面も広いってことなんで、そのぶんズレの心配もねえ。すいすいと摺れまさあ」

ふたりとも、写楽の板下次第だと言う。重三郎が治助を見ると、治助は笑って大きく頷いた。

「一日に、まあ三、四枚の板下は描ける」

「えっ、三、四枚も?」

大丈夫だろうか、と重三郎は思ったが、かの春信も、およそ五年のあいだに、五百枚ちかくもの錦絵を出している。また京伝も、五丁の稿本を絵組みとも一日で仕上げたことがあった。筆ばやい人間はいるものである。

「それじゃ、おさんかたともしっかり頼むよ」

重三郎が頭をさげたとき、誂《あつら》えむきに柝が入った。いよいよ六立目《むたてめ》、大詰めである。

翌日。

重三郎の一行は、都座の『花菖蒲文禄曾我《はなあやめぶんろくそが》』を観た。平吉と常八は遠慮したが、重三郎は有無を言わせず、連れていった。彫師も摺師もとっくりと芝居を観ておいたほうが、線や色に味が出る。

その次の日は、河原崎座に出ばって『恋女房染分手綱《こいにょうぼうそめわけたづな》』を観た。控櫓《ひかえやぐら》三座の芝居を総なめである。

「去年まで芝居町にゃ、閑古鳥が鳴いてたってのに」

高坏《たかつき》に盛られた菓子に手をのばしながら、常八が言った。きょうの河原崎座も、桐座、都座同様、大入り満員である。

常八の言うように、芝居町は去年まで不況の波に洗われて、不振をきわめていた。不況は、天明八年（一七八八）、老中の松平定信《し》が将軍補佐になった年に端を発する。

つぎつぎに布かれる倹約令で、市中はたちまちのうちに萎靡《いび》してしまい、不景気におちいった。芝居町も不況のしわよせを受け、三座いずれも大きな負債を抱えこんでしまった。

寛政元年（一七八九）には森田座が休座する羽目になり、翌二年、控櫓の河原崎座に興行権が移った。控櫓とは、三座で休座するところがあれば、代わって興行を許される座のことである。中村座には都座、市村座には桐座、森田座には河原崎座という控櫓があった。

そして去年――寛政五年、今度は残る二座の中村座と市村座が立ちいかなくなり、十月にとうとう興行権を、その控櫓に譲った。それで顔見世からは、控櫓三座の揃い踏みという、珍しいことになったのである。

皮肉なもので、珍しさが人を招くのか、江戸じゅうの芝居好きがどっと押し寄せてきて、控櫓はどこも札止めの盛況になった。

「この人気に当てこんで、泉市や森治が役者絵を出したのさ。鶴喜も上村も、それに倣《なら》ったんだ」

重三郎は、ゆっくりと場内を見まわした。

「間《ま》なしに、蔦屋《うち》もね」

芝居人気の盛りかえしで、役者絵はいま飛ぶような売れゆきをみせている。好機が向こうからやってきた、と重三郎は思った。

「なぁに、いま売れてる豊国も春英も、写楽さんの絵が出りゃ吹っ飛ばされちまうよ。いまにみてろって、へへ」

なぁ常さん、と平吉が常八の肩を叩く。

「おうよ。東洲斎写楽《とうしゆうさいしやらく》に敵なしさ」

常八が、叩かれた肩をそびやかした。

東洲斎――写楽だけでは風格に乏しいと思いなおした重三郎が、苦心のすえ、考えついた斎号である。

いつか京伝が、書家の佐野東洲《さのとうしゆう》の話をしたとき、東洲という言葉には日の本という意味もあると言ったのを思い出したのだ。日の本の写楽、日の本一の写楽になってくれ、という願いがこの命名にはこめられている。治助に賭《か》ける重三郎の心意気が、そこにあった。

いま東洲斎写楽は、鷺坂伴内に扮した坂東彦三郎の唐豆ようの顔の輪郭を、すうっと描き終えたところだった。

三

若狭屋与一に招かれて、柳橋の料理茶屋『梅川』にあがったものの、歌麿はてんから面白くなかった。若狭屋が、いま評判を捲《ま》きおこしている東洲斎写楽ばかりを肴にするからである。

「似ていますなぁ」

手にする写楽の役者絵に向かって、若狭屋がしきりと唸った。

六月に、蔦屋から一斉に売り出された役者大首絵二十八枚のうちの一枚だ。黒雲母《くろきら》の背景が、大岸蔵人に扮した沢村宗十郎をくっきりと浮かびあがらせ、心憎いばかりに効いている。

「この頬から顎にかけて、ほら、ご覧なさいまし、そっくりじゃありませんか」

「ええ」

歌麿はしょうことなしに相槌を打った。が、内心は誇りを傷つけられて穏やかでない。

歌麿は、五月に『当時《とうじ》全盛似顔揃《ぜんせいにがおぞろい》』と銘うった吉原遊女の似顔絵を、若狭屋から出している。しかし、これまで四十軒をこす板元からの注文をこなしているうちに、しぜん筆が荒れたのだろう。どの遊女の顔も同じに見えて、出来栄えはよくなかった。なまじ似顔揃などと題したものだから、よけい出来が悪くみえ、売れゆきも芳しいものではなかった。歌麿には、若狭屋が自分への当てこすりで、写楽を讃めているような気さえした。

「豊国も春英も宗十郎を出しましたが、写楽の足もとへも寄りつけませんよ、ええ。これはあたしら玄人《くろうと》だけが言うんじゃなくて、江戸中、もっぱらの評判なんで」

役者絵は、初日にあわせて出るものだ。ところが蔦屋は、楽日《らくび》が過ぎ、六月と、月も替わったところで、三座五月狂言の総括りだとばかり、どっと売り出してきた。遅れて出た写楽の絵に、それまで好調だった豊国と春英の売れ足が、ぱたりと止まった。

「蔦屋さんは、まったく商い上手ですな。写楽という絵師の絵、どんどん板を重ねておりますよ、後摺《のちずり》はおろか、異板までも引っぱり凧だ」

若狭屋はいかにも羨ましげに言う。その薄く禿《は》げあがった頭を睨むようにして、歌麿は切りかえした。

「けど、売れてるからって、皆が皆、写楽の絵を好んでるってぇもんでもないでしょう。江戸っ子は珍しがりの新しがり屋だ。評判になりゃ、猫も杓子《しゃくし》も飛びつきますよ」

こんな美しくない役者絵は、そのうちきっと嫌がられる。歌麿は写楽の画技《うで》に圧倒されながらも、そう思った。いや、そう願った。

「そりゃあ、そうです。好きだという者もいりゃ、嫌いだという者もいましょう。しかし嫌いだといいながらも、写楽の絵に飛びつくんですなぁ、それが」

「だから、そりゃいっ時《とき》のことだ」

「そうかも知れませんな。でも一時にせよ、あたしら売れさえすりゃ、いいんです」

痛いところを衝《つ》かれて、歌麿はむっとした。酒も料理も、写楽のおかげで味はなかった。いま歌麿の自信は、大きく揺らいでいる。

「いったい東洲斎写楽ってぇのは何者なんです、先生」

若狭屋が酌をしながら、歌麿に訊ねた。

「いっこう存じませんね。あたしは蔦屋の者《もん》じゃないから」

にべもなく歌麿は吐いた。すると若狭屋は、あきらかに落胆の色を浮かべた。

――ははん、そういうわけか。

と、歌麿は思った。この俺さまから写楽の素性を聞き出し、あわよくば引き抜こうという魂胆とみた。だが、お生憎さま。写楽がどんな奴だか、歌麿は知らない。

「そうですか……先生ならご存じかと思ったのですがねぇ……」

若狭屋は正直に白状して、鬢《びん》を掻いた。

「先生もご存じないとなると……こりゃ手はないな」

「蔦屋の者に、金でも握らせたらどうです」

「その手は使ったといいますよ、もう。鶴喜さんや泉市さん、それに上村や森治がね」

これっきとした板元たちが、写楽獲得に奔走しているのを知って、歌麿は頰が引きつった。全盛を誇る女描き歌麿にしのびよる凋落《ちょうらく》の足音を、歌麿ははっきりと耳にした。

「ところが、蔦屋の連中ときたら知らぬ存ぜぬの一点ばり。主人の一存で扱われているから、顔も見たことがないと言うんだそうで。そんなことってありますか、ねぇ先生。そこであたしゃ写楽と組んでる彫師と摺師を、手をまわして調べ出したんですよ。そして昨日、その彫吉と摺常を尋ねたんです、折り菓子をもってね。ですが、無駄足でした。両人とも、おそろしく口が固い。知らないと言い張るんです、どっちも。彫師や摺師は、絵師といろいろ話し合いするんだから、写楽を知らないはずないんですがねぇ」

「折り菓子の下の金子《きんす》が少なかったんですよ、きっと」

「気張りましたがね、でもその折り菓子、さし出すなり両人から突っ返されまして、あたしゃ面目をつぶしましたよ」

若狭屋はぷっとふくれた。笑いかけた歌麿が、急に真顔に戻って言った。

「しかし不思議ですね。だいたい絵師ってのは、まず挿絵から始めるもんなんですよ。長いこと挿絵を描いているうち、運のある奴だけが、やっと一枚絵の仕事にありつける。

みんな、この順を踏んでます。このあたしでさえもそうでした。ところが写楽は、いきなり一枚絵だ。挿絵ばかりで終わる絵師が、ほとんどだというのに」

「ええ。手前も写楽の挿絵なんて、これまで見たこともありませんな」

若狭屋も首をひねった。

「しかも、ですよ。一どきに二十八枚、それもみんな黒雲母で。とても一枚絵におさまるだけの、人気も番付もない端役《はやく》まで描いている」

ここまで言ったとき、歌麿ははっとした。

そうだ、奇妙な役者絵を描くという大坂の男！　あの男が写楽だとしたら……新顔の絵師に対する、蔦屋の破格の扱いも納得がいく。

――しかし……。

しかし蔦屋があの男を探しに大坂へ行ったのは、ひと昔、いやもっと前のことだ。そのとき行き違いになって会えなかったものが、いまになって見つかるはずもない。それにだ、芝居小屋の呼び込みごときに、あんな凄い役者絵が描けるもんか。歌麿は自分の考えを打ち消した。

九月になった。

今度はがらりと趣向をかえて、役者の全身を描いた写楽の絵三十八枚が、蔦屋から売り出された。控櫓三座の七月、八月の芝居に出た役者を描いたものである。

下働きの婆さんに買ってこさせた絵を見て、歌麿は唇を噛んだ。

構図の巧さはどうだ。どれも、ものの見事に役者の全身を画紙のなかに封じこめているではないか。役者のひとりひとりから、動きにつれた息づかいまで伝わってくる。

写楽は役者ばかりでなく、都座の口上役、篠塚浦右衛門をも描いていた。その浦右衛門が手にする口上書にこう記してある。

「口上《こうじょう》　自是二番目新板似顔奉入御覧候甲寅九月《これよりにばんめしんばんにがおごらんにいれたてまつりそうろうきのえとら》」

口上をもじったこの謳《うた》い文句に、途方もない才能に裏打ちされた写楽の自信のほどと、写楽を独占する蔦屋の自慢とを感じて、歌麿は思わず目をそむけた。

四

うっと呻《うめ》いて、治助は思わず絵筆を取り落とした。画紙の上に転がった筆の穂先が、七分どおり出来上がった尾上松助扮する孫六入道の下図を、かすめて汚した。

だが、額に脂汗を浮かべた治助には、舌打ちする力さえない。汚れた下図を横目に、両の手で着物の上から胃の腑《ふ》のあたりを押さえこみ、治助はごろりと仰向けになった。そうすると、胃のむかつきも痛みも、わずかではあるが和《わら》ぐのだ。

このところ、胃の調子が悪い。

食べものはもたれるし、さしこみに襲われることもたびたびである。終日、机に向かっているからだ――とお袖は言い、息休めに外出《そとで》でもしたら、としきりに勧めるが、治助はのんびり遊んでなどいられない。仕事が遅れると、重三郎が困るのだ。重三郎のために……その一念で、治助は体の不調に耐え、急ぎの仕事をこなしている。

――重三郎のためならば、絵筆を握ったまま死んでもいい。

息子をおもう一念が、治助をむくりと起きあがらせた。痛みもいくらか薄らいできて、どうやら絵筆が握れそうだ。

墨でよごれた絵を丸めながら、治助はお袖を呼んだ。喉が渇いている。

「おーい。茶をくれ」

だが、階下《した》はひっそりと静まり返っていた。おーい、ともう一度呼んでから、治助はお袖が家をあけていることに気づいた。

もと住んでいた長屋で親しかった、姫糊《ひめのり》売りの婆さんのところへ、昼さがりから出かけたのである。治助は、自分で台所に立つのもおっくうだった。二、三度、乾咳《からせき》をすると、転がった絵筆を拾いあげ、硯の海に穂先を浸し、陸《おか》でしごいて、新しい画紙に筆をおろした。

そのころ、お袖は蔦屋の奥座敷にしゃっちょこばって坐っていた。

重三郎がすすめても、敷物もあてず茶も口にしない。頼みごとがあるのだ、とひどく突きつめた顔をしている。

「言ってごらん。わたしに出来ることだったら、何でもさせてもらうよ」

重三郎はやさしく言った。

「あのう、実は、爺ちゃんのことなんです」

「治助さんの？」

怪訝そうな重三郎に、お袖は治助の具合が良くないことを訥々《とつとつ》と告げた。

「なんだって」

治助は、いつも元気な顔しか重三郎に見せない。重三郎は驚いた。

「おまんまも、近頃いけなくなって……。うどんとか玉子雑炊とか、やわらかいものには何とか箸をつけるけど」

「ふうむ。知らなかった」

「気晴らしに近辺でもぶらついたら、って言うと爺ちゃん怒るけど、日がな一日、仕事ずくめじゃ躰に毒でしょ。旦那から、それとなく言ってもらえませんか」

自分が蔦屋へ来て、頼んだとは言ってくれるな、と付け足して、お袖は頭をさげた。

「わかった、お袖さん。わたしが迂闊《うかつ》だったよ。治助さんが何も言わないで、せっせと仕事をするのをいいことに、無理をさせすぎた。わたしがどっかへ気保養に連れ出すことにしよう。それにしても、あんた爺ちゃん思いだね」

重三郎がそう言うと、お袖は胸をなでおろし、何度もおじぎをして帰っていった。

二日後。

重三郎は治助を、本所の回向院《えこういん》で催されている十一月興行の勧進相撲に誘った。

仕事が遅れるからと、治助は渋ったが、

「なぁに、板元のわたしが誘うんだ。仕事が遅れても、文句なんぞ言やしませんよ」

重三郎は笑い、治助の尻を叩くようにして支度をさせた。

そうなると治助も老人だ。息子とふたりきりで物見に出かける嬉しさに取り憑《つ》かれ、すっかり胃の痛みを忘れてしまった。出かけるふたりの駕籠を、お袖がほっとした顔で見送った。

回向院につくと、重三郎は治助の手を取って表門をくぐった。具合いのすぐれぬ老体をいたわる気持が、そうさせたのである。境内は大施餓鬼やご開帳のときと同じくらいに、大変な人ごみだった。治助は、「なぁに、ひとりで歩けまさぁ」と言いながらも、怡々《いい》として手を引かれ、人の波を泳いだ。

土俵まぢかに、重三郎は席を取っていた。裃姿《かみしも》の行司の顔も、方屋《かたや》に坐った年寄りの顔も、眼の前に見える。

「写楽さん、ほら」

重三郎が土俵を指さした。

力士の土俵入りである。化粧まわしをつけた大男たちのなかに、子供がひとり混じっていた。しかし子供とは言い条、見事な太鼓腹を突き出し、大男にひけを取らない堂々たる体軀である。

「あれが大童山ですよ」

七歳にして、目方が十九貫余り。この怪童ぶりを買われて、羽州村山郡から江戸の相撲に入り、いま評判の豆力士である。

「おお」

治助は目を細めて、懐中からがさがさと帳面と矢立てを取り出した。

「こんなところにまで帳面を持ち込みで」

重三郎が、あきれ顔で治助を見た。治助は苦笑いしながら、大童山のぶわぶわした巨体を素描きしはじめた。

打ち出しのあと、元町の菓子屋で、お袖の土産に羊羹《ようかん》を買い、重三郎は治助を連れて尾上町の料理茶屋にあがった。

治助を元鳥越町の家に送り届けたのは、かれこれ五ツ（午後八時）に近かった。

翌朝、重三郎は目覚めが遅かった。治助への気づかいが、そのまま気疲れとなって体じゅうに澱《よど》んだとみえる。

昨日は遅くまで、引っ張りまわしすぎた。とんだ気保養になって、治助は寝こんでいないだろうか。

――昼から、様子を見に行くとしよう。

欠伸《あくび》を嚙みながら、重三郎はそう思った。番頭の勇助が持ってきた昨日の売上げにざっと目を通し、仕事場で礬水《どうさ》引きをしている職人たちを督励してから、早昼を済ませ、重三郎は店を出た。

治助の家に着くと、お袖が前掛けで手を拭き拭き走り出てきて、小声で礼を言った。

「旦那、きのうは有難うさんでした。爺ちゃん、よっぽど楽しかったらしくって、帰ってくるなり、お相撲の話や料理屋さんの話、長々と聞かされちまいました」

「そうかい、そりゃ連れ出した甲斐があったというもんだ、なにね、昨日の外出がたたって、今日は寝こんでるんじゃないかと思って来てみたのさ」

「寝こむだなんて。今日は、あたしよか早起きして机に向かってんですよ。昨日の外出が、利いんたですねぇ」

二階《うえ》を見て、お袖は首をすくめ、くすくすと笑った。

二階にあがってみると、なるほど治助が車輪になって、絵を描いている。手焙《てあぶ》りの脇には、今朝がたから描いたとみえる板下が三枚あった。

「昨日はどうも。おかげさんで、いい気晴らしになった」

治助は重三郎を見ると、絵筆を置いて頭をさげた。「いやぁ」と重三郎は頭に手をやって照れ、坐るやいなや板下を取りあげた。

「これは、河原崎座の顔見世のぶんですね」

板下は三枚続きのもので、『松貞婦女楠《まつはみさおおんなくすのき》』に出た岩井半四郎、小佐川常世、市川高麗蔵がそれぞれ描かれていた。三枚を連ねてみると、舞台の場景が手に取るようにわかる。

「いい味、出てますよ」

「どうも今度は、筆がもたつきやがって……板下は、その三枚をいれて今日までに、たったの五枚でさ。気が気じゃねぇ」

言った自分の言葉に急きたてられたのか、治助はくるりと机に向きなおり、背を丸めた。

肉の落ちたその背に、重三郎は胸がふさがる思いだった。治助はいま、帳面の素描きを画紙に浄書して、下図づくりに余念がない。

下図の上に薄美濃紙《うすみのがみ》をのせ、墨筆でなぞって出来たものが、板下である。売れっ子の絵師ならば、下図を描くと、あとは弟子にそれをなぞらせて板下をつくらせるものだ。だが、治助は売れっ子の絵師にまさる忙しさながら、下図から板下まで、自分が手がけている。治助の素性が他へ漏れるのを懸念して、重三郎が弟子や手伝いを置いていないからだ。

「ねえ、治助さん」

重三郎はある決意をして、治助の背に呼びかけた。

「板下は、わたしがやりますよ。下図をなぞるだけでいいんだから、わたしにも何とか出来るでしょう」

言い言い、もう羽織を脱いでいる。それを見て治助が、びっくりした。

「旦那に、そんなこたぁさせられませんや」

「あんたには、これまでさんざ無理させたんだ。ちっとは、手伝わせてもらいますよ。なあに、コツを呑みこみゃ板下ぐらい」

重三郎はお袖を呼んで、何か机に代るものはないか、と聞いた。お袖はぽかんとしたが、やがて階下から茶箱を抱えてきた。

筆と硯は、平吉のところに走って、お袖が借りてきた。茶箱の上に、重三郎は下図をのせて、薄美濃紙をかぶせた。見よう見まねである。

治助は眉根を寄せて見ていたが、見かねたのであろう、しようがないという顔つきで重三郎のそばに坐った。そして絵筆の持ち方から、墨のつけ方まで手を取って教え、「自分で描くより疲れらぁ」と、毒舌を吐いた。しかし口とは裏腹に、治助は板下描きに取り組む重三郎の横顔を、じつに嬉しそうに見ていた。

引手茶屋の養子に入ったものが、どんなわけで板元になったのかは知らないが、治助はいま、津与と理兵衛から重三郎を取り返したような気がした。

五

その夜——。

重三郎の部屋へ、手代が慌ただしくやってきた。

「あの、彫吉さんがお見えですが」

と膝をつく手代の後ろに、息をはずませた平吉が青い顔で立っている。手代がさがると、平吉は重三郎の前にへたりこみ、情けない声を出した。

「写楽さんが倒れた」

「なんだって」

「血を吐いた。重ちゃんが帰って間なしだ」

「医者は、医者は呼んだのか」

「もちさ。お袖さんが俺んちに飛んできたんで、留のやつを医者に走らせた」

「で……」

「胃の腑に、穴があいてるんだとよ。くれぐれも無理させんように、って帰るとき、医者め俺を睨みやがった」

重三郎は「ともかく、行こう」と立ちあがって、さっと着替えをした。夜分、何事かと心配する勇助に、留守を言いつけると、重三郎は平吉と連れ立って店を出た。

霜月なかばの五ツ半（午後九時）ちかく、道は人通りも絶えて、時おり木枯らしが店々の大戸を叩いて通るばかりである。

治助の家に飛びこむと、お袖が半泣きになって、吐血したときの写楽の模様を重三郎にうったえた。

治助は茶の間に寝かされていた。頭ははっきりしているらしく、重三郎が枕元に坐ると、血の気の失せた顔で、弱々しく笑った。

「旦那、申しわけねぇ。なに、てぇしたことはねぇんで。明日になりゃ、またばりばり仕事やりまさぁ」

「爺ちゃん、何てこと言ってるの。無理はいけないって言われたでしょ」

お袖が涙声でたしなめた。重三郎も深く頷いて、道みち考えてきたことを口にした。

「ねぇ、治助さん。こんどは、役者絵だすの休むとしよう。なにも無理してまで、顔見世の役者絵ださなくってもいいんだ。春狂言だってあることだし……ね、躰こわしゃ、元も子もない」

「何を言いなさるんで」

治助がいきなり半身を起こしかけた。それをお袖が、無理に寝かしつける。

「とんでもねぇこった。顔見世は芝居の華ですぜ。その役者絵を出さねぇなんて、料簡違えもいいとこだ。蔦屋の名も泣きゃあ、旦那にもらった東洲斎写楽の名も廃《すた》れまさぁ」

重三郎を睨まえる治助の凄い形相に、平吉もお袖も思わず顔を伏せた。

だが、重三郎は治助の視線を受けとめて、きっぱりと言い切った。

「命あっての物種。どうあっても、こんどばかりは見送りにしますよ」

重三郎の言葉に、治助は急に萎《しお》れてしまい、くぼんだ目を閉じると、横を向いてしまった。やがて、治助の寝息が聞こえはじめた。

「大丈夫なんでしょうか、爺ちゃん」

お袖はすがるような目をして、重三郎に言った。

「うむ。医者の言うとおり、ここはゆっくり静養してもらおう」

治助は、それから三日寝ていたが、四日目の朝になると、自分でさっさと床上げをした。お袖が「寝てなきゃ」と慌てて止めたが、聞きいれる治助ではない。

「俺はな、先を急ぐんだ。おとなしく寝てなんかいられるかい」

皺にうもれた目をぎらつかせて、治助は二階にあがっていった。

「また、血吐いたって知らないからねっ」

いちだんと肉の落ちた治助の背に、お袖は悲しく怒鳴ると、襷《たすき》をはずして表へ飛び出した。

平吉に、蔦屋を呼んできてもらうつもりである。

——旦那に叱ってもらうから。

お袖は下駄を鳴らして、一散に路地を走った。

だが、平吉の知らせで駆けつけてきた重三郎も、治助を翻意させることはできなかった。

何を言っても耳をかさず、机にしがみついて絵筆を動かす治助の姿には、鬼気せまるものがある。

「わかりましたよ。では、こうしましょう。帳面の素描きを画紙に写すのは、治助さん、あんた。できた下図を板下にするのは、このわたし。これが呑めないなら……」

「絵は出さない。わかった、わかりましたよ。板下は、旦那にまかせまさぁ」

毎日、八ツ（午後二時）過ぎから、六ツ（午後六時）頃まで、重三郎は元鳥越町に通うことにした。机も一脚持ち込んで、治助の脇に据え、板下描きに本腰を入れた。

「いい弟子ができた」

重三郎とお袖の心痛をよそに、治助は嬉々として、下図を描く。

「板下を旦那がやってくださるんで、こちとら大助かりだ。こんだ、いままでより沢山、絵を出せますぜ」

無理をしないという約束で、休み休みではあったが、治助は次々に下図を仕上げていった。三座の顔見世に出た役者ばかりか、十月十九日に亡くなった市川門之助の追善絵、はては回向院で見物した大童山まで描いた。

重三郎のほうがまかせず、息をふうふう吐いて板下に取り組んでいる。そんな重三郎に、ある日、治助がおずおずと尋ねた。

「旦那、手伝いはありがてぇが……お店《たな》のほう、大丈夫なんで？」

「ああ、治助さんは気にせずともいい」

「だって、こう毎日じゃ、お店の人たち、おかしく思やしませんかね」

「もう思ってるよ」

大童山の太鼓腹をゆっくりとなぞりながら、重三郎は小さく笑った。

店の者たちは、独り身の重三郎に女ができたと思っている。せんだっても大番頭の徳三郎が、「もうこのあたりで、身をお固めになっては」と、呑みこみ顔で重三郎に言った。

「へえ、旦那はまだ独りもんなんで」

「ああ」

重三郎は曖昧に笑っただけで、のってこなかった。治助も、それきり口を噤《つぐ》んだ。

治助は日増しに元気づいてきたが、顔色は戻らなかった。それでも重三郎とお袖は、「このぶんならば」といくらか愁眉を開いた。

明日から、閏十一月という日の午後である。治助が絵筆を止めて、重三郎に言った。

「ねえ、旦那。都座には出かけねぇんで？」

閏十一月一日が、都座『花都廓縄張《はなのみやこくるわのなわばり》』の初日である。上方の大物作者並木五瓶《なみきごへい》が、沢村宗十郎の招きで江戸にくだり、書きおろした狂言というので評判だ。

「役者絵にしない手はありませんぜ」

「ううん、そうだなあ。しかし……」

「なぁに。わしはもう、なんともねぇ。ただ、じいっと行って、じいっと観て、じいっと帰ってくるだけだ。ね、旦那」

とうとう治助に押し切られて、重三郎は茶屋に席を取らせることにした。

これが治助の命とりとなった。

都座で芝居を観た翌日——。重三郎と治助は、いつものように銘々の机に向かって、絵筆をとっていた。朝から雪の舞う、寒い日であった。

都座で素描きした瀬川菊之丞を、画紙に写し取っていた治助が、激しく咳こんだ。

「大丈夫かい」

治助の背をさすってやろうと重三郎が絵筆を置いたときである。咳が治助の口から、おびただしい血を迸《ほとばし》らせた。机の上の画紙も、窓障子も、飛び散った鮮血で染まった。

「じ、治助さんっ」

口からどくどくと血を吐いて、みるみる蒼ざめていく治助を支えながら、重三郎は喚《よ》ばわった。

「お袖さん、医者、医者をよべっ」

ただならぬ重三郎の声に、階段をかけあがってきたお袖が、悲鳴をあげた。治助も重三郎も、血まみれである。

「い、医者を、彫吉に走れ」

重三郎が、また怒鳴った。竦《すく》んでいたお袖が、ようやく我に帰り、すっ飛んでいった。

目を閉じてぐったりしていた治助が、重三郎の腕のなかで薄目をあけた。重三郎の怒鳴り声で、気がついたものらしい。血だらけの唇が、微かに動いた。

「何だい、え、何だい、治助さん」

治助の口許を袖先で拭ってやりながら、重三郎が言った。治助は焦《じ》れったそうに顔をしかめ、声を出そうと力をふり絞っている。

声が、やっと出た。

「じゅ、う、ざぶ、ろ……」

「え？」

名を呼ばれて、重三郎は面喰らった。

「じゅうざぶろう」

今度は、はっきりと治助が呼んだ。

──死ぬ。俺は、死ぬ。

そう直感したとき、父とは名乗るまいと決めた覚悟が、治助のなかでもろくも崩れてしまった。今生《こんじょう》の、これが我が子との別れになるのだ……。

「何です、治助さん」

重三郎は治助が錯乱したものと思った。が、治助はありったけの力で、重三郎の手を握りしめて言った。

「おれぁ、じ、じすけなんかじゃねぇ」

「………」

重三郎は治助の顔をのぞきこんだ。

治助が震える手で戸棚を指さした。そのとき、痙攣《けいれん》が治助の全身を走って息が止んだ。

「こ、ま……あそこに、こ、ま」

ことされた治助を横たえ、戸棚に近づいた重三郎は、布《きれ》にくるまれた独楽をみつけた。

重三郎は息をのんだ。

肌身離さず持っていたとみえて、独楽は手垢に汚れ、すっかり黒ずんでいた。面に彫りつけた「じゅうざ」の文字も、摩滅しかかっている。

それは、六つの齢の二の酉《とり》に、父の重助が買ってくれた重三郎の独楽に紛れもなかった。

「そんなもの持って走りまわると、危ないぜ。おとっちゃんが預かっといてやろう、かしな」

　重三郎の独楽を懐にねじこんで去っていった父の、痩せた後ろ姿が目に焼きついている。三十八年も前の、冬の日だった――。

　独楽をつかむと、重三郎は父の軀《むくろ》に取りすがった。

「おとっつぁん」

　いまとなっては、甲斐もない呼びかけであった。

「おとっつぁん、なぜ、黙っていたんだ。どうして早く……」

　ぬくもりの失せていく父の軀をひしと抱きしめて、重三郎は号泣した。

　階段をかけあがってきた平吉とお袖が、この場のありさまを見て、呆然と立ちつくした。

六

　強い風の吹く、師走まぢかの夕まぐれである。

　閉めきった窓の、わずかなすき間から吹きこんできた風が、点したばかりの行燈の灯をまたたかせた。早じまいにして職人たちを帰した彫吉の仕事場で、重三郎と平吉の影がふたつ、揺れた。

平吉は、板木をのせた彫り台の前に、片膝を立てて坐っている。右手に、研ぎこんだ鑿《のみ》を握っていた。

鑿先は、すでに彫りあがった板木の、東洲斎、という落款《らつかん》に向けられている。日の本一、という願いをこめて重三郎のつけた斎号——東洲斎が、いままさに、命を絶たれようとしているのだ。

「いいのかい、ほんとに。斎号を削っちゃっても……」

手を止めて、彫り台から顔をあげた平吉が、かたわらの重三郎に念を押した。鑿をもつ右手が、微かに震えている。

「俺、つらぃよ。東洲斎を削るってこたぁ、重ちゃんのおとっつぁんの躰に鑿を入れるみてぇで……よかねぇかい、このまんまで。いくら板下を重ちゃんが描いたからって、下図は写楽さん、いや、重ちゃんのおとっつぁんが描いたやつなんだもの」

写楽を重三郎の父と知り、通夜から骨あげ、そして山谷《さんや》の正法寺へ納骨するまで、親身に裏方をつとめてくれた平吉は、つらそうに言い、鑿を置こうとした。

「駄目だ。俺が板下を描いたぶんから、ただの写楽にするんだ。わかってくれ、平ちゃん。親父が、いや東洲斎写楽が、素描きから下図、板下まで描いたやつにだけ、東洲斎の冠《かんむり》をかぶせるんだ」

板木に刻まれた東洲斎という文字をみつめながら、重三郎は言った。

「そうだろ、平ちゃん。やっぱり俺の描いた板下は、とてもとても親父にはかなわない。俺は親父の名を辱めたくないんだ」

「わかった……」

平吉は低く言うと、鑿をかまえた。鑿は刃を鈍く光らせ、板木の面をいっきに走って、東、洲、斎の三文字を削りとった。東洲斎の弔いは、終わった。

斎号が残ったのは、師走に売り出す写楽の絵六十三枚のうち、写楽が板下まで描いた六枚の役者絵だけである。

師走になって、間もない日――。

火鉢にかけた鉄瓶の、やわらかい松風の音を聞きながら、職人たちの手間賃を算用している重三郎のところへ、勇助がやってきた。「旦那さま」と、襖の外からかける声が、妙にそわついている。

「おはいり」

勇助は、せかせかと部屋に入ってきた。

「旦那さま、大変でございます。いましがた、明後日に出します写楽先生の初摺《しょずり》を、摺常が届けてきたんでございますが……」

斎号のあるのは何とたったの六枚だけ、あとはどれも、写楽画となっている――突如として消えた斎号に驚き、勇助は血相かえてやってきたのである。

「ああ、そのことならいいんだ。写楽先生とわたしが、相談してやったことだから」

「へ、さようで」

わけはわからないが、主人も承知のうえと知って、勇助は一応ほっとしたようだ。それでは、と出ていこうとするのを、重三郎が呼びとめた。

「それからね、写楽先生のものを出すのは、これきりにする」

「これきりで？」

勇助はびっくりした。

「なぜでございます。写楽先生のは、たいそうな売れゆきで、ほかの板元から引き抜きの探りが入るくらいのものですのに……」

「だがな、先生がきっぱり、もう絵筆は取らんとおっしゃる。諦めるしかあるまい」

重三郎は淡々と言った。

「はあ」

狐につままれたような顔で、勇助は店のほうに戻っていった。

ところが、これきりだったはずの写楽の絵が、それから二月《ふたつき》たった翌寛政七年二月のはじめ、また市中に出まわったのである。

小売りをもっぱらとする小店《こだな》が売り出した写楽の絵は、春狂言の役者絵十枚のほかに、相撲絵、武者絵、恵比寿の絵まであった。写楽の落款も、極印《きわめいん》も、富士山形に鬼蔦の板元印もあるが、巧妙な贋作《がんさく》だ。

「こんな、こんな写楽の絵があるもんか」

品も格もない贋作に、重三郎は父を辱められた思いがして、腸《はらわた》が煮えくり返った。

「小店に、この贋物をもちこんだ競本屋《せりほんや》を、きっと捜し出すんだ」

重三郎は店の者に厳命し、その筋にも頼んだが、とうとう出所はわからなかった。

店先に張り紙をして、あれは贋作だと躍起に釈明したのだが、似ていることは確かに似ているのだ。似て非なるものとは誰も気づかない。

「どうだかね。写楽の画技《うで》が落ちたんで、ああ言ってるだけさ」

写楽の引き抜きに失敗した板元たちは、陰口を叩いて溜飲をさげた。

描かれたお江戸の飾り鰕《えび》——市川鰕蔵が「おいらの面《つら》ぁ、猿公《えてこう》か。おきゃあがれ」と怒ったという噂も広まった。それからというもの、正真正銘の写楽の絵までが、ぱたりと売れなくなってしまった。

写楽の評判が、地に堕《お》ちた。

蔦屋はこの騙《かた》りにあって、暖簾に瑕《きず》がついたばかりか、帳づらも大打撃を被った。板木の一部を、大坂の板元明石屋伊八と和泉屋源七に売って、急場をしのがねばならなかったほどである。

板木委譲の証文を明石屋に手渡した日の夜、店にいたたまれなくなった重三郎は、ふらりと表へ出た。六ツ半（午後七時）をまわって、人影もまばらな通りを、細い月が弱々しく照らしている。

重三郎は心もとない足どりで、新シ橋を渡り、下谷《したや》の七曲がりを抜けた。足は、元鳥越町に向かっている。

べつだん、平吉に用があるわけではない。ただなんとなく、足が向いたのだ。

火影《ほかげ》のもれる彫吉の、向かい側にある小間物屋は大戸を下ろし、その右隣のしもた屋も戸を閉めていた。あいだの露地は、月の光もとどかず、うす暗かった。

重三郎は露地口に、たたずんだ。

露地をはいって、左手五軒目。いまも、あの二階では父の写楽が絵を描いているような気がする。訪えば、「あら、旦那。いらっしゃい」と、お袖が陽気に迎えてくれそうな気がする。

だが、父は死に、お袖もいまでは豊島町の次郎吉の家で住みこみ奉公をしている。いまは人が住んでいるのか、いないのか、写楽の家は暗く、眠りこんだようにひっそりとしていた。

――なにもかも……終わった。

重三郎は深い溜息をついた。

蔦屋の命運をかけた写楽の死が、重三郎にいいようのない痛手を負わせた。

痛手は、半年たったいまも癒《い》えず、贋作さわぎで左前になった店を挽回する気力も、重三郎にはなかった。

いつのまにか、月が雲隠れしている。彫吉の灯も消えていた。

明日は灌仏会《かんぶつえ》か――重三郎は呟くとゆっくりと、露地口から踵を返した。

みほとけに産湯《うぶゆ》かけたか郭公《ほととぎす》

天上天下たったひと声

南畝《なんぽ》の歌が、なんとはなしに口をついて出た。

たったひと声か……。

――東洲斎写楽も、たったひと声で消えてしまった。

重三郎は、肩を落として元鳥越町の角を曲がった。

写楽の死から三年――寛政九年（一七九七）五月六日、蔦屋重三郎は没した。四十八歳であった。

あとがき

蔦屋重三郎。

「巧思妙算」、余人の追随を許さぬ斬新な商法で、一介の絵草紙屋から地本問屋の雄にのしあがり、天明、寛政期の江戸の文化を裏でささえた男。

寛政の改革で見せしめの検挙にあい、身上《しんしょう》を半減され、命運をかけて写楽絵を売り出したもののほどなく頓挫《とんざ》、家産の挽回ならず、失意のうちに死をむかえた男。

この成功と凋落《ちょうらく》のなかにドラマを感じて、江戸出版界の風雲児・蔦重にわたくしなりの照明をあててみました。

むろん、写楽の存在に触発されたということもありますが。

写楽とは、いったい誰なのか——。

作画期間は、たったの十カ月。その間の急激な画技の低下。「東洲斎写楽画」から「写楽画」に突如として変わる落款《らっかん》。上方の絵師流光斎如圭の絵との奇妙な類似……などなどを考えますと、百家争鳴、さまざまな考察がなされるのもまた無理からぬことだと思います。

蔦重は、十カ月で百四十数点もの写楽の絵を出しました。歌麿も、ほぼ同数の絵を蔦屋から出していますが、これは十四年もかかってのことです。ここに、蔦重の写楽に対する異様なまでの打ちこみを感じました。

商才にたけた蔦重が、無名の絵師にどうしてこのような度外れた打ちこみをしたのか──。

このただならぬ打ちこみのなかに、わたくしはふと、骨肉のにおいを嗅ぎました。蔦重が七歳のおり両親は離別しています。このことからイメージが次第にふくらんで、写楽は蔦重の父親であった、というフィクションが出来あがりました。

この小説は、昭和五十七年の一月号から十二月号まで一年間にわたり「歴史読本」に連載していただいたものです。連載当初から単行本の上梓《じょうし》にいたるまで、新人物往来社の田中満儀編集長に一方ならぬご指導とご教示をたまわりました。この温かいお力添えがなければ、完結もおぼつかなかったと思います。巻末に記して厚くお礼を申しあげる次第です。

昭和五十八年二月三日

杉本章子

解説
『写楽まぼろし』との奇縁

砂原浩太朗

『写楽まぼろし』というタイトルがつけられてはいるが、朝日文庫版で付された副題からも分かるとおり、本作の主人公は紛れもなく江戸出版界の大立者・蔦屋重三郎である。蔦重とも称されるこの人物のことを、まずは簡単に紹介しておきたい。「国史大辞典」などの記述を私なりにアレンジすると、

蔦屋重三郎　一七五〇〜九七
江戸時代中・後期の出版業者。江戸・新吉原（現・東京都台東区千束）生まれ。安永（一七七二〜八一）初年、新吉原五十間道で本屋耕書堂を開業、吉原細見（案内書）の販売、次いでその出版を手がけた。後年、通油町《とおりあぶらちょう》（現・東京都中央区日本橋）に進出、黄表紙・洒落本・錦絵などを刊行して勢力を広げる。大田南畝（蜀山人）、朋誠堂喜三二、恋川春町、山東京伝らの作品を出版、喜多川歌麿を育てた。寛政六〜七年（一七九四〜九五）、東洲斎写楽の絵百四十点余を刊行。同九年没。

ということになるだろうか。今でいえば、出版社の社長と名編集者を兼ねたような存在。出版界の一隅に身を置く私にとっても、どことなく近しさを覚える人物である。

本書は風雲児・蔦重の生涯を虚実取り交ぜて描いた力作。直木賞候補にもなっており、杉本章子氏の代表作といっていい。

単行本の刊行は今から四十年以上まえの一九八三年である。現在でこそ、ドラマ化の影響などもあって知名度の上がってきた蔦重だが、当時、一般的には彼が作品を刊行した戯作者や絵師たちとは比べるべくもない、〈知る人ぞ知る〉存在だった。たんなる推測ながら、それゆえに蔦重でなく、東洲斎写楽を前面に押し出したタイトルをつけたのではないか。今となっては、いち早く蔦重に注目した杉本氏の慧眼《けいがん》が驚嘆に値する。

むろん、テーマ選択の見事さに留まらず、『写楽まぼろし』は一本の小説としても興趣に満ちた作りとなっている。本作での重三郎は、経歴から想像されるようなやり手のイメージとは程遠く、どちらかといえば内省的な人物造型。幼いころ父と母の苦い別離を経験しており、それゆえ女性というものに信を置けないところがある。辣腕《らつわん》板元像とはそぐわぬこの主人公が、いかにして江戸出版界で名を馳せるに至るのか、それが第一の読みどころだろう。

そして、第二の読みどころは、ヒロインおしのの描き方。全編を通じ、蔦重にとって

〈運命の女〉というべき相手である。おしのの人生行路は杉本氏の創作だが、蔦重をめぐる史実といちいち巧みに絡ませており、おなじ実作者としては、その妙技にこうべを垂れるしかない。

一例を挙げると、冒頭で紹介したように、蔦重は吉原細見を販売することで出版者としてのスタートを切った。この細見を刊行していたのは鱗形屋《うろこがた》孫兵衛という板元だが、本作ではおしのが思いがけぬかたちで鱗形屋に関わっている。ほかにもこうした例は多々あり、杉本氏の面目躍如といった趣がある。

第三のそれは、本書に登場する江戸文化人たちの華やかな行状だろう。とくに戯作者・恋川春町との友情、ゲスト・スター感さえある平賀源内の可笑《おか》しみと悲哀、恩讐とりまぜた喜多川歌麿との関係など、途切れることなく読み応えあるエピソードがつづき、飽きさせない。ほかにも大田南畝や山東京伝、歌舞伎役者・中村仲蔵など、名を挙げるだけで胸躍る面々があまた登場する。

が、最大の読みどころは、やはりタイトルにまでなった東洲斎写楽と蔦重との関わりに違いない。史上屈指の知名度を誇りながら、写楽の正体は依然、不分明なままである。近年は徳島藩お抱えの能役者・斎藤十郎兵衛がそれということで落ち着きつつあるようだが、かつて「写楽とは何者か」という論争が、「邪馬台国はどこにあったのか」などと並び、日本史を彩る主要な謎のひとつだった。

本書は、この謎にも独自の回答を出している。いかなる解であるかは、読者おひとりおひとりにその目で確かめてほしいのでここでは述べないが、写楽と蔦重をめぐり、文学作品としてきわめて芳醇な世界が広がっていることは言っておきたい。もっとも、杉本氏の意図が写楽の正体を突き止めることでないのは明らか。あくまで小説内での効果を意図したものであり、それが十二分に達成されている点には、まず異論が出まい。

逆にいうと、歴史上、写楽の正体が本書と異なる者であっても、小説『写楽まぼろし』の価値はいささかも損なわれない。それでいて、写楽のタッチや落款《らっかん》が変化していることについて、作品内で納得いく解釈を示してもいるから、見事である。すぐれた歴史小説とは、おしなべてそうしたものに違いない。

最後に蛇足ながら、なぜ私が本作の解説を書いているのか記して幕としたい。

先ほど本書の単行本について触れたが、その初出は「歴史読本」誌。一九八二年の一月号から一年間にわたって連載された。残念ながら今はなくなってしまったが、広く深く歴史の魅力を紹介してくれる名雑誌である。そして、歴史に興味を持ち始めていた私が同誌の読者となったのもおなじ時期だった。もちろん、本作にも目を通しており、私が蔦屋重三郎という名を知ったのは、この作品によってのこと。

時を経て作家となった私は、朝日新聞出版のO氏と雑談を交わしている折、「蔦重に関するよい本はありませんか」と問われ、『写楽まぼろし』と即答した。これがきっかけで、このたび朝日文庫版が刊行の運びとなったわけである。私などが大先輩の佳品に拙文を寄せるとはおこがましいかぎりだが、そうした事情だから、泉下《せんか》の杉本氏には伏してご容赦を乞いたい。

それにしても、四十年以上まえに出会った小説の解説を書くことになるとは、まさに奇縁というほかない。これもまた、『写楽まぼろし』という作品が持つたぐいまれな力のあらわれだろう。

（すなはら　こうたろう／作家）

本書中には、今日では不適切と考えられる表現がありますが、
作品の時代背景、文学性を考慮して、そのままとしました。

写楽《しやらく》まぼろし
蔦屋重三郎《つたやじゆうざぶろう》と東洲斎写楽《とうしゆうさいしやらく》
朝日文庫
2024年11月30日　第1刷発行
著　者　杉本章子《すぎもとあきこ》
発行者　宇都宮健太朗
発行所　朝日新聞出版
〒104-8011　東京都中央区築地5-3-2
電話　03-5541-8832（編集）
03-5540-7793（販売）
印刷製本　大日本印刷株式会社

Published in Japan by Asahi Shimbun Publications Inc.
定価はカバーに表示してあります
ISBN978-4-02-265175-4

伊東　潤
江戸を造った男
海運航路整備、治水、灌漑、鉱山採掘……江戸の都市計画・日本大改造の総指揮者、河村瑞賢の波瀾万丈の生涯を描く長編時代小説。《解説・飯田泰之》

杉本　苑子
滝沢馬琴　上
うるさい妻、虚弱な息子を抱えて苦闘する馬琴。視力が衰えるなか『八犬伝』は完成させられるのか。江戸随一の戯作者の晩年とその周辺を描く。

杉本　苑子
滝沢馬琴　下
息子を病で亡くし、やがて馬琴は完全に失明する。失意の馬琴に『八犬伝』の代書を申し出たのは、息子の嫁・お路だった。《解説・細谷正充》

山本　一力
五二屋《ぐにや》傳蔵《でんぞう》
幕末の江戸。鋭い眼力と深い情で客を迎える質屋「伊勢屋」の主・傳蔵と盗賊頭の龍牙、男たちの知略と矜持がぶつかり合う。《解説・西上心太》

北原　亞以子
傷
慶次郎縁側日記
「罪を犯させぬことこそ町方の役目」。弱き者を情けで支える、元南町奉行所同心・森口慶次郎のお江戸事件簿。《解説・北上次郎、菊池　仁》

五十嵐　佳子
むすび橋
結実の産婆みならい帖
産婆を志す結実が、それぞれ事情を抱えながらも命がけで子を産む女たちとともに喜び、葛藤しながら成長していく。感動の書き下ろし時代小説。